특명관 1

특명관 1
사담 후세인의 특명관

이원호 지음

저자의 말

사담 후세인

1937년 출생, 2006년 처형(69세).

1979년 집권한 후에 2003년 3월 20일 미국의 공격 3주 만에 이라크 항복,

정권을 빼앗길 때까지 24년간 이라크를 통치.

2006년 12월 30일 처형당함.

이것이 이라크의 독재자 사담 후세인의 약력이다.

필자는 1980년대, 바그다드 국제박람회에 상사원으로 참석, 사담 후세인과 박람회장에서 만나 "악수"를 한 추억이 있다.

군복 차림의 후세인이 내 매장 앞을 지나다가 고개를 끄덕이더니 부동자세로 서 있는 나에게 불쑥 손을 내밀었던 것이다.

겨드랑이에 지휘봉을 낀 쪽 손은 놔두고, 후세인의 손은 따뜻했다.

누가 사진이라도 찍어 주었으면 좋았으련만.

그 후로 내 "후세인 구라"는 계속해서 이어지다가 후세인이 체포되면서 끝났다.

때려죽일 놈들. 뭐? 후세인이 핵을 보유하고 있어? 개같은 놈들.

그때, 바빌론의 영광과 번영을 누리던 이라크는 이제 사방에서 들개떼들에게 뜯어 먹히는 처참한 신세가 되었다.

후세인의 시대가 백번 나았다.

후세인의 동상을 허물어뜨리던 우매하고 반역적인 이라크인들아, 20년 전과 지금을 비교해 보거라!

나는 후세인의 《특명관》을 쓰면서 수없이 역사의 모순, 승자의 역사를 느낀다.
그래서 힘껏 "특명관" 정재국을 통하여 그것을 비틀었다.

그래서 나는 사담 후세인이 지금도 살아서 돌아다닌다고 썼다.
얼굴도 다 바꾸고, 건들거리는 그 특유한 걸음으로 그때 처형당한 후세인은 그의 대역 1호였다.
1호가 숨어있다가 잡힌 것이다.

《특명관》은 영웅시대 7부가 되겠다. 이렇게 다른 주인공을 내세워 역사를 비트는 작업이 계속될 것이다.

모두 건강하시기를 빌며,

2020년 8월 28일 이원호 드림.

차례

1장
사담 후세인의 특명관

"이름은?"

후세인이 묻자 정재국이 어깨를 폈다.

"예, 정재국, 30세. 미군 대위로 예편하고 리스타 기조실 소속으로 근무하고 있습니다."

정재국과 후세인의 시선이 마주쳤다. 후세인이 이란과의 전쟁 때 사용하던 지하 벙커 안, 지금도 후세인은 가끔 이곳에 들러 휴식을 취하거나 비밀 작전을 집행한다. 오늘도 비밀 작전의 하나. 후세인 앞에 늘어선 사내 5명, 맨 왼쪽에 선 지휘자 정재국이 후세인에게 신고를 하고 있다. 안쪽에 앉은 후세인의 좌우에는 국방장관 카심, 경호실장 모하메드가 서 있을 뿐이다. 이윽고 자리에서 일어선 후세인이 정재국에게 다가가 악수를 했다. 이어서 나머지 네 명과도 차례로 악수를 나눈 후세인이 테이블 앞으로 돌아와 섰다. 눈동자가 깊은 우물 속 같다.

"잘 들어라."

후세인의 갈라진 목소리가 방을 울렸다.

"너희들은 내가 이 회장한테 특별히 부탁한 요원이다."

모두 숨을 죽이고 있다.

"특명관 이하 4명, 너희들의 존재를 아는 사람은 이 방에 있는 셋뿐이야."

후세인의 눈이 번들거렸다.

"너희들은 나와 생사를 함께할 것이다."

정재국, 이칠성, 고준기, 박상철, 김수남. 다섯이 장방형 테이블에 둘러앉았다. 앞쪽에 앉은 사내는 카심과 모하메드. 후세인에게 인사를 마치고 나서 옆쪽 상황실로 옮겨온 것이다. 오후 2시 반이지만 천장의 등이 환하다. 이곳은 24시간 전등을 켜야 한다. 그때 카심이 말했다.

"당신들은 프랑스에 기지를 두고 각하의 특명 사건을 처리하는 임무를 맡게 되었어."

카심의 시선이 다섯을 훑고 지나갔다.

"우리 정보원, 기관원은 각국 정보기관에 다 노출되어서 행동에 제한을 받기 때문이지."

카심의 얼굴에 쓴웃음이 번졌다.

"파리는 우리 공화국의 자금을 관리하는 곳이야. 비자금이 움직이는 바람에 자금 유출이 많고 비리도 많아."

정재국이 천천히 고개를 끄덕였다. 특명관의 역할이 차츰 분명해지고 있다.

카심이 개요를 말하고 나간 후에 모하메드만 남았다. 모하메드도 다섯을 둘러보았다.

"내가 당신들과 접촉할 직속상관이야."

모하메드의 얼굴에도 쓴웃음이 번졌다.

"내가 지시를 하고 보고를 받는다. 물론 카심 장관이 지시할 때도 있겠지만 직속상관은 나야."

고개를 돌린 모하메드가 정재국을 보았다.

"첫 오더를 주지."

"예, 실장님."

"파리에 주재하고 있는 이라크 대사관 부대사 압둘라가 자금을 횡령하고 있다는 심증을 굳혔다."

모하메드가 말을 이었다.

"압둘라가 횡령한 금액을 회수하고 그놈과 연관된 놈들을 처단하도록."

"예, 실장님."

"그놈이 CIA와 연관되어 있을 가능성이 있어. CIA의 비호를 받고 있을지도 모른다."

모하메드의 눈빛이 강해졌다.

"CIA 눈치 볼 것 없다."

이제는 다섯이 남았다.

"우리는 지금부터 이라크 기관원이야."

정재국이 넷을 둘러보며 말했다.

"명심해라. 너희들이 충성할 사람은 후세인 대통령이야."

모두 고개를 끄덕였다. 정재국의 시선이 다시 넷을 차례로 훑었다. 먼저 이칠성, 28세, 특전사 중위 출신, 정재국의 보좌역, 부대장. 그다음이 고준기, 27세, 레인저 상사 출신. 박상철, 27세, 해군 UDT 상사 출신. 김수남, 26세, 폭약 전문가, 육군 중사 출신. 이것이 특명관의 팀이다.

자료가 왔다. 압둘라 아무디, 프랑스 주재 이라크 대사관 부대사. 대사 핫산의 지시를 받지 않고 본국의 지시만 받아왔다. 압둘라의 직속상관은 국방장관 카심이기 때문이다. 카심은 후세인의 비자금까지 관리하고 있다. 이곳은 바그다드 시내의 쉐라톤호텔, 다섯이 둘러앉아서 자료를 보고 있다.

"압둘라가 혼자 움직였을 리는 없어요."

이칠성이 자료를 넘기면서 말했다.

"팀이 있을 겁니다."

"엄청나군."

고준기가 감탄했다.

"30억 불 정도를 굴리고 있었어."

카심과 주고받은 자금 내역이다. 지금 장부상에는 압둘라가 30억 불을 보관하고 있는 것으로 되어 있다. 스위스의 2개 은행, 파리의 2개 은행, 그리고 일본 은행 1곳이다. 이윽고 고개를 든 정재국이 말했다.

"압둘라가 횡령한 금액은 3억 불 정도라고 추측하고 있지만 아직 확실한 건 없어."

카심이 은밀하게 체크한 결과다. 만일 공개적으로 추궁한다면 잠적할 수 있기 때문이다. 정재국이 말을 이었다.

"압둘라는 작년부터 바그다드에 오지 않았다는 거야. 만일 불렀을 경우에 눈치를 채고 도주할 수도 있기 때문에 조심한다는군."

"그것 참, 아무래도 내가 맡아야 할 것 같네요."

박상철이 쓴웃음을 지었다. 박상철은 저격수다. 지금까지 권철의 휘하에서 전쟁을 치러왔다가 이번에 특명관팀이 되었다.

"그래, 너야 멀리 떨어져서 방아쇠만 당기면 되는 일이니까."

고준기가 정색하고 말했다. 체격이 큰 고준기는 레인저에서 제대한 후에 바로 리스타에 입사했다. 박상철과는 만날 티격태격하지만 사이가 좋다. 이윽고 서류를 덮은 정재국이 넷을 둘러보았다.

"가자."

이렇게 특명관의 업무가 시작된다.

정재국의 이력은 특이하다. 미국에서 태어난 한인 2세, 미 육군사관학교인 웨스트포인트 졸업, 레인저 대위로 근무 중 상관을 구타한 후 전역, 리스타에 입사했다. 의협심이 강하고 조금 느긋한 성격, 미혼, 리스타에 입사한 후에 리비아 국가원수 카다피의 경호실에서 근무한 경력이 있다.

바그다드에서 파리로 날아가는 비행기 안, 1등석에 앉은 정재국이 지나는 스튜어디스를 불렀다.

"네, 선생님."

프랑스인 스튜어디스가 검은 눈동자에 웃음을 띠고 정재국을 보았다. 검은 머리, 날씬한 체격, 가슴에 '마리안'이란 이름표가 붙어 있다.

"마리안, 위스키 한 잔 부탁해요."

"뭘로 드릴까요?"

다가선 마리안의 몸에서 향내가 났다. 마리안의 아랫배가 비스듬히 누워 있는 정재국의 얼굴 바로 앞에 떠 있는 것이다. 1등석의 의자는 침대 같다. 그리고 칸막이가 있어서 커튼 안으로 들어서면 마리안도 밖에서 보이지 않는다.

"발렌타인 17년으로 하지, 마리안."

"병째 가져다드리지요, 정 선생님."

1등석 승무원들은 손님들의 이름을 외우고 있다. 뒤쪽에 드문드문 앉아 있는 다른 넷도 지금 그런 대접을 받고 있는 것이다.

"고마워요, 마리안."

"다른 시키실 일 있으세요?"

마리안의 눈이 웃음으로 반달처럼 굽혀졌다. 녹을 것 같은 눈웃음이다. 숨을 들이켠 정재국이 한숨과 함께 말을 뱉는다.

"당신이 조금 더 오래 내 옆에 있어 주면 좋겠어, 마리안."

"더 욕심을 부리셔도 돼요, 정 선생님."

"어떻게 해야 될까?"

"오늘 오후에 파리에 도착하면 저녁부터 같이 있을 수가 있지요."

"굿."

고개를 끄덕인 정재국이 마리안의 손을 쥐었다.

"마리안, 이게 1등석 손님에 대한 서비스 차원은 아니겠지?"

"천만에요, 미스터 정."

마리안이 눈웃음을 쳤다.

"다 아시면서."

그때 의자를 세운 정재국이 마리안의 허리를 감아 안더니 무릎 위에 앉혔다. 놀란 마리안이 눈을 크게 떴지만 어느새 입술이 부딪혔다. 짧지만 달콤한 키스다. 정재국이 다시 마리안의 몸을 세워주고는 시치미를 뗀 얼굴로 말했다.

"마리안, 얼음도 부탁해."

마리안의 얼굴이 빨개지더니 곧 눈을 흘겼다. 정재국이 고개를 끄덕였다.

"오늘 저녁 약속 잊지 말라는 표시야."

압둘라 아무디는 49세, 프랑스에서 대학을 나와 투자회사에서 15년 가깝게 근무한 후에 조국으로 돌아가 경제부 국장을 지냈다. 그러다가 육군 총사령부에 발탁되어 무기 수출입을 담당하다가 신임을 받아 후세인의 비자금 업무를 맡게 된 것이다. 비자금 업무를 맡은 지도 10년이 되었기 때문에 후세인의 신임을 받았고 최고위층만 상대하는 위치가 되었다. 프랑스 주재 이라크 대사보다 상급자인 셈이다. 아무디가 몽마르트르의 카페 '라몬'에 들어섰을 때는 오후 4시다. 안에서 기다리던 루니가 눈으로 알은체를 했다. 루니 앞자리에 앉은 압둘라가 종업원에게 맥주를 시키고는 주위를 둘러보았다. 손님은 입구 쪽에 앉은 사내 둘뿐이다. 루니의 일행인 것이다.

"바그다드에서 온 정보야."

압둘라가 담배를 꺼내면서 말을 이었다.

"내가 감시 대상이 되었어. 아마 자금 추적도 하겠지. 그리고 이상이 있으면 제거할 것이고."

"확실한 정보야?"

술잔을 쥔 루니가 똑바로 압둘라를 보았다.

"내가 이라크 정부 일을 한 지 20년이야. 바그다드 고위층에 인맥이 있다고."

"자금 조사는 힘들 텐데."

"잔고 확인은 어렵겠지만 방법은 있어."

종업원한테서 맥주를 받아 든 압둘라가 말을 이었다.

"루니, 수뇌부에 말해서 빨리 끝내자고 해. 내가 잡히면 다 끝나는 거야."

한 모금에 술을 삼킨 루니가 말을 이었다.

"압둘라, 조금만 기다려. 마지막 순간에는 우리가 책임질 테니까."

"후세인이 비자금 문제로 카심, 모하메드하고 셋이 회의를 했다는 거야."

"알았어, 서두르지."

루니가 고개를 끄덕였다. 루니는 CIA 파리지부장, 압둘라의 배경이다. 압둘라는 루니의 보호하에 후세인 비자금 내역을 허위로 보고하고 횡령해 온 것이다. 현재 후세인이 압둘라를 시켜 은닉한 비자금은 30억 7천만 불, 그러나 그중 7억 2천만 불을 압둘라가 횡령했다. 그리고 그 7억 2천 중 1억 5천만 불 정도가 루니와 CIA 사조직으로 유용되었다. 루니는 CIA에 보고하지 않고 압둘라와 함께 후세인의 자금을 횡령해 온 셈이다.

루니 오스몬드, 52세, CIA 프랑스 지부장으로 간부급이지만 동기들이 국장보급으로 5명이나 진출해 있는 데다 1년 후에 임기가 끝나면 본부의 한직으로 전출될 가능성이 커서 은퇴를 결심한 상태. 20년이 넘도록 해외를 떠돌아서 작전과 모략에는 일가견이 있는 인물.

CIA에서 정략적으로 압둘라를 접촉, 압둘라는 이제 루니의 이용물이 된 셈이다. 그것은 루니가 압둘라의 횡령 사실을 파악하고 보호를 조건으로 같이 횡령하는 단계가 되었기 때문이다. 압둘라로서는 CIA라는 보호막이 생긴 셈이니 나쁠 것도 없는 일이다.

압둘라와 헤어진 루니가 찾아간 곳은 샹젤리제의 클럽 '샤스코'. 조금 전 몽마르트르의 '라몬'과는 전혀 다른 화려하고 고급스러운 분위기, 손님이 많고 소란스럽다. 루니가 안쪽 테이블로 다가가자 두 사내가 맞았다. 30대, 세련된 차림, 둘 다 술기운에 얼굴이 붉다. 아직 6시 반밖에 안 되었는데도 술에 취한 상태. 앞에 앉은 루니가 대뜸 묻는다.

"술이냐? 약이냐?"

"둘 다야."

사내 하나가 대답하고 큭큭 웃었다.

"어제 마르세유에서 가져온 이집트산 헤로인이야. 최상품이지만 몇 그램밖에 안 돼."

"개새끼들, 어지간히 해."

"보스, 약을 먹으면 솜털 일어나는 기척까지 느낄 수 있어. 알고 있지?"

"닥쳐, 마르셀."

주위를 둘러본 루니가 마르셀이라 불린 사내를 노려보았다.

마르셀 파샤, 36세, 파리의 갱 조직 드래곤파의 보스, 마약 사업과 사창가 사업으로 조직을 키워 와서 10년 만에 파리의 5대 조직이 되었다. 그 배경에는 루니가 있는 것이다. 루니가 파리지부장 된 것은 4년 전, 그때만 해도 마르셀은 30명 정도의 마약 소매상을 거느린 '골목갱'이었다. 그러다 루니의 지원을 받아 지금은 조직원 500여 명의 보스가 되었다. 파리의 마약 유통량 30퍼센트를 감당하는 거물, 거부다. 물론 그 마약 공급은 루니의 도움이 절대적이다. 마르셀이 바다색 눈으로 지그시 루니를 보았다.

"보스, 모로코에서 데려온 미녀가 있는데 어때? 내 안가로 가시면 돼."

"나중에."

테이블에 놓인 코냑을 잔에 따르면서 루니가 정색하고 마르셀에게 말했다.

"마르셀, 네가 할 일이 있어."

"뭔데?"

"감시팀 5명쯤이 필요하다, 구색을 맞춰서."

"언제까지 필요한데?"

"내일 아침까지 보내."

"경비는 보스가 대야 돼."

"그러지."

"그리고……"

"헤로인 이야기는 꺼내지도 마."

"보스, 이번 달은 관광객이 폭주해서 5킬로만 더 가져와야겠어."

"위험해."

"보스, 10퍼센트를 낼 테니까."

"이 자식아, 내 목이 날아간단 말이다."

"외교행낭을 누가 건드려? CIA의 행낭을?"

"이 개자식."

루니의 시선이 마르셀 옆에서 웃고만 있는 사내에게로 옮겨갔다. 붉은색 머리칼의 여자보다 더 미모의 사내다.

"부카서스, 너 더 예뻐졌구나."

그 순간 사내의 이맛살이 찌푸려졌고 마르셀이 혀를 찼다.

"보스, 소냐라고 불러."

"갓댐, 소냐."

마르셀을 흘겨본 루니가 턱으로 붉은 머리를 가리켰다.

"마르셀, 이년, 아니 이놈 입조심 단단히 시켜. 잘못하면 네 목이 날아간다."

그러자 붉은 머리가 눈을 흘겼고 마르셀이 고개를 끄덕였다. 붉은 머리는 마르셀의 동성 애인이다.

"알았어, 보스. 그럼 5킬로 더 주는 거지?"

"좋아, 다음 주 초 행낭 편으로 가져오지. 이번에는 12퍼센트다."

"아니, 보스."

"안 되면 없는 걸로 하고."

"좋아, 이번만이야."

"그리고 감시팀 5명, 내일 오전 10시까지 내 아지트로 보내."

자리에서 일어선 루니가 붉은 머리를 향해 한쪽 눈을 감았다.

"부카서스, 넌 여장하지 마. 남자일 때가 더 예뻐."

붉은 머리의 본명이 부카서스다. 그래서 이름이 거칠다고 마르셀이 소냐라고 개명시킨 것이다.

"여기 비싼 곳인데."

정재국의 팔짱을 낀 마리안이 몸까지 딱 붙이면서 말했다. 둘은 '샤스코'클럽의 현관으로 들어서는 중이다.

"난 파리에서 25년을 살았지만 여기 처음이야."

오후 7시 반, 둘은 7시에 시내에서 만나 곧장 이곳으로 온 것이다. 정재국이 다가온 종업원에게 100불짜리 지폐를 건네주면서 마리안의 허리를 감아 안았다.

"나도 이곳이 유명하다는 말만 들었어."

100불을 받은 종업원이 앞장을 서서 인파를 뚫고 가더니 안쪽 VIP석에 둘을 안내했다.

"자기야, 행복해."

마리안이 정재국의 옆에 바짝 붙어 앉으면서 활짝 웃었다.

"나, 자랑거리 생겼어. 샤스코의 VIP석에 앉았어."

이곳이 파리의 심장부다. 환락과 유행의 도시, 파리. 정재국은 파리의 심장이 벌떡벌떡 뛰는 느낌을 받는다. 옆쪽 연단의 밴드 연주 소리가 그렇게 느껴지는 것이다. 그때 두 테이블 건너편의 VIP석에서 사내 하나가 일어나더니 옆모습을 보이면서 출구로 다가갔다. 테이블에는 두 사내가 남았는데 한 놈은 여장 남자 같다.

"여기."

'존'이라고만 소개한 사내가 정재국에게 서류를 내밀었다.

"CIA 현황이오. CIA 파리지부장 루니 오스몬드에 대한 자료를 참고하시죠."

존은 30대 중반, CIA 파리지부 요원이다. 서류를 들춰 본 정재국이 고개를 들었다. 얼굴에 쓴웃음이 떠올라 있다.

"지부장이 괴물이군."

"CIA 고위층에서도 알고 있다고 봐야 될 겁니다."

존의 얼굴에도 웃음이 번졌다.

"필요하니까 당분간 놔둔다고 봐야겠지요."

"정보 고마워요."

정재국이 옆에 앉은 이칠성을 돌아보았다.

"요지경이군."

한국말이다. 이곳은 오페라 극장 광장 근처의 카페 안, 칸막이가 되어 있는 방 안에 셋이 둘러앉아 있다. 존이 손목시계를 보면서 일어섰다. 오후 5시 반이다.

"그럼, 오늘은 이만."

눈인사를 한 존이 칸막이 밖으로 나갔을 때 정재국이 서류를 집으면서 웃었다.

"압둘라가 주위에 지뢰를 깔아놓았어."

"쉬운 일이라면 대장이 우리를 보냈겠습니까?"

이칠성이 말을 받는다. 대장이란 후세인 대통령을 말한다. 파리 입성 이틀째 되는 날이다.

고준기는 레인저 상사 출신, 특기는 '근접전'인데 이것이 좀 묘하다. 이력서에 이렇게 쓸 수는 없고 그냥 말로 통한다. 군 생활을 오래 한 전문가 한테만 통하는 소개다. 고준기의 '근접전 특기'는 가까운 곳에서의 살인이다. 육박전, 사격 등 모든 수단을 포함한 살인. 쉽게 말하면 고준기 자체가 살인 병기라는 뜻. 고준기의 특기가 또 하나 있는데 그것은 감시다. 몸과 눈치가 빠르기 때문에 5명 중 감시를 담당하고 있다.

오후 6시, 레알지구에 위치한 아파트 2층 창가에 선 압둘라가 커튼 사이로 창밖을 본다. 아파트에서 직선거리로 100미터쯤 떨어진 성당의 종탑 창을 통해 망원경을 눈에 붙인 고준기가 압둘라를 확인했다. 오늘은 압둘라가 일찍 집에 돌아왔다. 5시 20분에 집에 돌아와 지금 창가에 모습을 나타냈다.

"어라?"

고준기의 입에서 낮은 외침이 터졌다. 아파트 옆쪽 골목의 꽃가게에서 손님으로 서 있는 사내, 주인과 이야기를 나누고 있지만 건성이다. 망원경 렌즈에 잡힌 사내의 눈동자가 자꾸 압둘라 아파트 쪽으로 옮겨진다.

"얼씨구."

다시 탄성이 터졌다. 이번에는 오른쪽, 길가에 주차된 승용차 머플러에서 옅은 김이 흘러나온다. 날씨가 추워서 히터를 켜 놓았겠지. 다른 차들 사이에 긴 검정색 시보레, 감시자들이다. 그때 고개를 돌린 꽃가게 손님과

창가의 압둘라가 시선이 마주쳤다. 둘 사이가 50미터쯤 되었지만 눈과 눈 사이에 직선이 그어진 것처럼 느껴졌다.

"갓댐."

고준기는 깨달았다. 감시자가 아니라 경호역이다. 둘은 대놓고 시선을 마주친다.

특명관팀의 숙소는 '마레지구'의 낡은 저택을 임대했다. 3층 건물의 2층으로 방이 6개, 응접실이 2개, 방마다 욕실, 화장실이 있는 꽤 큰 저택을 임대한 것이다. 가구, 주방기구까지 다 갖춰진 집이어서 몸과 옷 가방만 들고 들어가면 되었다. 집이 낡아서 마룻바닥이 삐걱거릴 뿐이지 다른 건 이상이 없다.

"뭐야? 셋이나?"

전화기를 귀에 붙인 정재국이 목소리를 높였다.

"압둘라는 집에 있고?"

"예, 집에 있습니다."

"그 자식이 눈치를 챘나?"

"지금 당장 데려가기는 힘들겠어요."

전화는 압둘라 저택으로 정찰 나간 고준기한테서 온 것이다.

"됐어. 오늘은 그냥 돌아와."

정재국이 지시했다.

"주변 파악을 좀 더 하고 데려가야겠다."

이번 1차 작전명령은 압둘라 아무디를 잡아서 자금 일체를 회수하는 것이다. 거금이 걸려 있는 작전이다. 어설프게 나섰다가 압둘라가 죽기라도 한다면 모든 일이 도로 아미타불이다.

6시 30분, 고준기가 전화를 걸고 돌아왔을 때 성당 안에서 기다리던 신부가 물었다.

"사진 다 찍었소?"

"예, 고맙습니다, 신부님."

주머니에서 100불짜리 3장을 꺼낸 고준기가 신부에게 내밀었다. 주변 건물 사진을 찍어 잡지에 싣겠다면서 신부에게 2시간에 500불을 주기로 한 것이다. 선금으로 2백 불을 냈다. 60대 신부가 얼른 돈을 받는다.

"아, 또 필요하면 오시고."

"예, 다음에는 좀 깎아주셔야 됩니다."

"100불 정도는 빼 드릴게."

고준기는 목에 카메라를 걸었고 손에 검정색 가방을 쥐었다. 가방 안에 망원경과 권총이 들어 있다. 성당을 나온 고준기가 벌써 어둠에 덮인 골목길을 내려간다. 바닥에 돌을 깔아서 반질거리고 있다. 폭이 5미터쯤 되는 경사진 도로를 드문드문 남녀가 오가고 있다. 고준기는 180센티쯤의 신장에 80킬로 정도의 체격, 평범한 용모여서 눈에 띄지 않는다. 골목에서 꺾어졌던 고준기가 걸음을 늦추고는 소리죽여 숨을 뱉었다. 저절로 입에서 미국 욕이 나왔다.

"갓댐."

내리막길은 100미터쯤 계속되다가 다시 옆길로 빠진다. 길이 점점 넓어지면서 오가는 행인도 많아졌다. 드문드문 가로등이 켜져 있었지만 주위는 어둡다. 사람들과 부딪히며 낮은 경사 길을 내려가던 고준기가 길가의 상점을 무심히 보았다. 유리창에 사내의 옆모습이 드러났다. 베레모, 긴 코트, 키가 컸고 어깨에 가방을 메었다, 그림 도구를 넣은 것 같은 꽤 큰 가방. 이놈이 성당 옆에서부터 따라온 것이다. 성당이 비스듬한 언덕의 위쪽에 위치해서 전망이 좋았고 그곳에서 압둘라의 저택이 환히 내려다보였던 것이다. 그것을 상대방도 알고 있었을 것인데 경솔했다. 고준기가 잠깐 걸음을 늦추고 길가의 옷가게 윈도를 보았다. 그러고는 옷을 들여다보면서 가게 안으로 들어갔다. 옷에 관심이 있다는 시늉, 옷가게로 들어선 고준기에게 종업원이 다가왔다.

"잠깐 화장실 먼저."

고준기가 웃음 띤 얼굴로 말하자 종업원이 안쪽을 가리켰다. 화장실은 대개 안쪽이고 뒷문 근처에 있다. 뒷문이 없는 가게는 없다. 고준기는 곧장 안으로 들어갔다.

또 전화.

"무슨 일이야?"

30분도 안 되어서 고준기가 또 전화를 했기 때문에 정재국이 긴장했다. 6시 50분.

"미행당하고 있어요, 갓댐."

고준기가 웃음 띤 목소리로 말했다.

"성당에서부터 놈이 따라옵니다, 보스."

"얀마, 지금 어디냐?"

정재국의 이맛살이 찌푸려졌다.

"성당에서 400미터쯤 내려왔습니다."

"병신."

"제가 좀 방심했습니다."

"좀? 그게 작은 일이냐?"

"감시역 사표 내야 되겠는데요."

"몇 놈이야?"

"하나는 분명한데 그 이상일 수도 있습니다."

그때 잠깐 뜸을 들였던 정재국이 입을 열었다.

"없애."

"예, 보스."

기다렸다는 듯이 대답한 고준기가 통화를 끊었다.

"안으로 들어갔어."

마레가 눈으로 옷가게를 가리켰다.

"옷 고르는 모양이야."

"갑자기 옷을?"

카린이 고개를 기울였다가 마레를 보았다. 카린은 검정색 모피 코트 차림에 가죽 장화 차림이다. 갸름한 얼굴의 미인, 붉게 칠한 입술이 어둠 속에서 선명하게 드러났다.

"내가 들어가 볼게."

카린이 몸을 틀었을 때 마레가 말했다.

"앞으로 들어가, 난 뒷문에서 막을 테니까."

"틀림없지?"

"맞아, 신부한테 건물 사진 찍는다고 2시간 종탑을 빌렸다니까. 압둘라를 노리는 놈이야."

"잡는 거야?"

"아니, 귀찮으니까 없애라는 지시야."

"누구?"

"몰튼."

고개를 끄덕인 카린이 발을 떼었고 마레는 우측으로 돌았다. 가게 뒤쪽으로 가려면 골목으로 들어가야 한다. 몰튼은 압둘라의 감시팀장이다. 현장에서는 몰튼의 지시를 받는 것이다.

옷가게 뒷골목은 폭이 3미터 정도밖에 안 되었고 가로등도 없다. 군데군데 커다란 쓰레기통이 놓여 있고 지린내가 코를 찌른다. 휴지가 땅바닥에 널려 있는 데다 빈 병, 깡통이 보인다. 골목에 드문드문 통행인이 있었기 때문에 눈을 좁혀 뜬 마레가 서둘러 발을 떼었다. 옷가게는 20미터쯤 앞. 15미터쯤 앞에 옆 가게용 커다란 철제 쓰레기통이 놓여 있기 때문에 마레의 목표는 그곳이다. 곧 쓰레기통 앞에 도착한 마레가 안쪽으로 몸을 붙였다. 쓰레기통 높이가 150센티는 되어서 머리는 숙여야만 한다. 입맛을 다신 마레가 안쪽으로 몸을 붙였을 때다. 앞쪽에서 인기척이 났기 때문에 마레는 고개를 들었다. 그 순간 눈앞에 사내의 얼굴이 드러났다. 어두웠지만 20센티 거리도 안 되어서 선명하다.

"아!"

입을 딱 벌린 마레의 입에서 목소리가 울린 것은 가슴에 격심한 충격을 받았기 때문이다. 소음기를 낀 베레타가 마레의 심장을 꾹 누르면서 발사된 것이다. 그저 둔탁한 진동음만 울렸을 뿐 소리도 들리지 않았다. 순식간에 심장이 산산조각으로 찢어진 마레가 입을 딱 벌린 채로 주저앉았을 때 곧 사내가 주머니를 뒤지기 시작했다. 그러면서 사내가 마레의 귀에 대고 속삭였다.

"파리에서 첫 살인이야."

26

안을 뒤졌던 카린이 서둘러 뒷문으로 나왔을 때는 그로부터 3분쯤 후다. 화장실까지 뒤지다가 종업원에게 묻고 나온 것이다. 주위를 두리번거리던 카린이 낮게 물었다.

"마레! 어디 있어?"

그때 옆쪽 쓰레기통 뒤에서 사내 하나가 나타났다. 그 순간 카린이 숨을 들이켰을 때 사내가 손에 쥐고 있던 권총을 겨누었다. 카린이 입을 딱 벌렸지만 사내에게 잡힌 시선은 떼지 않았다.

"퍽!"

발사음이 울렸고 이마에 구멍이 뚫린 카린이 뒤로 벌떡 넘어졌다.

"갓댐."

투덜거린 고준기가 권총을 주머니에 넣더니 몸을 돌렸다. 여자는 예상하지 못했던 것이다. 두 번째 살인이다. 고준기가 서둘러 골목을 나와 언덕을 올라간다.

"마르셀, 둘이 당했습니다."

수화구에서 몰튼의 목소리가 울렸다. 오후 8시 10분, 오늘도 마르셀 파샤는 샤스코에서 소냐와 함께 약에 취해 있다. 그래서 몰튼의 다급한 목소리에도 무감각했다.

"둘이? 왜?"

"총에 맞았어요."

"총에?"

이곳은 샤스코의 사무실 안, 방음 장치가 잘 되어 있어서 목소리가 선명하게 들리는데도 되묻는다. 그때 몰튼이 소리치듯 말했다.

"마레하고 카린까지, 압둘라 저택 근처에서 사진을 찍던 놈을 따라갔다가……"

"……."

"총에 맞았습니다. 마레는 심장, 카린은 이마가 뚫렸는데요."

"……."

"인상착의를 알 수가 없습니다."

"무슨 말야?"

마침내 약 기운을 떨쳐내려는 듯이 고개를 저은 마르셀이 소리쳤다.

"어떤 놈한테 당했단 말이냐?"

"성당 신부한테 돈을 주고 종탑에서 사진을 찍었다는 놈입니다. 그놈을 따라간 겁니다."

"그래서?"

"내가 잡으라고 했지요. 잡지 못하면 죽이라고."

"그래서?"

"그랬더니 아래쪽 가게 뒤에서 당했습니다."

"병신들."

"제가 지금 성당 근처에 와 있습니다."

"……."

"성당 신부도 당했습니다. 역시 총을 맞았어요. 심장이 뚫렸습니다."

"젠장."

이제는 약 기운이 달아난 마르셀이 버럭 소리쳤다.

"알았어! 내가 보강해줄 테니까 기다려!"

루니 오스몬드와의 약속은 지켜야 한다.

"신부까지 쐈어?"

놀란 정재국이 묻자 고준기가 어깨를 늘어뜨렸다.

"신부가 내 인상착의를 정확히 알고 있어서……."

"얌마, 그렇다고 신부를……."

"안 돼요?"

고준기가 이맛살을 모으고 정재국을 보았다.

"술 냄새도 나던데요, 돈도 밝히고."

"쓸데없는 살인을 했단 말야."

"그것들이 날 쫓아온 건 신부한테 정보를 들었기 때문입니다."

"야, 됐고."

고준기의 말을 막은 정재국이 둘러선 팀원들을 보았다. 감시로 밖에 나가 있는 김수남만 빼고 이칠성, 박상철까지 모두 둘러앉아 있다. 마레지구의 숙소 응접실 안, 오후 8시 반, 팀원들을 둘러본 정재국이 입을 열었다.

"상황을 보고 나서 압둘라를 잡으려고 했더니 저택 주변에서 덜컥 살인 사건이 일어나 버렸어."

입맛을 다신 정재국이 말을 이었다.

"감시를 죽였으니 틀림없이 압둘라가 눈치를 챘겠는데?"

"감시인지 아닌지 확실하지도 않은 것 같은데요."

이칠성이 탁자 위에 벌여 놓은 마레의 유류품을 둘러보며 말했다. 신분증이 든 지갑, 소음기가 끼워진 리볼버 권총, 탄창, 담배, 라이터 등이 놓였다. 여자의 소지품은 없다. 신부한테서도 가져오지 않았다. 그때 박상철이 말했다.

"소음기가 끼워진 리볼버를 소지하고 있는 걸 보면 그냥 강도는 아닙니다. 압둘라가 고용한 경호원이 맞아요."

"일단 보고는 해야겠다."

정재국이 마침내 결심했다.

"뭐라고? 당했어? 둘이?"

루니 오스몬드가 버럭 소리쳤기 때문에 마르셀이 주춤한 듯 잠깐 대답하지 않았다. 루니가 전화기를 고쳐 쥐고 다시 소리쳤다.

"압둘라는 알고 있나?"

"아직 모르고 있어."

마르셀이 말을 이었다.

"보고할 필요 없는 일 아냐?"

"그건 그렇지만 그거, 강도야? 아니면……."

"그게 알 수가 없다는 거야, 보스."

마르셀도 보고를 받은 터라 그렇게 말할 수밖에 없다. 루니가 다시 물었다.

"둘 다 총에 맞았단 말이지?"

"응, 하나는 심장, 하나는 이마. 아주 정통이야, 그리고……."

"그리고 또 뭐?"

"신부까지 죽였어. 그놈이 성당의 종탑에서 사진을 찍는다고 신부한테 허락을 받았다는데."

"……."

"신부가 그놈 인상착의를 알고 있기 때문에 죽였다는 거야. 그놈 전문가야."

"좋아."

마침내 루니가 어깨를 부풀리고 말했다.

"마르셀, 감시를 보강해. 다섯 명쯤, 에이스로."

"젠장."

"내가 그건 확실하게 가져다줄 테니까."

"알았어, 보스."

마르셀이 얼른 대답했다.

"압둘라, 네가 지금 감시받고 있는 거야."

루니가 말했을 때 수화구에서 압둘라의 짧은 웃음소리가 들렸다.

"올 것이 온 거야. 내가 뭐랬어?"

"갓댐."

이맛살을 찌푸린 루니가 전화기를 고쳐 쥐었다.

"압둘라, 당신 이러고 있을 거야?"

"서둘러야지."

압둘라의 목소리에 웃음기가 싹 가셨다.

"돈 다 빼낼 거야."

"오 마이 갓. 마침내."

"앞으로 10일이야, 루니."

"좀 땡길 수 없나?"

"은행이 5개야. 확인하는 데 시간이 걸려."

"좋아. 내가 조치를 하지."

이미 비상시에 대비한 계획이 세워져 있었기 때문에 둘의 손발은 맞는다. 압둘라가 말을 이었다.

"어쨌든 고마워, 루니. 내가 하마터면 끌려갈 뻔했군."

"다 약칠을 했기 때문이지."

루니의 얼굴에도 웃음이 떠올랐다. 루니 자신도 압둘라의 '약칠' 대상인 셈이니까.

"마레는 마르셀 파샤의 조직원이오."

존의 목소리가 울렸다. 방금 존은 마르셀 파샤의 신분증을 체크한 것이다. 오후 10시 반, 존에게 신분증을 넘긴 지 1시간밖에 되지 않는다. 정재국이 전화기를 고쳐 쥐었다.

"마르셀 파샤가 누구요?"

"갱 두목이지. 갑자기 부상한 파리 5대 조직의 갱단 두목인데 마약과 여자 장사로 떼돈을 벌고 있어."

"그런데 그놈이 왜?"

"루니 오스몬드."

숨을 죽인 정재국에게 존의 목소리가 이어졌다.

"루니의 마각이 이렇게 드러나는군."

루니 오스몬드는 CIA 파리지부장, 존의 상급자다. 루니와 압둘라의 비밀 관계가 이렇게 드러나기는 처음인 것이다. 존이 말을 이었다.

"루니가 마르셀을 시켜 압둘라 주위를 보호하고 있었던 거요. 압둘라의 부탁을 받았겠지."

"젠장."

"압둘라는 상황이 심각하게 돌아가고 있다는 것을 눈치챈 것이고."

"우리가 파견되었다는 것을 알고 있는 것이군."

"바그다드에서 정보가 새었겠지."

"갓댐."

"지금쯤 도망쳤을지도 모르겠는데."

"어쨌든 고맙소, 존."

정재국이 전화기를 내려놓고는 둘러선 팀원들을 보았다.

밤 11시 반, 아파트에서 나온 고준기가 골목 끝 쪽 벽에 등을 붙이고 선
정재국에게 다가갔다.

"집 비었어요."

"그럴 줄 알았어."

벽에서 등을 뗀 정재국의 두 눈이 번들거렸다.

"그래서 감시도 싹 없어졌군."

"집 안이 어수선해요. 급하게 떠난 겁니다."

고준기는 압둘라의 아파트 안까지 들어갔다가 나온 것이다. 압둘라는
아파트에서 혼자 살고 있다. 와이프는 5년 전쯤 사망했고 자식 둘은 각각
영국과 이집트에서 직장과 학교에 다닌다.

"가자."

정재국이 발을 떼었다. 깊은 밤, 주위는 조용하다.

마르셀 파샤가 고개를 돌려 소냐를 보았다.

"소냐, 달링."

소냐의 시선을 받은 마르셀이 팔을 뻗어 허리를 감싸 안았다.

"피곤해?"

"아니?"

"쫌만 참아라. 다 끝났다."

이곳은 마르셀의 아지트인 몽마르트르의 카페 '얀'의 귀빈실 안이다.
'얀'은 최고급 카페로 지금도 손님들로 흥청대고 있다. 그때 문이 열리더
니 지배인 피에르가 들어섰다. 손에 장부를 들고 있다.

"회장님, 결산서 가져왔습니다."

고개만 끄덕인 마르셀 앞에 서류를 내려놓은 피에르가 부동자세로 섰다. 피에르는 42세. '드래곤파'의 경리책임자도 겸하고 있다.

"오늘 매출액이 달러로 150만 불이 조금 넘습니다."

피에르가 말을 이었다.

"유고가 22만 불을 미입금시켰기 때문에 차질이 났습니다. 유고는 내일 입금시킨다고 합니다."

유고는 마약도매상 중 하나로 마레지구를 맡고 있다. 고개를 끄덕인 마르셀이 피에르를 보았다.

"내일 밤까지 입금 안 시키면 가족 중 하나를 죽인다고 전해."

"예, 회장님."

"그렇지. 지금 대학 다니는 아들놈을 죽인다고 하는 것이 낫겠다."

"예, 회장님."

그때 피에르 뒤쪽 문이 열리는 기척이 났다. 밖의 소음이 와락 방 안에 밀려들었다가 곧 그쳤다. 문이 닫혔기 때문이다. 피에르에 가려서 뒤쪽이 보이지 않았다가 고개를 든 마르셀은 다가서는 두 사내를 보았다.

"누구냐?"

마르셀이 이맛살을 찌푸리며 물었다. 처음 보는 놈들이다. 다음 순간 마르셀은 둘이 동양인인 것을 깨달았다. 그때다.

"퍽!"

사내 하나가 허리춤에서 빼내 쏜 총탄이 피에르의 얼굴 복판에 맞았다. 눈썹 사이, 콧등의 맨 위쪽이다. 마르셀은 2미터쯤 앞에 서 있던 피에르의 머리가 뒤쪽 부분에서 부서지는 것까지 똑똑히 보고는 숨을 들이켰다.

"그대로 앉아 있어."

그때 다른 사내가 주머니에서 권총을 꺼내 들면서 말했다. 차분한 표정, 가라앉은 눈빛. 사내는 정확한 영어를 쓴다. 20대 후반쯤. 건장한 체격, 말쑥한 양복 차림. 사내의 쥔 권총 총구가 옆에 앉은 소녀를 향해 옮겨졌다.

"이년이 애인인 모양이군."

다가선 사내가 총구를 소녀의 옆머리에 붙였다.

"아니, 이거 사내놈 아냐?"

짙은 화장을 한 소녀의 얼굴을 들여다본 사내가 혀를 찼다.

"자, 셋만 세겠다. 압둘라 아무디가 지금 어디 있는가를 말해, 개자식아."

"이, 이것 봐."

마르셀이 눈을 치켜떴다.

"그 여자, 건드리지 마."

"하나."

"총구를 치워."

"둘."

"아악!"

소녀, 그러니까 부카서스가 사내 목소리로 비명을 질렀다.

"살려줘요!"

"자, 셋이다."

"잠깐."

마르셀이 소리쳤다.

"말할게!"

레알의 샤틀레 광장 뒤쪽에 위치한 3층 건물은 1, 2층이 화랑으로 쓰였고 3층이 저택이다. 180평 면적의 낡은 저택이지만 위치가 좋은 데다 방이 7개나 되어서 반년 전까지 유명한 연극배우가 살다가 시골로 이주했다. 그리고 지금은 압둘라 아무디가 3시간 전부터 입주해 있다. 마르셀의 소개로 옮겨온 것이다.

"하지크, 연락했나?"

압둘라가 소리쳐 묻자 주방 쪽에서 건장한 사내가 나타났다. 하지크 살렘. 요르단 국적의 팔레스타인인으로 압둘라가 고용한 비밀경호원 팀장이다. 하지크는 아지란, 술탄 두 명을 지휘하고 있었는데 세 명 다 팔레스타인 태생의 요르단 국적이다.

"예, 안전합니다."

하지크가 압둘라 앞으로 다가가 섰다.

"카잘하고 내일 아침에 자동차 편으로 떠난다고 했습니다."

고개를 끄덕인 압둘라가 벽시계를 보았다. 오전 12시 40분이다. 카잘은 영국에서 직장에 다니는 압둘라의 아들 사다나의 경호원이다. 압둘라는 사다나를 피신시킨 것이다. 벌써 사다나는 집에서 나와 카잘과 함께 은신처에 머물고 있다. 그리고 아침에 다시 제2의 은신처로 떠나려는 것이다. 그때 전화벨이 울렸기 때문에 거실에 있던 아지란이 전화기를 들었다. 응답한 아지란이 곧 전화기를 압둘라에게 내밀었다.

"루니 씨입니다."

압둘라가 서둘러 전화기를 받아들었다. 이곳은 마르셀이 빌려준 안가(安家)지만 루니가 배후인 것이다.

"납니다."

압둘라가 응답하자 루니가 서두르며 말했다.

"거기, 마르셀한테서 연락 왔어?"

"언제 말야?"

"연락 온 지 얼마나 돼?"

"두 시간쯤 전에, 여기 온 지 한 시간쯤 되었을 때."

"그래?"

"무슨 일 있는 거야?"

"아니, 연락이 안 돼. '얀' 카페에 있다고 들었는데."

"왜 그러는 거야?"

"찜찜해서 그래."

루니가 말을 이었다.

"그놈들이 배후에 마르셀이 있다는 것을 알아챘을 가능성이 있어."

"……."

"마르셀을 잡으면 당신 위치를 찾아냈을 가능성도 있고."

"이거, 귀찮군."

"마르셀이 '얀'의 사무실에 있다는데 전화도 안 받고 방 밖으로 나오지도 않는다는 거야."

"젠장."

"지배인 놈이 보고를 하러 들어가 있다는데 말야. 벌써 한 시간째야."

"젠장, 별걸 다."

"이봐, 거기서 떠나."

루니가 말을 이었다.

"찜찜해. 거기서 나와서 증권거래소 앞 부르스 광장으로 와. 거기로 사람을 보낼 테니까 검정색 벤츠를 타라고."

"……."

"검정색 벤츠, 피터라는 놈이야, 알지?"

"알아."

"30분 후."

그러고는 통화가 끊겼기 때문에 압둘라가 벌떡 일어섰다.

오전 1시 반, 정재국이 다가오는 이칠성을 보았다. 어깨를 늘어뜨린 이칠성이 운전석 옆자리로 들어섰을 때 정재국이 불쑥 물었다.

"비었어?"

"예, 여기도 조금 전에 떠난 것 같은데……"

그때 정재국과 이칠성의 시선이 마르셀에게로 옮겨졌다. 마르셀 파샤는 지금 뒷좌석의 정재국 옆자리에 앉아 있다. 물론 두 손과 발이 묶인 상태. 둘의 시선을 받은 마르셀이 고개부터 저었다.

"난 모르는 일이야."

"트렁크에 있는 소냐를 차로 뭉개줄까?"

"그놈들이 떠난 건 내 탓이 아냐."

"너, 지금 그놈들이라고 했지?"

정재국이 마르셀의 멱살을 움켜쥐었다. 이곳은 골목 안, 주위는 어둠에 덮였고 지나는 행인은 없다. 압둘라의 안가였던 3층 건물은 이곳에서 1백 미터 거리다. 목이 막혀서 입을 딱 벌렸던 마르셀이 손을 느슨하게 했을 때 가쁜 숨을 들이켰다.

"개새끼들, 날 죽여라."

"먼저 네 애인부터 죽이고."

"더러운 동양 놈들, 소냐는 아무 죄 없어."

"너 같은 놈하고 같이 있던 죄지."

정재국이 이칠성을 보았다.

"그년 꺼내서 차 뒷바퀴 앞에 놔. 후진해서 밟아 죽이게."

"예, 대장."

이칠성이 차 문을 열었을 때 마르셀이 소리쳤다.

"압둘라 경호원이 있었어!"

"그놈 이야기를 안 했군."

"네가 묻지 않았잖아."

마르셀의 '얀' 클럽에 쳐들어간 팀은 피에르의 시체를 금고에 넣은 후에 마르셀과 소냐를 데리고 비밀통로로 나온 것이다. 비밀통로는 피에르만 알고 있었기 때문에 안에서 문을 잠근 '마르셀의 방'은 당분간 통신두절 상태다.

"한 번만 더 뭘 감춘 사실이 발각되면 그때는 물을 것도 없이 죽인다."

"압둘라는 개인 경호팀이 있었어. 내가 보기에 셋이야."

"셋."

"비밀 경호팀이지. 팔레스타인 놈들 같았어."

"셋하고 같이 왔단 말이지?"

"그래."

"누가 정보를 준 것 같은데, 또 피한 걸 보면 말야."

"그건 내가 모르지."

"루니 오스몬드 아닐까?"

"마르셀이 입을 다물었기 때문에 정재국이 눈을 가늘게 떴다.

"너, 내가 너하고 루니 오스몬드의 사이를 모를 것 같나?"

"그래서 어쨌단 말이냐?"

마르셀이 번들거리는 눈으로 정재국을 보았다.

"그것까지 내 책임이냐?"

그때 골목 안으로 들어서는 고준기와 박상철의 모습이 보였다.

오전 3시 10분, 루니 오스몬드가 전화기를 귀에 붙이고 말했다.

"마크, 여기 심각합니다."

"뭔데?"

수화구에서 느린 목소리가 울렸다. 술기운으로 혀가 구부러진 상태다.

"압둘라가 위험합니다."

"감시 붙였다면서?"

"감시가 당했습니다. 게다가……."

숨을 고른 루니가 말을 잇는다.

"감시역을 맡겼던 마르셀 파샤가 납치된 것 같습니다. 사무실 방에서 제 애인하고 같이 납치당한 것 같아요."

"뭐?"

이제는 술이 깬 것 같은 목소리.

"사무실에서? 납치? 그 갱단 두목 놈이?"

"예, 마크."

"갓댐."

"바그다드에서 보낸 놈들입니다."

"정체는?"

"아직……."

"병신."

"그리고……."

"또 있나?"

40

"우리 내부에 정보원이 있는 것 같습니다."

"갓댐."

"정보가 새 나가는 느낌을 받습니다, 마크."

"루니, 너도 이젠 한물갔어."

"그래서 이러는 것 아뇨, 마크?"

"지금 압둘라는?"

"내가 직접 숨겨 놓았어요."

"여기로 데려와야겠다. 전용기를 써."

"안 됩니다."

"왜?"

"그러려면 정보가 이곳저곳으로 새 나가게 될 테니까요. 최소한 16명의 입을 막아야 됩니다."

"병신."

"이봐요, 마크. 나뿐만 아니라 당신 목이 걸려 있는 일이오."

"내 목뿐인 것 같냐?"

이젠 마크도 버럭 소리쳤다.

"내가 뒷배경도 없이 너한테 이런 이야기를 떠벌리고 있는 것 같아? 이 개자식아."

"마크, 술 취했소?"

"12시간만 기다려, 병신아."

이번에는 마크가 한마디씩 분명하게 말했다.

"내가 방법을 생각해 볼 테니까."

그러고는 통화가 끊겼기 때문에 루니가 전화기를 내려놓았다. 그런데 웃는 얼굴이다.

"은행에 출금 정지 신청은 해 놓았지만 압둘라가 나타나서 신청을 하면 지급할 수밖에 없어."

모하메드가 말했다.

"압둘라가 일하기 쉽도록 우리가 그렇게 만들어준 거야."

"알겠습니다."

정재국이 조심스럽게 물었다.

"압둘라를 꼭 살려서 잡아야 합니까?"

"무슨 말이야?"

"돈을 찾는 것이 문제 아닙니까?"

"그건 그래."

모하메드가 혀 차는 소리를 냈다.

"그런데 그놈이 살아서 지문을 찍어야 한다는 것이 문제지."

"지문 말입니까?"

"5개 은행 중에 스위스 은행 2곳, 파리은행 1곳이 지문 감식 조건이 있어."

"……."

"압둘라 지문을 찍고 압둘라가 내는 비밀번호, 그리고 내가 불러 주는 비밀번호가 맞아야 되지."

"……."

"압둘라의 비밀번호는 내가 5곳 다 아는데 그 빌어먹을 지문이 문제야."

"알겠습니다."

"돈만 찾으면 압둘라 같은 놈 목숨 따위는 필요 없어."

"알겠습니다."

전화기를 내려놓은 정재국이 핏발 선 눈으로 팀원들을 보았다. 모두 들었기 때문에 입을 다물고 있다. 정재국이 어깨를 부풀렸다가 내렸다. 어렵다.

"갓댐."

오전 4시 반, 존슨이 스몰빌딩의 4층 사무실로 들어섰을 때 기다리고 있던 빌리가 말했다.

"작전 때문이야, 존. 짜증 내지 마."

"갓댐."

투덜거린 존슨이 털썩 의자에 앉아서 상황판을 보았다. 상황판의 변동은 없다. 이곳은 CIA 파리지부 상황실 안, 당직 근무자 둘이 항상 대기하는 곳이지만 갑자기 하나가 빠졌기 때문에 존슨이 대체 근무로 불려 왔다. 상황판은 2개인데 한쪽은 파리 전역이 구역별로 표시되어 있고 옆쪽 벽은 유럽 지도다. 존슨이 파리 지도를 보면서 물었다.

"피터가 나간 거야?"

"응, 비밀작전."

"지부장?"

"그래."

"젠장, 피터 급수가 올라가겠군."

존슨이 투덜거렸다.

"난 지부장이 안 부르나?"

"피터가 안가 관리를 하잖아? 이번에 VIP를 옮기는 모양이야."

하품을 하고 난 빌리가 말을 이었다.

"혹시 망명자인지도 몰라."

따라서 하품을 한 존슨이 입을 다물었기 때문에 상황실이 조용해졌다. 그러더니 곧 빌리가 의자에 머리를 붙이고는 졸기 시작했다.

밤 11시, 뉴욕 브루클린의 하몬드 빌딩 5층 사무실 안, 유리창이 없어서 이곳은 밤낮으로 불이 켜진 곳이다. 사무실이 빌딩 한복판에 위치해 있기 때문이다. 손목시계를 본 마크 핸들러가 고개를 들고 앞에 앉은 사내를 보았다.

"지금 파리는 오전 5시입니다, 알렉스."

"그래?"

건성으로 대답한 사내가 앞에 놓인 술잔을 들었다.

"루니가 고생하는군."

"루니 고생을 덜어줘야 할 것 같습니다."

"그 자식이 불평불만을 쏟아내고 있지?"

"바그다드에서 보낸 놈들이 마르셀 파샤까지 납치했으니까요."

"내부에 스파이가 있다고?"

"너무 오래 압둘라를 이용해 먹었으니까요."

"내부에 스파이가 있다면 고위층으로 전달되었을 가능성이 있어."

사내가 잔에 다시 술을 따르면서 말을 이었다.

"그 고위층이 우리 식구일 가능성이 있지만 말야."

"알렉스, 서둘러야 할 것 같습니다."

마크가 말하자 알렉스라고 불린 사내가 정색했다. 갈색 눈동자, 넓은 얼굴, 반백의 머리, 알렉스 포크만은 CIA 부장보로 CIA 고위층 5인에 포함되는 거물이다. 알렉스가 똑바로 마크를 보았다.

"압둘라가 여기서 자금을 인출할 수 없는 건가?"

"은행과 계약할 때 출금처 제한은 없었지만 바그다드에서 비밀번호를 불러줘야 가능합니다."

"모하메드라고 했지?"

"그래요."

"모하메드의 비밀번호 없이 인출할 수 있는 방법은?"

"은행장 결재."

"어떤 방식이야?"

"사인과 지문 확인요."

"갓댐."

"원체 거금이니까요."

"지금 얼마 남아 있지?"

"장부상으로는 30억 7천만 불인데 실제로는 23억 5천만 불 정도요."

"많이 남았군."

"많이 빼먹었지요."

"압둘라가 지금 우리 안가에 있다고?"

"루니가 마르셀에게 맡겼다가 우리 안가로 다시 뺐습니다."

"경호는?"

"압둘라 자체 경호원 셋과 루니가 붙여준 용병 셋, 피터라는 루니 부하가 지휘하고 있어요."

"갓댐. 프랑스 정보국에서 눈치채겠는데."

"이젠 미국으로 데려옵시다."

"1시간만 기다려."

고개를 든 알렉스가 벽시계를 보고 나서 말했다.

"나도 윗놈들 지시를 받아야겠다."

"기가 막힌 구조군."

망원경을 눈에서 뗀 정재국이 탄식했다.

"지붕만 보이고 앞뒤로 접근할 수가 없어. 빌어먹을."

"방법이 있는데요."

망원경을 눈에 댄 채로 박상철이 말했다.

"저 지붕을 폭파하는 겁니다. 그러고 나서 골목 앞뒤에 저격병을 심어 놓는 것이지요."

"너, 그걸 말이라고 하나?"

벌컥 화를 낸 정재국이 몸을 일으켰다. 이곳은 소르본 광장 오른쪽의 주택가. 위쪽이 생미셸 대로여서 바로 빠져나갈 수가 있다. 담장이 높은 주택가 안쪽에 CIA의 안가가 자리 잡고 있는 것이다. 1차선 도로가 구부러지는 모퉁이. 주위는 2층 저택이 대부분이었는데 안가도 숲이 무성한 대저택으로 이곳에서는 지붕만 보인다.

지금 정재국과 박상철이 엎드려 있는 곳은 안가로부터 직선거리 420미터 지점의 3층 건물 옥상이다. 이곳을 찾아내느라고 30분 가깝게 소비했으니 그만큼 안가(安家)가 잘 숨겨져 있다는 증거다. 잠깐 망원경을 눈에 붙였다 뗀 정재국이 몸을 일으켰다. 오전 7시 반. 한숨도 못 자고 파리 시내를 휩쓸고 다니는 중이다. 양복점 건물의 아래층으로 내려온 정재국에게 이칠성이 다가왔다.

"팀장님, 그쪽으로 통행하는 차량이 거의 없습니다."

주위를 둘러본 이칠성이 말을 이었다.

"접근하기도 힘들겠어요."

정재국이 어깨를 부풀렸다가 내렸다. 존한테서 정보를 받았을 때가 오전 5시가 조금 넘었을 때다. 상황실에 대리 근무를 나왔던 존이 피터가 압둘라를 안가에 피신시킨 것을 알고 정보를 준 것이다. 그런데 안가 위치를 알게 되었는데도 접근하기가 어렵다.

"고준기는?"

정재국이 묻자 이칠성이 턱으로 골목 앞쪽을 가리켰다.

"접근 방법을 찾아본다고 나갔습니다."

"정보가 새 나갔을 가능성에 대비해야 돼."

목소리를 낮춘 루니가 말을 이었다.

"이틀만 버텨라, 피터."

"이틀입니까?"

피터가 핏발 선 눈으로 루니를 보았다. 이곳은 안가에서 2백 미터쯤 떨어진 길가의 빵 가게 안. 이른 아침이었지만 빵 가게는 손님으로 가득 차 있다. 이곳에서 금방 구운 빵을 서너 개씩 사 들고 나가는 것이다. 구석에서 마주 보고 선 루니가 고개를 끄덕였다.

"본부에서 압둘라를 데려갈 거야."

"전용기로 갑니까?"

"우리 전용기는 정보가 새 나갈 가능성이 커서 본부 전용기가 온다."

"그렇군요."

"마르셀은 아직 찾지 못했는데 그 애인 되는 놈하고 같이 죽은 것 같다."

"도대체 어떤 놈들입니까? 후세인의 직할대입니까?"

"후세인이 보낸 놈들은 맞아."

입맛을 다신 루니가 주위를 둘러보았다. 손님들은 점점 더 몰려들고 있다.

"나는 사무실로 갈 테니까."

피터의 어깨를 가볍게 친 루니가 말을 이었다.

"남들이 이상하게 생각지 않게 빵을 사 가도록."

고준기가 서둘러 돌아오더니 가쁜 숨을 가누며 말했다.

"빵 가게입니다."

"뭐가?"

이칠성이 대신 물었다. 이곳은 양복점 옆의 골목 안, CIA 안가와는 반대 방향인 데다 거리도 멀다. 도로상 거리로 따지면 1킬로도 넘는 곳이다. 고준기가 말을 이었다.

"빵 가게가 안가에서 2백 미터 거리인데 손님들이 버글거립니다. 유명한 빵 가게인 것 같습니다."

"이 촌놈, 여긴 아침 빵을 사려고 아침마다 동네 빵 가게에서 줄을 서."

정재국이 투덜거리며 손목시계를 보았다. 오전 7시 55분이다.

"파리장들이 늦게 일어나는 것이 행운을 가져다주려나 모르겠다."

발을 뗀 정재국이 번들거리는 눈으로 이칠성에게 말했다.

"빵 가게까지 접근해서 정찰이다."

압둘라가 앞에 선 하지크에게 말했다.

"하지크, 밖에 있는 용병들은 우리 보호역 겸 감시 역할이야."

"알고 있습니다."

하지크가 흰자위가 많은 눈을 번들거리면서 말했다.

"둘은 알제리 출신이더군요. 외인부대에 있었다지만 쓰레기 같은 놈들입니다."

"만일의 경우……."

목소리를 낮춘 압둘라가 창가로 바짝 다가가 섰다. 창밖의 정원 끝에 사내 하나가 서 있다.

"저놈들이 딴짓을 할 가능성이 있어."

압둘라의 시선이 정원 끝 쪽 사내를 스치고 지나갔다. 하지크는 숨만 쉬었고 압둘라의 말이 이어졌다.

"CIA도 믿을 수 없다. 하지크, CIA는 내가 자금을 다 찾도록 한 후에 제거할 가능성도 있어."

"우리한테 맡기십시오, 보스."

고개를 끄덕인 압둘라가 손목시계를 보았다. 오전 8시 10분이다. 그때 정문 옆의 철제 쪽문이 열리더니 피터가 들어섰다. 손에 가득 바게트를 들고 있는 것이 평범한 가장 같다.

"여보세요. 르노 회장이시죠?"

수화구에서 울리는 목소리에 마르텡 르노가 긴장했다. 르노의 손에는 흰색 전화기가 쥐어져 있었는데 VIP용이다. 이 전화기를 사용하는 인물은 50명도 되지 않는다. 프랑스 수상부터 산업장관, 내무장관, 검찰총장까지 포함해도 그렇다.

"예, 그렇습니다만. 누구시죠?"

아직 발신자 표시가 드러나지 않는 시기여서 르노가 긴장했다. 그때 사내의 목소리가 이어졌다.

"나, 이라크의 모하메드 대장이오."

"아, 대장 각하."

후세인 대통령의 경호실장 모하메드다, 현역 육군대장, 보안사령관을 지난 이라크의 제3인자, 후세인의 심복이며 비자금 관리책. 지금 모하메드는 비자금 문제로 전화를 했을 것이다, 왜냐하면 르노가 파리 제3은행 총재니까.

모하메드가 압둘라를 시켜 제3은행에 예치한 자금은 8억 2천만 불, 엄청난 거금이다.

그때 모하메드가 말했다.

"르노 총재 각하, 요점만 말하겠습니다."

"말씀하시지요, 대장 각하."

"우리가 예치한 자금이 8억 2천만 불, 맞지요?"

"맞습니다, 대장 각하."

"그 예금을 압둘라가 인출하면 안 됩니다, 총재 각하."

"알겠습니다, 대장 각하."

"예금주로서 대리인의 해임을 정식으로 통고해드리는 겁니다."

"알겠습니다, 대장 각하."

"계약서에 기재된 대로 구두 통보도 효력이 있다는 것을 상기시켜드립니다. 물론 이 대화도 녹음하고 있습니다."

"예, 대장 각하."

르노가 손등으로 이마의 땀을 닦았다.

64세인 르노는 산전수전 다 겪은 은행가다. 온갖 군상을 다 겪었지만 '중동' 쪽 예금주는 폭력적이다. 특히 이라크가 그렇다.

전화기를 내려놓은 르노가 심호흡을 했다.

"탕!"

총소리가 계곡을 울렸기 때문에 이칠성이 고개를 들고 주위를 두리번거렸다.

이곳은 파리 북서쪽 베르사유 북방의 골짜기. 인적이 뚝 끊긴 계곡에서 박상철이 사격을 하고 있다.

앞에 거치된 총은 저격용 드라구노프, 스코프가 부착된 드라구노프에 10발들이 탄창이 끼워져 있다.

"명중."

제가 쏘고 박상철이 제가 소리쳤다.

방금 박상철은 500미터 전방의 냄비를 명중시킨 것이다. 총탄은 특수 제작된 철갑세열탄. 철제 냄비가 산산조각이 났다.

명중된 즉시 폭파된 것이다.

탕!

다시 2번째 발사.

"음, 굿."

이번에는 망원경을 눈에 댄 이칠성이 감탄했다.

두 번째 총탄이 냄비 옆쪽의 머리통만 한 바위를 산산조각 낸 것이다.

"됐다."

오전 10시, 잠도 안 자고 무기 성능 테스트를 하려고 이곳에 왔다. 바쁘다.

2장
파리 대폭발

"고인 물은 썩기 마련입니다."

불쑥 해밀턴이 말했기 때문에 이광이 고개를 들었다. 리스타랜드의 바닷가 별장 베란다에 이광과 해밀턴, 안학태가 나란히 앉아 있다. 이곳은 오후 5시, 태양이 수평선 위로 떨어지는 중이다. 해밀턴이 말을 이었다.

"지금 CIA가 그렇습니다."

"후버 부장을 말하는 건가?"

이광이 묻자 해밀턴이 고개를 끄덕였다.

"후버 부장의 부하들이 썩은 것이지요. 지금 파리의 사건이 바로 그 증거죠."

해밀턴이 번들거리는 눈으로 이광을 보았다.

"압둘라의 자금을 갖고 하이에나 떼들이 달려드는 상황입니다."

해밀턴은 갑자기 오늘 오후에 도착했다. 보고할 '일'이 있다면서 날아온 것이다. 지금 그 '일'을 이야기하는 중이다. 해밀턴이 말을 이었다.

"지금 후세인의 특명관이 파리에서 압둘라를 쫓고 있지만 CIA가 움직이고 있습니다."

"그건 나도 보고를 들었는데."

이광의 얼굴에 쓴웃음이 번졌다.

"이라크 내부의 사건으로 CIA와 연루되는 것이 불편해서 상관하지 않았어."

정재국은 리스타 소속이지만 리스타와 어떤 연락도 하지 않는 것이다. 정보 교환도 독자적으로 주고받는다. 해밀턴이 말을 이었다.

"파리 CIA 본부에 정재국을 돕는 요원이 하나 있습니다. 그런데 이번 사건에는 CIA 파리 지부장을 포함해서 본부의 거물들이 연루되어 있어요."

해밀턴이 고개를 저었다.

"후버 부장이 완전히 허공에 뜬 상황이죠. 이러다가 CIA가 썩어서 국가 조직이 흔들릴까 걱정이 됩니다."

"해밀턴, 당신은 애국자군요."

안학태가 말하자 해밀턴은 숨을 들이켰다. 말뜻을 알아차린 것이다. 해밀턴의 얼굴에 일그러진 웃음이 떠올랐다.

"그렇죠. 난 리스타의 경영자지만 바탕은 미국인이죠."

고개를 돌린 해밀턴이 이광을 보았다.

"미국의 애국자라기보다 미국을 배신하는 짓은 못 할 것 같습니다."

이광이 고개만 끄덕였고 해밀턴의 말이 이어졌다.

"미국과 리스타 간 둘 중 하나를 선택할 경우가 온다면 말씀드리지요."

"처음 리스타에 입사할 때도 그 말을 했어."

이광이 말을 막았지만 해밀턴은 정색했다.

"그 경우에는 회장님께 먼저 말씀드리고 나서 선택할 것입니다."

고개를 끄덕인 이광이 입을 열었다.

"그럼 이번 경우는 미국과 리스타, 양쪽의 입장을 생각할 필요 없이 우리를 도우면 되겠군."

"그래서 온 것입니다."

해밀턴이 바로 대답했다.

"이런 젠장."

한국말, 지금 김수남이 앞에 쪼그리고 앉은 소냐를 흘겨보면서 한 말이다. 마레지구의 숙소 안, 마르셀 파샤와 소냐는 아직도 포로 상태로 이곳까지 끌려 왔는데 소냐가 훌쩍거리고 있었기 때문이다. 오후 2시 반, 집 안에는 정재국과 김수남 둘이 남아 있다. 이칠성과 박상철이 저격총 테스트를 하러 나갔기 때문이다.

"이 병신 같은 새끼를 죽여서 창고에 박아 놓는 것이 어떨까요?"

마침내 김수남이 정재국에게 건의했다. 정재국은 밖에서 전화를 하고 돌아온 참이다.

"창고에 비닐도 많으니까 둘둘 감아놓으면 며칠간은 괜찮을 텐데요."

앞에다 앉혀 놓고 하는 말이지만 한국말을 모르는 소냐는 훌쩍거리기만 한다. 여장을 한 데다 눈물범벅이 된 얼굴이 영락없는 여자다. 거기에다 청순가련형 얼굴이다. 그때 구석 쪽 침대에 모로 쓰러져 있던 마르셀이 고개를 들었다.

"내가 정보를 줄 테니까 저 애를 살려 보내 줘."

"정보?"

눈을 크게 뜬 정재국이 마르셀에게 다가가 섰다. 마르셀이 몸을 비틀면서 상반신을 일으켰다. 손발이 묶여 있었기 때문이다. 마르셀이 정재국을 올려다보았다.

"루니 오스몬드에 대한 정보야."

"필요 없어."

"그놈이 압둘라를 보호해주고 있는데도 필요 없다는 거야?"

"네가 상관할 필요 없어."

고개를 돌린 정재국이 아직도 훌쩍거리는 소녀를 보았다.

"저 빌어먹을 놈을 죽여서 입을 닥치게 해야겠군."

"루니가 알제리에서 외교 행낭 편으로 마약을 공급해주고 있어."

"그 자식이 뭘 하건 상관없다니까 그러네."

"루니 애인 집을 알아."

마르셀이 번들거리는 눈으로 정재국을 보았다.

"내가 소개시켜준 여자거든. 루니는 그 여자한테 아파트를 얻어주고 이틀에 한 번은 거기서 자."

정재국이 시선만 주었고 마르셀이 턱으로 소녀를 가리켰다.

"저 애 보내줘. 다 말할 테니까."

"바그다드에서 팀을 보낸 거야."

마크가 억양 없는 목소리로 말했다.

"이건 고위층 몇 명만 알고 있는 정보여서 이 정도밖에 뽑아내지 못했어."

"몇 명인지, 구성은 어떻게 되었는지도 모릅니까?"

루니가 묻자 수화구에서 혀 차는 소리가 들렸다. 지금 루니는 마크 핸들러의 전화를 받고 있다.

"그걸 알면 말해줬지. 어쨌든 목표는 압둘라를 잡아서 후세인의 비자금을 회수하려는 거야."

"병신들. 이제야……"

"우리 본부에서 후세인의 경호실장 모하메드가 파리 제3은행 총재 마르텡 르노에게 통화한 내용을 감청했어."

루니가 숨을 죽였고 마크의 말이 이어졌다.

"모하메드가 르노에게 비자금 출금 금지 요청을 했어. 르노는 승낙했지만 자금을 빼낼 수 없는 건 아냐."

"무슨 말입니까?"

"압둘라가 계좌 번호, 모하메드의 비밀번호까지 제시한 후에 후세인의 서명이 든 요청서를 접수하면 1시간 안에 지급하도록 되어 있거든."

마크의 목소리에 웃음기가 띠어졌다.

"급할 때 안전장치를 여러 개 만들어 놓은 것이 오히려 덫이 되었지. 모하메드는 후세인의 신청서를 알고 있지만 지금은 어쩔 수 없어. 그래서 르노에게 협박을 하더군. 지급하지 말라고."

"그래서 어떻게 하겠다는 거요?"

"거기서 23억 불, 아니 현재 남은 건 16억 불인가? 그 돈을 싹 찾아."

"갓댐."

"너, 지금 뭐라고 했어?"

"오늘내일 중으로 비행기를 보낸다고 하지 않았소?"

"작전이 바뀌었어."

"작전 좋아하네."

"선 오브 비치. 너, 입, 막 놀릴 거야?"

"이봐요, 마크. 지금 내 목숨이 달랑거리고 있어. 당신 말대로 누군지도 모르는 놈들이 압둘라의 배후에 누가 있는지를 파악하지 못한 것 같소?"

"말이 길군, 루니. 길어졌어."

"그놈들이 마르셀 파샤를 납치해 가서 아마 내 주변까지 싹 알아냈을 거요."

"내가 특수팀을 파견했어. 한 시간 후에 B 접선지에서 찰스를 만나."

"누구?"

"특수 팀장이야."

"갓댐."

"입 닥쳐, 루니. 너 그냥 돌아온다면 여기서 연방교도소에 들어가게 될 거다."

"당신이 이렇게 나올 줄 알았어, 마크."

"네가 이름을 불러대도 이 대화는 이용되지 못할 거다."

"좋아, 이번 '일'을 끝내고 나도 사라지기로 하지. 그러지 못하면 자폭하든가."

"그건 네 마음대로 해."

"내 약점은 잡지 못할 거요, 마크."

"알고 있어, 루니."

"특수팀은 몇 놈이요?"

"12명."

"많군, 용병이겠지?"

"베이루트에서 놀던 놈들이야. 전쟁을 겪은 특급이지. 찰스는 우리 작전에 여러 번 투입시킨 정예다. 외인부대 특공반 출신이야."

"'특' 자가 많이 들어간 놈치고 쓸 만한 놈이 없더군."

"1시간 후야. B접선지. 찰스가 너를 알아볼 거다."

그러고는 통화가 끊겼기 때문에 루니가 어금니를 물었다. 이곳은 파리 CIA 안가 안. 루니도 어젯밤부터 한숨도 자지 못했다.

오후 4시 반, 길가의 카페에 앉아 있던 정재국에게 종업원이 다가와 말했다.

"선생님, 전화 왔습니다."

이미 종업원에게 100불짜리 지폐를 준 터라 정재국이 일어나 안으로 들어갔다. 손님들이 드문드문 있었지만 모두 관광객들이다. 전화기를 귀에 붙인 정재국이 말했다.

"나야."

"팀장, 맞습니다. 여자가 있습니다."

고준기의 목소리다. 고준기는 마르셀이 말한 루니의 애인 아파트를 조사한 것이다. 정재국은 듣기만 했고 고준기의 말이 이어졌다.

"연립주택식 건물 3층인데 혼자 있습니다. 아니, 개가 한 마리 있고."

"……."

"금발의 미녀요. 천사 같습니다."

"감시는?"

"없는 것 같은데요."

"없을 리가 없어, 병신아."

주위를 둘러본 정재국이 목소리를 낮췄다.

"곧 이칠성과 박상철을 보낼 테니까 만나기 좋은 장소를 말해."

"광장 왼쪽 모퉁이에 폐업한 옷 가게가 있습니다."

"좋아, 1시간 후에 거기로 승합차를 타고 갈 거다."

전화기를 내려놓은 정재국이 몸을 돌렸다. 아직 압둘라는 안가에 박혀 있다. 지금 감시로 김수남이 가 있었는데 팀원이 다섯뿐이라 쪼들린다.

"루니 씨?"

다가선 사내를 보자 루니는 심호흡부터 했다. 이곳은 레알지구의 빅토르 광장 옆 '샤를' 카페, 안쪽 좌석에 앉아 있던 루니에게 다가선 사내는 장신에 말쑥한 양복 차림의 호남. 시선만 준 루니의 앞자리에 털썩 앉은 사내가 주위를 둘러보는 시늉을 했다. 카페 안은 손님이 절반쯤 찼는데 그 절반은 관광객이다.

"장소가 좋아요, 루니 씨. 저격당할 염려도 없고 사방을 감시하기 적당하구만."

사내는 마크가 말해준 특수팀의 찰스일 것이다. 베이루트 출신, 루니가 똑바로 찰스를 보았다.

"12명이라고?"

"나까지."

"지금 어디 있어?"

"이곳저곳."

찰스가 주위를 둘러보는 시늉을 했다.

"카페 안에도 있고."

"무기는?"

"모두 권총, 기관총 쥔 놈은 넷, 우지야."

"너 몇 살이야?"

"왜 묻는데?"

"개자식아, 너 윗사람한테 대하는 자세가 이러냐?"

"그래."

정색한 찰스가 고개를 끄덕였다.

"그래서 소령으로 있다가 잘렸어, 외인부대에서."

"그래서 지금도 나한테 그 짓거리 할 작정이냐?"

"압둘라만 보호하면 되는 거 아냐? 난 마크한테서 그렇게 부탁받았어."

"부탁?"

어깨를 부풀렸다가 내린 루니가 헛웃음을 지었다.

"마크 핸들러, 그 병신이 급하다 보니까 별 쓰레기한테 부탁까지 했군."

"당신, 지금 무슨 말을 하는 거야?"

"너하고 일 안 한다."

고개를 저은 루니가 자리에서 일어섰다.

"너 같은 놈은 많이 겪었어. 내가 끝장이 나더라도 너 같은 놈하고는 작전 안 해."

몸을 돌린 루니의 등을 찰스가 우두커니 바라보았다. 눈동자의 초점이 멀다.

"지금도 집에 있어요, 부대장."

고준기가 눈을 반짝이며 말했다.

"조금 전 샤워를 했어. 욕실이 옆집 계단에서 직선으로 보입니다."

"야, 나한테 부대장이라고 부르지 마."

이칠성이 짜증을 냈다.

"바빠 죽겠는데 말 길게 하지 마, 그냥 형이라고 해."

"예, 형."

"주위에 감시 없나?"

"글쎄, 팀장은 없을 리가 없다면서 욕하는데, 없거든?"

"옆집은?"

"비었어."

"확인했나?"

"확인은 무슨. 창문이 6개인데 인기척이 하나도 없고 301호의 우편함에는 우편물이 가득 쌓였으니 없다는 증거가 되지."

"좋아, 가자."

이칠성이 손목시계를 보았다. 오후 5시 45분, 길가에 주차시킨 승합차 안이다.

"5분 후에 나하고 고준기가 아파트로 가고 상철이는 5분 후에 차를 아파트 현관 앞에 세울 것."

"간단하군."

운전석에 앉은 저격병 박상철이 고개를 기울였다.

"너무 간단해서 불안해."

"잠깐만."

3층 계단 입구에 선 이칠성이 고준기의 소매를 잡았다. 루니의 애인 러시아산 미녀는 302호실. 302호실로 가려면 301호실을 거쳐야 한다. 이제 계단 9개만 올라가면 301호실의 문이 보이는 것이다. 고준기의 시선을 받은 이칠성이 말했다.

"내가 앞장서지."

"그러시든가."

고준기가 비켜섰고 이칠성이 허리춤에 찔러 넣었던 콜트를 꺼내 쥐었다. 45구경, 소음기를 끼어서 투박한 장총 같다. 이칠성이 계단을 올라가면서 낮게 말했다.

"아무래도 찜찜해."

고준기가 물을 겨를도 없이 계단 5개를 밟은 이칠성이 상반신만 드러내 놓고 301호실 문을 겨누고 방아쇠를 당겼다.

"퍽! 퍽! 퍽!"

3발, 10미터쯤 앞의 301호실 나무 문짝을 총탄이 뚫고 들어갔다. 문의 폭이 1미터쯤 되었기 때문에 한복판에 총탄 구멍이 순식간에 3개 뚫렸다. 1미터 50센티쯤 높이의 보안경 주위로 3개가 나란히 뚫린 것이다. 그 순간이다.

"타타타탕."

총탄 발사음이 울렸다. 301호실 안에서 울린 것이다. 발사된 총탄이 문을 뚫고 튀어나왔기 때문에 기겁을 한 고준기가 벽에 등을 붙였다. 계단은 비스듬한 위치에 있었기 때문에 집 안에서 쏜 총탄이 옆쪽 벽에 맞아 튀었다. 그때 이칠성이 다시 문에 대고 발사했다.

"퍽. 퍽. 퍽. 퍽."

이번에는 총탄이 뚫린 구멍을 겨냥해서 각도를 맞췄다. 뒤쪽에 섰던 고준기가 이어서 발사했다.

"퍽! 퍽퍽! 퍽! 퍽!"

고준기는 14발이 탄창에 든 베레타92를 쏜다. 고준기가 냅다 갈기는 동안 이칠성은 탄창을 교환하며 투덜거렸다.

"봐라, 개새꺄, 빈집이냐?"

그때 고준기가 저쪽이 잠깐 잠잠한 사이에 뛰어나갔다. 어느새 손에 수류탄을 쥐고 있다. 이칠성이 탄창을 갈아 낀 총을 겨누었을 때 301호실 앞으로 다가간 고준기가 문의 열쇠 구멍에다 총을 쏘더니 발로 문을 차 열었다.

"퍽석!"

문 부서지는 소리가 그렇게 났다. 문이 반쯤 열렸기 때문에 손에 쥔 수류탄을 집어 던지려고 치켰던 고준기가 안을 보더니 팔을 내렸다. 그리고는 안으로 뛰어 들어갔다.

잠시 후 따라 뛰어 들어간 이칠성이 집 안을 확인했다. 문 바로 뒤에 사내 하나가 반듯이 누워 있었는데 얼굴이 부서져 참혹한 모습이다. 사내 옆에 의자 하나가 부서진 채 딩굴었고 안쪽 벽에 등을 붙인 채 길게 다리를 뻗고 주저앉아 있는 사내가 하나, 가슴에 총탄을 맞아서 입가에 피가 흘러내리고 있다. 둘이다. 주저앉은 사내는 손에 리볼버를 쥐고 있었지만 들어 올릴 힘도 없는 것 같다.

"둘뿐이요!"

집 안을 수색한 고준기가 이칠성에게 소리치듯 말했을 때는 5분쯤 후, 계단 밑에서 문에 대고 발사한 지 10분도 되지 않았다. 이칠성이 주저앉은 사내를 향해 총을 겨누며 소리쳤다.

"302호로 가!"

다음 순간 이칠성이 쥔 콜트에서 발사음이 일어났다.

"퍽!"

"쾅!"

문이 부서지면서 열린 순간 마레나가 소스라쳤다. 거실에 앉아 있던 마레나가 벌떡 일어섰을 때 안으로 사내 하나가 뛰어 들어왔다. 손에 권총을 쥐고 있다. 입만 딱 벌린 마레나에게 달려온 사내가 어깨를 움켜쥐었다.

"가자!"

"누, 누구……."

"닥쳐!"

사내가 권총을 안 쥔 손으로 마레나의 뺨을 쳤다. 그때 사내 하나가 뛰어 들어오더니 주위를 두리번거렸다. 마레나는 다리에 힘이 풀려 주저앉다가 사내에게 끌려 일어섰다.

"갓댐, 루니."

버럭 소리친 마크 핸들러가 쏟아붓듯 말을 이었다.

"찰스 그 개새끼가 버르장머리는 없어도 시킨 일은 칼같이 해치운다고! 이 정신 나간 친구야!"

"갓댐."

맞받아서 소리친 루니가 핏발 선 눈으로 앞쪽을 보았다. 이곳은 인터콘티넨탈호텔의 사무실 안, 루니가 가끔 '보안용' 전화를 하는 곳이다. 루니가 말을 이었다.

"아무리 급하다고 해도 그 쓰레기 같은 놈들 도움은 받지 않겠어, 마크. 난 당신이 지금 똥오줌 가리지 못하는 것 같아서 걱정이야."

"이 빌어먹을 놈."

"말조심해, 마크. 이곳은 전장이라고. 목숨을 내놓고 있는 당사자는 나요! 아무도 날 대신할 수 없다는 걸 알지?"

"찰스한테 주의를 줬으니까 다시 카페로 가, 루니."

한숨을 쉰 마크가 말을 이었다.

"그 새끼가 지금 기다리고 있을 테니까."

"갓댐, 더러운 아랍 놈."

"어떻게 아나?"

"베이루트산 올리브가 프랑스에 잘 팔리지. 그놈, 피의 80퍼센트는 베드윈, 팔레스타인, 시리아계까지 섞여 있을걸?"

"가서 만나, 루니."

마크가 지친 목소리로 말했다.

"그놈들한테 선급금을 지불했으니까 지시만 해. 말 듣지 않으면 잔금 지급을 안 한다고 했으니까."

선금을 지급해서 이러는구나.

"확인했지?"

마르셀이 묻자 정재국이 고개를 끄덕였다.

"했다."

"그럼 소냐를 풀어줘."

"부카서스 말이지?"

정색한 정재국이 묻자 마르셀이 외면했다.

"그래."

"풀어주면 바로 알제리로 떠나게 하겠다고?"

"그곳에 가면 내 빌라가 있어. 루니도 모르는 곳이야. 그곳에 숨어 있으면 누구도 찾지 못해."

마르셀이 번들거리는 눈으로 정재국을 보았다.

"대신 나만 잡고 있으면 되잖아? 소냐가 문제를 일으키면 날 죽여."

"대단한 애인이군."

"저 애를 위해선 목숨을 버릴 수 있어."

"갓댐."

둘은 낮은 목소리로 말을 주고받았는데 그것은 안쪽 침대에 모로 누운 소냐가 잠이 들었기 때문이다. 손목시계를 본 정재국이 입을 열었다.

"그렇다면 루니의 애인을 잡아 오는 대신 네 애인을 풀어주는 셈인가?"

정재국이 자리에서 일어섰다.

"루니의 애인을 잡으면 고려해보지."

이곳은 마레지구의 안가, 김수남은 압둘라의 은신처를 감시 중이고 이칠성은 고준기, 박상철과 함께 루니의 애인을 잡으러 간 상황이다.

"보스, 건방지게 나온 것, 사과합니다."

찰스가 고분고분 말하더니 쓴웃음을 지었다.

"난 솔직히 매여 있는 생활이 맞지 않아서 이런 짓을 하게 되었는데 시킨 일은 철저하게 마무리를 합니다."

"세상에는 나 같은 인간도 있어."

루니가 눈을 가늘게 뜨고 찰스를 보았다.

"물론 마크 핸들러 같은 인간도 있지만 말야."

"보스, 급한 건 압둘라 보호지요?"

찰스가 화제를 바꿨기 때문에 루니가 이맛살을 찌푸렸다.

"지금은 안전해."

"내가 할 일을 말해주시죠, 보스."

"내일 파리 제3은행에 가야만 하는데 그때부터 후세인이 보낸 놈들하고 싸움이 시작될 거다."

"제3은행에 뭐 하러 갑니까?"

"돈 찾으러."

"꼭 압둘라가 움직여야 합니까?"

"지문 조회, 그러고 나서 비밀번호 직접 확인이 있어야 해."

"갓댐, 그래서 은행이 필요 없다니까, 돈 내주는 건 엄청 까다롭거든."

루니의 눈치를 살핀 찰스가 입을 다물었다. 어쨌든 루니에게 찰스의 특공팀이 증원되었다.

이칠성이 도중에 빠져 김수남이 혼자 감시하는 압둘라의 은신처로 갔기 때문에 저택에는 고준기와 박상철이 도착, 물론 러시아 미녀 마레나는 '데려'왔다. 데려왔다라는 표현을 쓴 것은 마레나가 고분고분 따라왔기 때문이다. 처음에는 겁에 질려서 제대로 서지도 못하더니 곧 차분해졌고 시킨 대로 말을 '잘' 들었다는 것이다. 마레나는 저택 안쪽 방에 가뒀는데 마르셀과 마주치지 않도록 배려했다.

"미인이군."

안쪽 침대 끝에 다소곳이 걸터앉은 마레나와 시선이 마주쳤을 때 정재국이 감탄했다. 그때 옆에 선 고준기가 말했다.

"소냐보다 훨씬 낫지요?"

"얀마, 그 새끼하고 어떻게 비교를 하냐? 얘는 진짜 여잔데."

"여잔데도 이렇게 차분합니다. 예쁘구요."

"우크라이나에서 파리로 직장 구하러 왔다가 마르셀 일당한테 납치당했다는 거다. 그랬다가 루니한테 선물로 바쳐진 거지."

"아, 그렇습니까?"

둘은 지금 마레나 3미터 앞에 나란히 서서 한국말로 주고받는다. 마레나가 처음에는 이쪽을 힐끗거렸다가 지금은 옆모습을 보이고 앉아 있다. 그림 같다, 천사의 그림.

"돈 모아서 이런 여자를 데리고 사는 것이 꿈입니다."

홀린 듯한 표정으로 고준기가 말했을 때 숨을 들이켠 정재국이 눈동자의 초점을 잡고 고개를 들었다.

“너, 지금 뭐하고 있는 거냐?”

“예?”

“이 새끼가 정신 빠진 소리 하고 있어, 지금.”

“아니, 저는…….”

“지금 이러고 있을 때냐? 나가!”

정재국이 소리치는 바람에 마레나가 고개를 돌려 이쪽을 보았다. 놀란 얼굴은 아니다. 천사의 놀란 얼굴은 없다.

오후 7시 10분, CIA 파리지부 길 건너편의 이태리 식당에서 스파게티를 먹던 루니 오스몬드가 벽에 걸린 TV를 보았다. TV의 볼륨은 낮춰 놓았기 때문에 소리는 잘 안 들렸지만 자막은 보였다.

“2명 사살당함. 옆집은 피해불명.”

그런 내용인데 사진이 낯익다. 다음 순간 루니가 포크를 내려놓았다. 화면에 응접실이 비쳤는데 꽃병과 소파, 그리고 벽에 걸린 ‘마르크’의 그림. 저곳은 마레나의 집이다.

“보내달라는데.”

정재국이 이맛살을 찌푸리고 고준기를 보았다.

“소냐 말이다. 그런데 저 새끼가 알제리로 가다가 잡히기라도 하면 어떡하냐?”

“팀장, 지금 저한테 물어보십니까?”

“그럼 여기 너 외에 누가 있어?”

오후 7시 25분, 정재국이 밖으로 나갈 준비를 하고 고준기에게 묻는 것이다. 고준기가 저택의 인질 감시로 남을 예정이다. 고준기가 고개를 기울였다가 바로 세웠다.

"없애지요."

"없애?"

"저년, 아니 저놈까지 말입니다."

고준기가 어깨를 부풀렸다가 내렸다.

"우리가 셋이나 포로를 잡고 있기는 부담입니다. 소냐를 내보냈다가 잡
히면 이곳은 금방 밝혀질 테니까요."

"……."

"마레나만 빼놓고 마르셀, 소냐, 두 연놈을 죽이지요. 죽여서 여기 창고
에 넣어 두십시다."

"젠장."

"이게 뭡니까? 팀원이 다섯뿐인데 포로 감시로 하나가 남아 있어야만
합니까?"

그때 정재국이 고개를 끄덕였다.

"오늘 밤 지나고 나서 결정하자."

"피터, 너, 어디 갔다 온 거야?"

존슨이 묻자 피터가 고개를 들었다.

"작전."

CIA 본부의 복도에서 존슨과 피터가 마주 보고 서 있다. 둘은 입사 경
력이 8년 차로 비슷하지만 훈련은 같이 받지 않았다. 근무지도 다르고 업
무도 달라서 파리 CIA 지부에 오기 전까지 모르는 사이였다. 파리에서도
존슨은 총무관리, 피터는 작전부서에 배치되었기 때문에 사무실에서만
부대끼는 사이다.

"젠장, 부럽군. 맨날 쏘다니는 작전이."

오후 8시 10분. 둘 다 야근이었기 때문에 사무실에 남아 있는 것이다. 피터가 쓴웃음을 짓고 존슨을 보았다.

"야, 작전 나가면 007처럼 총 쏘고 신나게 차 모는 것 같냐? 난 8년 동안 한 번도 그런 적이 없었다."

"살인한 적도 없었단 말야?"

"한 번 있었어."

피터가 곱슬머리를 손으로 쓸어 올리면서 웃었다.

"1년 전 파키스탄 지사에 근무할 때."

"테러단?"

"정보원."

어깨를 치켰다가 내린 피터가 눈을 가늘게 떴다.

"이중첩자여서 차에 탄 놈을 쐈지. 옆에 앉은 안내역까지."

"갓댐, 꿈자리가 재미있겠는데."

"요즘 내가 사건에 휘말려 들어갔는데 이번에는 진짜 일이 일어날 것 같아."

그러고는 피터가 가슴을 두드렸다.

"그래서 지금도 방탄조끼를 입고 있어. 젠장. 호출만 받으면 바로 출동이라고."

"7시에 한 놈이 빵 가게에서 빵 사 갖고 갔습니다."

김수남이 정재국에게 보고했다.

"한 보따리 샀는데 막대기 빵이 20개도 넘었습니다."

"적어도 7, 8명은 된다는 증거네요."

이칠성이 거들었다. 이곳은 압둘라의 은신처 지붕만 보이는 양복점 건물 3층. 은신처로 통하는 길 끝에 박상철이 감시로 나가 있다. 오후 7시 30분, 정재국이 고개를 들고 이칠성을 보았다.

"마르셀은 압둘라의 개인 경호원이 셋이라고 했어. 거기에다 루니가 피터란 놈을 시켜 경호병을 늘린 것 같다."

피터에 대한 정보는 물론 존한테서 나왔다. 본명은 존슨.

"젠장."

정재국이 핏발이 선 눈으로 주위를 둘러보았다. 어둠에 덮인 주택가에는 창문마다 전등이 켜졌다.

"오늘 밤에 끝내자."

"어떻게 말입니까?"

이칠성이 미심쩍은 표정으로 물었다.

"대장, 이건 우리 넷으로 감당하기 어렵습니다. 가서 싹 죽이는 것도 아니고 압둘라를 잡아야 되는 일 아닙니까?"

"그래서 이렇게 불평만 하고 있잔 말이냐?"

"지원을 받아야 합니다."

"누구한테? 모하메드한테?"

"본사에다 연락을……."

"이 새끼가 순."

정재국이 눈을 치켜떴다.

"야 이 새꺄, 우린 본사하고 단절된 상태라는 거, 못 들었어?"

"아, 그래도……."

"이거, 부관이란 새끼가 어떻게 머리가 돌아가는 거야?"

이칠성이 입을 다물었고 김수남은 외면했다. 그래도 화가 덜 풀린 정재국이 이칠성을 노려보았다.

"얀마, 우린 후세인 대통령의 특명팀이야. 난 특명관이고, 알았어?"

"압니다."

"죽을 때도 '알라, 아크바' 하고 뒈져야 된단 말이다, 알았어?"

"압니다."

"압니다? 이 새끼가 알면서도 그런 말을 해?"

"답답해서요."

"여기서 백날 쳐다만 봐야 나올 것 없고, 오늘 밤에 습격이다."

어깨를 부풀린 정재국이 말을 이었다.

"완전무장. 넷이 쏟아져 들어가는 거다."

이칠성은 고개를 끄덕였고 그때서야 김수남이 제대로 숨을 쉬었다.

찰스가 이끈 용병 11명이 증원되었다. 찰스 포함 12명, 그래서 압둘라의 은신처에는 피터가 데려온 프랑스산 용병 3명, 압둘라의 호위병 3명까지 포함해서 18명이 모였다. 머릿수로는 압둘라, 피터까지 20명, 이것이 오후 8시 10분 현황이다. 루니의 지시를 받은 피터가 현장에서 업무 정리를 했다. 응접실에 찰스, 압둘라 등이 모인 자리에서다.

"자, 정리합시다. 안가 2층 경비는 압둘라 씨 호위가 맡고, 1층은 베타, 당신들이 맡도록."

베타는 피터가 데려온 용병팀의 리더다. 피터의 시선이 팔짱을 끼고 선 찰스에게 옮겨졌다.

"찰스 씨, 당신은 저택 마당과 문밖까지 맡아줘요."

"내 부하들은 개 역할이군."

찰스가 마침내 한마디 했다.

"따뜻한 집 안에는 못 들어가나?"

"12명이니까 교대로 하면 되겠지."

피터가 말을 이었다.

"그리고 경호 책임자는 찰스 씨 당신이야. 루니 씨가 당신한테 맡긴다고 했어."

"그럼 당신은 빠져."

"난 여기만 있을 수가 없어서 그래. 내가 오늘 당직이거든."

손목시계를 본 피터가 쓴웃음을 지었다. 지부 안에서 이 작전을 알고 있는 요원은 지부장 루니와 피터 둘뿐인 것이다.

존과의 통화, 8시 25분에 정재국이 전화를 했더니 곧 존과 연결되었다. 지금 정재국은 안가 근처의 셀렉트호텔 로비에서 전화를 한다. 존이 서두르듯 말했다.

"피터 서든이 루니 오스몬드의 지시를 받고 이번 압둘라 사건을 맡고 있어."

"그건 아는데."

정재국이 이맛살을 찌푸렸다.

"우린 지금 안가 주변에서 빙빙 돌고 있어."

"피터가 오늘 밤 당직이야."

숨을 죽인 정재국에게 존이 말을 이었다.

"10시부터 내일 오전 4시까지."

"무기는 이만하면 됐어."

정재국이 번들거리는 눈으로 팀원들을 보았다. 양복점 건물 3층 옥상에서 넷이 둘러서 있다. 무기는 리스타의 무기 거래업체에서 받았는데 중무장이다. 박상철은 드라구노프 저격총에 우지 기관총을 허리춤에 끼었고 정재국과 이칠성은 SA80을 쥐었다. SA80은 영국산 시가전용 돌격 소총으로 각각 30발들이 탄창이 끼워졌고 유효 사정거리는 500미터에서 600미터, 발사속도는 분당 800발, 정밀도가 우수한 편. 김수남은 폭발물 담당답게 이스라엘제 스트라이커 산탄총을 쥐었다. 가장 위력적인 산탄총으로 '대량파괴병기'로 분류되며 회전식 탄창에는 12발의 산탄총탄이 장전되어 있다. 한 발을 발사하면 5미터 반경의 생명체가 파괴된다. 각자 휴대한 권총은 가장 신뢰할 만한 베레타92F, 수류탄 3발씩, 이제는 모두 방탄조끼를 착용했다.

"조금 전에 이곳 안가 담당 CIA 요원 피터 서든이 사무실에 나온다는 연락을 받았어."

정재국이 말을 이었다.

"오후 10시부터 오전 4시까지 당직이라는데, 그놈부터 잡고 시작해야겠다."

"또 인질?"

대뜸 박상철이 묻자 이칠성은 쓴웃음만 지었고 김수남은 외면했다. 정재국이 정색하고 박상철을 보았다.

"그놈을 앞세워서 들어가는 거야."

모두 긴장했고 정재국이 어깨를 치켜 올렸다가 내렸다.

"오늘 밤이야. 오늘 밤에 끝내야 돼."

"젠장."

이칠성이 고개를 끄덕이며 말했다.

"해 봅시다, 대장."

이번 특명관팀 5명은 처음으로 같은 팀이 된 것이다.

그래서 기름칠이 안 된 바퀴처럼 가끔 삐걱거린다.

이 층으로 올라온 찰스가 압둘라를 보았다.

"압둘라 씨, 이 층 구조 좀 보려고요."

찰스는 부하 한 명과 동행했다. 응접실을 둘러본 찰스가 베란다로 다가가며 말을 이었다.

"이 층은 계단으로 올라올 수밖에 없겠군."

이 층 구조는 응접실을 중심으로 방이 4개, 응접실과 베란다는 유리문으로 연결되어 있다. 방마다 욕실과 화장실이 만들어진 구조다. 방까지 다 둘러본 찰스가 응접실 소파에 앉아 있는 압둘라에게 다가가 말했다.

"내가 베이루트에서 시가전을 해본 경험으로 말하는 건데요, 압둘라 씨."

압둘라는 시선만 주었고 찰스가 선 채로 말을 이었다.

"집 안에서 수없이 총격전을 벌였지요."

"……."

"여긴 계단만 막으면 됩니다. 집 구조가 단단해서 안쪽 방에만 있으면 셋으로 충분히 막습니다."

찰스의 시선이 주위에 선 하지크, 아지란, 술탄을 훑고 지나갔다.

"물론 아래층이 무너졌을 경우에는 가능성이 절반으로 뚝 떨어지지만 말입니다."

"고맙소, 찰스 씨."

마침내 압둘라가 정색하고 사례했다.

"아래층이 무너지지 않도록 잘 부탁합시다."

"어쨌든 영광입니다."

몸을 돌린 찰스가 하지크를 향해 한 손을 들어 보였다. 그러나 하지크는 못 본 척했다.

"기분 나쁜 자식이군."

찰스가 계단 밑으로 사라졌을 때 압둘라가 입술도 달싹이지 않고 말했다.

"생색을 다 내고 있어."

압둘라가 하지크에게로 고개를 돌렸다.

"이 일만 끝내면 바로 미국으로 갈 거다, 하지크. 너희들도 가족까지 미국으로 데려가 줄 테니까."

"감사합니다."

"미국에서 백만장자로 살게 해주마."

"감사합니다, 주인님."

하지크가 고개를 숙였고 뒤쪽에 있던 아지란과 술탄도 절을 했다. 셋은 압둘라와 같은 부족 출신의 경호원이다. 가족이나 같은 것이다.

버스 정류장에서 우회전한 피터는 차의 속력을 줄였다. 이쪽 길은 차량 통행이 적었기 때문에 피터가 허리를 펴고 주위를 둘러보았다. 다시 우회전을 하면 주차장이 나온다. 차에 부착된 전광 시계가 9시 28분을 가리키고 있다. 그 순간이다.

"꽝!"

충격음이 울리면서 차가 왼쪽으로 기울었기 때문에 피터는 핸들을 움켜쥐었다. 다음 순간, 승용차가 뒤집어지면서 땅바닥에서 미끄러졌다. 승용차 옆구리를 승합차가 들이받은 것이다.

잠깐 의식을 잃었던 피터는 누군가 목덜미를 잡고 끌어내는 바람에 몸을 비틀고 빠져나왔다.

"감사합니다."

겨우 빠져나온 피터가 말했을 때 사내들이 잠자코 피터의 몸을 잡고 이끌었다. 정신을 차린 피터가 잡힌 몸을 떼려고 했을 때다. 뒤통수에 충격을 받은 피터가 다시 의식을 잃었다.

"정신없군."

투덜거린 고준기가 주위를 둘러보았다. 9시 35분, 빵집 안. 이곳은 아직도 손님이 많다. 내일 아침 빵을 가져가려는 손님이 70퍼센트 정도, 오늘 밤에 먹을 빵을 사 가는 손님이 30퍼센트. 빵 가게 문을 10시 반에 닫기 때문에 직원이나 손님이 서둘며 일하고 서둘며 오간다. 손목시계를 내려다본 고준기가 이칠성에게 물었다.

"집 주위에 셋요?"

"그래, 정문 좌우에 하나, 문 앞에 하나."

이칠성이 빵 보따리를 가슴에 안은 채 말을 이었다.

"각각 30미터쯤 떨어져 있는데 왼쪽에 나와 있는 놈이 슬슬 여기까지 오는 경우도 있어."

"빵 사러?"

"아니, 사람 구경하러."

"부대장이 봤어요?"

"상철이가 봤다는데."

고준기가 이곳에 도착한 것은 20분밖에 되지 않는다. 마레지구의 숙소에 인질 셋만 남겨두고 온 셈이다. 셋을 누에고치처럼 묶어놓고 왔다지만 고준기는 불만이 많았다. 셋 중 마레나만 빼고 둘은 죽여 놓는 것이 낫다는 것이다. 어쨌든 오늘 밤에 작전개시다. 근접전의 달인 고준기가 필요한 상황인 것이다. 이칠성이 다시 손목시계를 보았다. 빵 가게 문을 닫기 전에 정재국이 피터를 데리고 와야만 한다.

"별일 없지?"

루니가 묻자 찰스는 의자에 등을 붙였다. 안가의 아래층 응접실 안, 응접실에는 찰스까지 6명이 남아 있었는데 그중 셋은 루니가 고용한 용병이다.

"별일이 있을 리가 있습니까?"

비꼬는 억양으로 되물은 찰스가 벽시계를 보았다. 오후 10시 5분이다. 그때 루니가 혀 차는 소리를 냈다가 다시 말했다.

"내일 오전 9시에 거기서 출발해야 돼."

"어디로 말요?"

"파리 제3은행 본점."

"어디 있는데요?"

"오페라로 옆 루아얄 공원 뒤에 있어."

"차 몇 대가 옵니까?"

"승합차 3대야."

"거기 갔다가 오는 거요?"

"아니, 거기서 일 끝내고 그 근처의 스위스 국제은행에 들러야 돼."

"젠장."

"각각 1시간이면 돼."

"돈 찾는 거요?"

"넌 알 것 없고."

루니가 말을 이었다.

"은행까지만 경호하면 돼. 은행 안은 경비원에다 경찰들이 깔려 있을 테니까."

"알았습니다."

"내일 일 끝나고 모레 한 건만 더 처리하면 작전 완료다."

그러고는 통화가 끊겼기 때문에 찰스가 입술을 비틀면서 투덜거렸다.

"네 멋대로 작전 완료냐?"

"넌 죽은 목숨이야, 피터 서든."

피터와 어깨를 맞대고 걸으면서 정재국이 말했다. 둘은 지금 빵 가게를 향해 다가가고 있는 중이다. 밤 10시 15분, 이쪽 길은 어둡다. 가로등이 세워졌을 뿐이고 길 양쪽이 담장이어서 불빛이 비치지 않는다. 빵 가게가 1백 미터쯤 앞이고 그쪽에는 드문드문 행인들이 많아진다. 주택가인 것이다. 피터와 정재국의 뒤를 박상철과 김수남이 나란히 따라오고 있다. 둘다 바바리코트 차림. 김수남은 베레모까지 눌러썼다. 방탄조끼에다 돌격소총, 산탄총을 옆구리에 매달고 허리띠에 탄창, 수류탄까지 찬 터라 몸무게는 20킬로쯤 늘어났을 것이다. 정재국이 말을 이었다.

"빵 가게를 지나 곧장 안가로 가는 거다, 피터."

"어쩌려고?"

마침내 피터가 물었다. CIA 파리지부 옆길에서 차가 뒤집힌 후에 이곳까지 끌려올 때까지 입을 꾹 다물고 있었던 것이다. 그때 정재국이 코트 주머니에 넣은 권총을 피터의 옆구리에 쿡 찔렀다.

"안가를 습격하는 거다."

"당신들 셋이?"

"그건 네가 알 것 없고."

"날 안가 정문까지 데려가서 어쩌려는 거야?"

"우리가 네 일행인 것처럼 해."

"속을까?"

"속지 않으면 너부터 죽어."

정재국이 어둠 속에서 이를 드러내고 웃었다.

"네 머리통부터 날릴 테니까."

"어차피 난 죽게 되는 거 아냐?"

"살 수도 있지."

"……."

"듣고 싶지 않냐?"

"말해."

"문 앞까지 가서 문을 열라고 해."

"그러면?"

"문이 열리면 널 놓아주마."

"죽이지 않고?"

"약속하지."

"내가 도망쳐서 신고하면?"

"아마 10분쯤이면 이 작전은 끝날 건데 네가 10분 동안 뭐하게?"

정재국이 다시 웃었다.

"너, 우리가 압둘라만 데려가면 끝나는 거 알지?"

그때 불빛이 밝아지더니 빵 가게의 소음이 들렸다.

10시 15분, 당직자 중 하나인 베리스가 존슨에게 물었다. 야간 당직 인원은 셋이다.

"피터는 무슨 일이야?"

"나한테 30분쯤 늦는다고 연락이 왔어. 여자 문제인 것 같아."

"갓댐."

베리스가 쓴웃음을 지은 얼굴로 존슨을 보았다.

"피터 그 자식, 지부장하고 자주 만나면서 간덩이가 배 밖으로 나왔군."

"감사반도 지부장이 쥐고 있으니까 그럴 만하지."

"갓댐, 루니."

베리스는 존슨보다 2년쯤 더 고참이지만 케냐에서 사고를 일으켜 진급이 늦춰졌다. 작전팀에서 지금은 통신팀으로 옮겨와 있다. 그때 전화벨이 울렸기 때문에 베리스가 송수화기를 들었다.

"예, 모나 상사입니다."

응답한 베리스가 힐끗 존슨을 보더니 한쪽 눈을 감았다가 떴다.

"예, 피터는 조금 늦는다고 연락이 왔습니다."

루니의 전화다. 긴장한 존슨의 옆에서 베리스가 말을 이었다.

"예, 10분쯤 후에 다시 한 번 해보시죠."

베리스가 전화기를 내려놓더니 투덜거렸다.

"막 짜증을 내는군. 이 새끼, 피터, 잘 걸렸다."

앞질러서 빵집에 들어간 김수남이 이칠성과 고준기를 데리고 나왔다. 이칠성은 아직도 빵 보따리를 가슴에 품고 있다. 밤 10시 25분, 이칠성이 피터를 보더니 눈을 치켜떴다.

"어떻게 하실 겁니까?"

"이놈하고 같이 가는 거야, 안가 정문으로."

정재국이 이 사이로 말했다.

"우리는 증강된 CIA 요원이지."

"믿을까요?"

"안 믿어도 할 수 없어."

"젠장, 하십시다."

이칠성이 재빠르게 대답했다. 여기서 우물쭈물할 수도 없다. 정재국이 주위를 둘러보며 말했다.

"나하고 이놈은 앞장서고 나머지는 좌우로."

"벌려 서면 의심할 테니까 붙어."

이칠성이 거들었다.

"앞쪽에 나온 경호원은 어떻게 할까요?"

"의심하는 것 같으면 처치해."

"정문 앞에 하나, 오른쪽에도 하나, 셋입니다."

"너하고 고준기가 맡아."

재빠르게 주고받으면서 다섯 걸음을 나갔을 때 잠자코 발을 떼던 피터가 말했다.

"안에 10명도 넘어."

앞쪽에서 감시역으로 나온 사내 하나가 이쪽으로 다가오고 있다. 거리는 30미터가량, 어둠 속이었지만 사내가 주춤거리면서 조심하는 기색이 드러났다. 이쪽은 행인 통행이 드문 것이다. 한 무리의 일행이 다가가고 있으니 대번에 눈에 띈 것이다. 피터가 말을 이었다.

"문을 열어 줄 테니까 살려줘."

"좋아."

앞쪽을 응시한 채 정재국이 주위의 팀원들에게 말했다.

"문이 열리면 밖에 있는 놈들부터 싹 죽이고 진입한다. 이놈은 건드리지 마라."

"도망치게 놔둔단 말입니까?"

물었던 이칠성이 해결책을 내놓았다.

"집 안으로 끌고 들어가서 문 옆에 박아놓지요."

"그래야겠다."

감시원과 15미터 거리가 되었을 때 정재국이 피터에게 말했다.

"넌 집 안에 들어가서 대문 옆에 엎드려."

"알았어."

"우리가 쏘지 않도록 당분간 엎드려 있는 것이 나을 거다."

"알았다니까, 살려만 줘."

그때 감시역과의 거리가 5미터, 감시역이 피터를 알아보고 물었다.

"피터 씨?"

"그래. 내일 아침에 압둘라하고 은행에 같이 갈 요원들하고 온 거야."

"알았습니다."

몸을 돌리면서 사내가 정재국 일행을 재빠르게 훑어보았다. 정재국 일행 셋은 코트 차림이고 둘은 반코트를 입었다. 안에 무기를 소지한 표시가 난다. 그때 정문 앞에 서 있던 사내가 이쪽을 보더니 소리쳐 물었다. 거리는 15미터.

"무슨 일이야?"

"나야."

피터가 소리쳐 대답했다.

"증원된 요원이 왔어."

사내가 입을 다물었고 뒤쪽 어둠 속에서 감시역 하나의 모습이 드러났다. 정문으로 다가간 피터가 인터폰을 눌렀다. 그러자 곧 응답 소리가 났다.

"누구요?"

"나, 피터야. 내일 은행에 같이 갈 요원들하고 온 거야."

그러고는 피터가 정문의 버튼 비밀번호를 눌렀다.

"덜컹."

빗장 풀리는 소리와 함께 철문이 열렸기 때문에 정재국이 먼저 안으로 들어갔고 피터의 등을 밀면서 이칠성이 들어갔다. 그 뒤를 박상철, 김수남, 맨 마지막으로 들어가던 고준기가 가슴에서 베레타를 꺼내자마자 쏘았다.

"퍽! 퍽! 퍽!"

모두 5미터 이내에 있던 정문 앞 감시가 이마에 총탄을 맞고는 비명도 지르지 못하고 쓰러졌다. 방탄조끼를 입고 있을까 봐 머리를 쏜 것이다.

안으로 쏟아져 들어간 정재국이 먼저 마당에 서 있는 사내들을 보았다.

"타타타타타탓."

이미 손에 SA80을 빼 들고 있었던 터라 정재국이 먼저 발사, 그 뒤를 이어서 이칠성, 박상철의 우지는 더 짧고 둔탁한 발사음을 냈다.

"투르르르르르."

"파캉, 파캉, 파캉!"

김수남의 스트라이커 산탄총이 저택 1층의 베란다를 향해 발사되었다. 그 사이에 정재국이 1층 현관을 향해 돌진, 이칠성이 뒤를 따른다. 그때 정문 밖의 사내 셋의 시체를 끌어온 고준기가 문단속을 했다. 그때 저택 쪽에서 첫 발사음.

"타타타탕!"

찰스는 1층 응접실에서 피터의 목소리를 인터폰으로 듣고는 리모컨으로 TV의 볼륨을 낮춘 참이었다.

"타타타타탓!"

저택 안에서 요란한 발사음이 울린 순간 찰스는 벌떡 뛰어 일어섰다. 그러고는 겨드랑이에 찬 리볼버 손잡이를 잡았지만 버튼이 잠겨 있어서 손끝으로 푸는 동안 총성이 계속되었다.

"투르르르르르르르."

"타캉, 타캉, 타캉."

우지, 산탄총, 그리고 다시 기관총. 1초에 700~800발이 발사되는 총성이 귀에 익숙하다.

"습격이다!"

찰스가 소리치면서 자신의 목소리 끝이 떨리는 것을 들었다. 기습을 받았다. 그 순간.

"퍽!"

깨어진 유리창 파편이 튀는 소리.

"앗!"

찰스가 본능적으로 몸을 움츠린 순간.

"꽈꽈꽝!"

응접실 안에서 수류탄이 폭발했다.

"갓뎀!"

몸이 훌떡 뒤집혀서 벽에 부딪힌 찰스의 입에서 욕설이 터졌다.

"타캉! 타캉! 타캉!"

엄청난 산탄총 발사음. 탄알 1발에 100개의 쇠 구슬이 퍼져나가는 바람에 응접실 안에는 2발만 쏘면 다 찢어진다. 그때.

"꾸꽈꽝!"

다시 수류탄 한 발이 폭발하면서 찰스는 다시 벽으로 몸이 처박혔다.

"앗!"

그 순간 찰스의 입에서 비명이 터졌다. 배꼽 아래쪽의 몸이 없어진 것이다. 배꼽 밑으로 산더미 같은 창자가 쏟아져 나와 있을 뿐이다. 응접실은 연기와 불길까지 오르고 있었기 때문에 다른 것은 보이지 않는다.

폭음과 폭발이 이어지면서 총성이 저택을 떠나갈 듯 이어졌다. 아래층의 폭발로 이 층 전등도 떨어져 내렸고 벽에 걸린 시계와 액자, 커튼까지 떨어졌다. 2층 베란다 유리창은 이미 총격을 받아 다 깨졌고 계단으로 불길이 번져 올라오고 있다.

"주인, 이쪽으로!"

안쪽 방으로 뛰어 들어갔던 아지란이 소리쳤다. 그곳의 유리창 밖을 살피고 온 것이다. 그쪽 유리창은 저택 뒤쪽으로 통한다. 뒷마당은 정원이고 담장 높이는 3미터 정도.

"비었습니다!"

아지란이 소리치자 압둘라와 하지크가 복도를 달려 안쪽 방으로 들어섰다. 그 순간.

"타타타타타."

아래쪽에서 총성이 울리더니 창가에 서 있던 아지란이 뒤로 홀떡 넘어졌다.

"앗!"

저도 모르게 외침을 뱉은 압둘라가 몸을 뒤로 젖혔다. 아지란의 머리통 반쪽이 날아간 것이다. 엄청난 분량의 뇌수가 쏟아지고 있다.

"이쪽으로."

뒤에서 하지크가 압둘라의 팔을 당겼다. 다시 응접실로, 그때 총성 속에서 외침이 일어났다.

"압둘라! 나오면 살려준다!"

거친 목소리가 이어졌다.

"아니면 네 머리통만 들고 갈 거다!"

그다음 순간 응접실 구석으로 수류탄이 떨어졌기 때문에 하지크와 압둘라는 납작 엎드렸다.

"꾸꽈꽝!"

응접실 구석이 폭발하면서 한쪽이 무너졌다. 불길이 치솟고 있어서 주위는 환했다. 압둘라는 어느덧 총성이 그쳐 있는 것을 그때 깨달았다. 다시 아래쪽에서 외침이 울렸다.

"압둘라! 마지막 경고다! 살고 싶으면 나와!"

옆에 엎드린 하지크는 말이 없다.

"마지막 경고다!"

정재국이 다시 소리친 순간이다. 이 층에서 목소리가 울렸다.

"좋아, 내려가겠다!"

이미 정원과 아래층에는 용병들의 시신이 이리저리 흩어졌고 불길이 치솟는 중이다. 팀원 중 김수남은 교전 중에 어깨를 맞아 벽에 기대 서 있다. 그때 이 층의 부서진 계단으로 압둘라가 내려왔다. 두 손을 치켜들고 있다. 그 뒤로 사내 하나, 압둘라의 호위병이다.

"이 층에는 너희 둘이냐?"

총을 겨눈 정재국이 소리쳐 물었을 때 압둘라가 대답했다.

"우리 둘이야, 둘은 죽었어."

"내려와! 빨리!"

소리친 정재국이 총을 겨누더니 발사했다.

"타타타탕!"

연발 사격을 얼굴에 맞은 하지크가 아래로 굴러떨어졌다. 질색을 한 압둘라가 피하다가 발을 헛디뎌 함께 떨어졌다. 압둘라의 목덜미를 잡아 일으킨 이칠성에게 정재국이 소리쳤다.

"가자!"

여섯이 빠져나왔다, 압둘라까지 여섯. 김수남이 팔 하나를 쓰지 못했기 때문에 응급조치만 하고 박상철이 부축했다. 맨 앞에는 수십 명의 인파가 모여 있었지만 여섯이 나오자 질색을 하고 흩어졌다. 총성이 울린 지 7분, 정재국이 시계를 보고 계산했다. 앞장선 정재국과 이칠성이 압둘라를 좌우에서 끼고 무기는 코트 속에 감췄다. 그 뒤를 김수남과 박상철, 맨 뒤에 고준기. 빵 가게까지 빠져나오는 것이 전투보다 더 힘든 느낌이 들었다. 빵 가게에 모인 사람들도 그들을 보았지만 불이 난 아래쪽 안가에 더 관심이 많다. 그때 멀리서 경찰차 사이렌 소리가 울렸다.

차가 뒤집혔던 곳까지 오는 동안 피터 서든은 생각을 굳혔다. 안가의 총격전이 거의 끝나갈 무렵, 그러니까 이 층에 수류탄이 폭발했던 때 정문을 빠져나와 도망친 피터다. 놈들은 자신을 죽일 수도 있었지만 약속을 지켜주었다. 놈들은 안가를 99퍼센트 장악했다고 봐야 옳다. 차는 길옆으로 치워졌는데 뒤집힌 채 아직 그대로다. 이곳에서 CIA 지부까지는 걸어서 5분 거리다. 현재 시간은 11시 15분. 안가에서 빠져나와 택시를 타고 이곳까지 온 것이다.

11시 20분, 집에 들어와 있던 루니 오스몬드가 TV의 사건 보도를 보고 깜짝 놀랐다.

'총격전'

'생미셸 대로 뒤쪽'

'오르망 거리'

그것까지만 들은 루니가 전화기로 달려갔다. 안가다. 안가가 습격을 받았다.

안가의 직통전화는 불통이었기 때문에 루니는 바로 지부 당직실로 전화를 건다.

"여보세요."

당직자 존슨이 바로 응답했다.

"나, 지부장인데, 피터는?"

"예, 사고가 나서 회사 근처에 있습니다."

"사고? 무슨 사고?"

"차가 뒤집혔다는데요. 회사 주차장으로 들어오는 로터리에서……."

"지금 어딨어?"

"예, 병원에 간다고 했습니다."

어깨를 부풀린 루니가 전화기를 내려놓았다. 그때 기다렸다는 듯이 전화벨이 울렸기 때문에 루니는 다시 깜짝 놀랐다. 신경이 예민해진 것이다. 심호흡을 한 루니가 전화기를 들었다.

"여보세요."

"루니."

"누구야?"

"네 애인 마레나를 내가 데리고 있다는 것을 알고 있지?"

"개새끼."

"어떠냐? 결정할 거냐?"

"뭐 말이냐?"

"여기서 그대로 나갈 거라면 지금 말해."

"네놈들은 곧 내 손에 잡힌다."

"안가에서 18명을 죽였어, 루니."

"……."

"압둘라는 내 손에 있고."

"……."

"그렇다면 오늘 밤이 새기 전에 너까지 죽여줄까?"

숨을 들이켠 루니가 창 쪽을 보았다. 용의주도한 루니는 창에 짙은 색 커튼을 쳐 놓고 있다. 이곳은 아파트 5층에 위치해서 주변의 고층 건물이 많다. 그때 사내의 말이 이어졌다.

"내가 뭘 결정하라는지 알지?"

"말해, 이 개자식아."

"내일 너는 안가 정리로 바쁠 거다."

"……."

"압둘라를 빼앗겼으니 본부에 있는 놈들한테 시달리겠지."

"……."

"더 욕심부리지 마, 루니. 넌 이것으로 끝내."

사내의 목소리가 강해졌다.

"덤으로 마레나의 목숨까지 살리려면 말야."

응접실로 들어선 정재국에게 이칠성이 보고했다.

"김수남은 관통상을 입었지만 치료가 시급해요. 상처를 그대로 두면 팔을 절단해야 됩니다."

"할 수 없지, 후송시켜."

정재국이 핏발 선 눈으로 이칠성을 보았다.

"우리는 앞으로 24시간이 고비야."

오후 12시 반, 이곳은 마레지구의 안가. 압둘라까지 데려왔기 때문에 인질이 넷. 그런데 팀원 하나가 후송되어야만 한다. 이칠성이 서둘러 응접실을 나갔다.

"마르셀, 오늘 하루만 참아라."

방으로 들어선 정재국이 마르셀에게 말했다.

"이제 다 끝나간다."

마르셀은 시선만 주었고 정재국이 말을 잇는다.

"압둘라를 데려왔어. 안가에 있는 놈들을 다 죽였다."

앞쪽 의자에 앉은 정재국의 얼굴에 웃음이 떠올랐다.

"CIA 용병, 임대해 온 용병대, 그리고 압둘라의 경호대까지 싹 죽였지."

"……."

"이제 오늘은 압둘라를 데리고 은행을 찾아다녀야 돼. 입금되어 있는 자금을 출금시키려는 거야."

정재국의 시선이 안쪽에 누워있는 소녀에게로 옮겨졌다.

"저놈도 함께 내보내 주마, 마르셀."

그때 마르셀이 천천히 고개를 끄덕였다. 시선이 소녀에게 옮겨가지 않는다.

루니가 사무실로 들어섰을 때는 오전 1시가 되어 갈 무렵이다. 당직실에 있던 베리스와 존슨이 고개를 들었을 때 루니가 물었다.

"피터 서든은?"

"지금 성모병원에 있습니다."

존슨이 대답했다.

"차가 뒤집히는 바람에 전신타박상을 입었답니다."

"……."

"크게 다치지는 않았다는데요."

"다른 데서 연락 온 건 없었나?"

"저기."

베리스가 나섰다.

"생미셸 대로 뒤쪽의 저택 총격전 사건 말입니다."

"그래서?"

"경찰에 신고 전화가 쏟아지고 있는데 아랍 테러단이 저택 안의 사내들과 교전을 벌였다는 것입니다."

"경찰이 알아내겠지."

뱉듯이 말한 루니가 몸을 돌렸다.

"우리하고는 상관없어."

그쪽 안가는 루니만 알고 있는 곳이다, 물론 피터 서든까지 포함되었지만.

오전 4시, 바그다드 시간이다. 파리는 오전 2시 정각. 지하 벙커 집무실에 앉아 있던 사담 후세인이 고개를 들고 앞에 선 모하메드를 보았다. 모하메드는 서둘러 들어섰기 때문에 숨을 고르고 있다. 대장 제복을 입은 모하메드의 어깨에서 금별이 번쩍이고 있다. 후세인은 부하 장군들의 군복 차림을 좋아하고 견장의 별을 금으로 만들어 선물해 준다. 이것도 후세인이 선물해 준 것이다.

"각하, 특명관이 압둘라를 잡았습니다."

모하메드가 상기된 표정으로 보고했다.

"방금 보고를 받았습니다. 특명관이 압둘라가 은신해 있는 아지트를 기습해서 18명을 사살하고 데려왔습니다."

"……"

"CIA 파리지부장 루니 오스몬드의 용병들로 둘러싸여 있던 곳입니다."

"……"

"특명관팀 중 1명이 부상을 입고 파리 주재 우리 대사관으로 옮겨졌습니다. 지금 조치 중입니다."

그때 후세인이 물었다.

"오늘 일정은?"

"오늘 중 3개 은행에 들러 자금을 이체할 예정입니다."

후세인이 지그시 모하메드를 보았다. 요즘 며칠간 후세인은 이란과의 전쟁 때 사용했던 지하 벙커를 이용하고 있다. 후세인이 중대한 결심을 할 때, 또는 불안한 상황일 때 벙커를 이용하고 있다는 것을 모하메드는 알고 있는 것이다. 그때 후세인이 입을 열었다.

"특명관을 적극 지원해라."

"어떻게 된 거야?"

소리치듯 마크 핸들러가 묻자 루니 오스몬드는 전화기를 귀에서 떼었다. 그래도 마크의 목소리가 크게 울렸다.

"이봐! 여기서도 사건 보도를 보았단 말야! 압둘라는 어떻게 되었어?"

"빼앗겼어."

"갓댐."

놀란 마크의 목소리는 의외로 가라앉았다. 지금 마크는 뉴욕에서 전화를 한다. 뉴욕은 오후 8시 15분, 파리는 오전 2시 15분이다. 그때 마크가 물었다.

"그놈들이 데려갔단 말이지?"

"그래."

"그럼 그놈들이……."

"자금을 인출해 가겠지, 이젠 끝났어."

"끝나?"

"왜? 내가 이제는 강도 노릇을 하라고?"

"무슨 말야?"

"압둘라는 공식적으로, 정당하게 자금을 인출하는 거야. 그걸 막는 놈들은 강도지."

"그래서 끝났다고?"

"또 미련이 있으시나?"

"그놈들이 압둘라를 가만둘 것 같으냐?"

마크가 한마디씩 말을 잇는다.

"부족한 돈 출처를 물으면 뭐라고 대답하겠어?"

"글쎄."

"그놈이 네 이름을 불겠지. 그럼 그 녹음테이프가 우리 본부나 언론 매체, 백악관에까지 뿌려질 가능성이 있다는 생각 안 해봤어?"

"난 바빠서 그렇게 긴 생각을 못 해."

"너, 이제 아주 나하고 해보자는 건데."

"마크, 나보다 네가 더 위험해질 텐데. 난 이미 여기서 다 털린 놈이지만 넌 장래가 창창한 거물 아냐?"

"너, 이 새끼."

"네가 더 많이 먹었잖아? 2억 5천만 불인가?"

"선 오브 비치."

"내가 아니라 압둘라 입에서 그 말이 나올 거란 말야, 마크."

"압둘라를 막아, 이 개자식아."

마침내 마크가 버럭버럭 소리쳤다.

"저격병을 써!"

"날 살려주면 지금 빼 간 놈들을 다 불겠어."

압둘라가 충혈된 눈으로 정재국을 보았다. 안가의 응접실 안, 압둘라와 정재국이 마주 보고 앉아 있다. 벽시계가 오전 2시 45분을 가리키고 있다.

"CIA 파리지부장 루니 오스몬드, 그리고 CIA 본부의 마크 핸들러 국장. 그 윗선도 있지만 이름은 몰라."

고개를 끄덕인 정재국이 탁자 위에 소형녹음기를 놓았다.

"자, 불어라. 이것이 네 생명을 살리게 될지도 몰라."

그러고는 손목시계를 보더니 옆에 선 이칠성에게 말했다.

"이놈 자백을 다 녹음해, 난 전화를 하고 올 테니까."

도청 염려가 있었기 때문에 밖으로 나가 전화를 하는 것이다. 안전을 위해서는 어쩔 수 없다.

오후 9시, 뉴욕 맨해튼의 바, '올림피아'의 안쪽 밀실에서 윌슨과 해밀턴이 마주 앉아 있다. 어둑한 방 안, 탁자 위에는 맥주병만 놓였다. 방금 맥주를 받은 윌슨이 해밀턴을 보았다.

"무슨 일이오?"

"지금 모르고 있는 거야?"

"모르니까 묻는 거지."

퉁명스럽게 주고받는 말투였지만 둘의 눈빛은 부드럽다. 입맛을 다신 해밀턴이 말을 이었다.

"답답하군."

"또 일 저질렀소?"

"내가?"

"그럼 누가?"

"너희들이 저지르고 있는 거지."

"갓댐."

투덜거린 윌슨이 해밀턴을 보았다.

"말해요, 해밀턴."

"몇 시간 전 파리에서 일어난 아랍 강경파들끼리의 총격전 말야."

눈썹을 모은 윌슨을 향해 해밀턴이 말을 이었다.

"그거, CIA안가야. 안가에서 CIA 용병, CIA에서 고용한 용병대까지 몰사했어."

숨을 죽인 윌슨이 맥주병을 들었다가 놓았다. 윌슨이 숨만 쉬었을 때 해밀턴이 말을 잇는다.

"CIA 파리지부장 루니 오스몬드, 그놈이 주범이지."

"루니 오스몬드."

"그놈이 고용한 용병대가 몰살당했어."

"누구한테?"

"무엇 때문이냐고 물어보는 것이 순서 아닐까?"

그러자 한숨을 쉰 윌슨이 한 모금 병째 맥주를 삼키더니 말을 이었다.

"무슨 일로 그런 거요?"

"압둘라 아무디를 보호하고 있었거든. 뺏기지 않으려고."

"아."

눈썹을 모은 윌슨이 눈동자의 초점을 잡았다.

"후세인의 자금담당 아무디 아니오?"

"그래."

고개를 끄덕인 해밀턴이 말을 이었다.

"그놈이 루니 오스몬드, 마크 핸들러하고 은밀하게 후세인의 자금을 빼돌렸어."

"……."

"마크 핸들러 윗선이 있고."

"그놈은 짐작이 가는데."

윌슨이 번들거리는 눈으로 해밀턴을 보았다.

"그렇다면 그자들은……."

"누구?"

"용병대를 몰살시킨 놈들은 바로……."

"이제 알겠군."

"후세인의 용병대란 말씀이군."

"당연하지."

"그래서 지금 압둘라를 데리고 있는 거요?"

"그래서 루니는 물론이고 마크, 그리고 그 윗놈까지 똥줄이 탄 거지."

"……."

"압둘라가 입을 열면 다 죽을 테니까."

"그렇다면……."

눈을 치켜뜬 윌슨을 향해 해밀턴이 의자에 등을 붙이면서 웃었다.

"지금부터 윌슨, 너한테 맡기겠어."

"내일 프랑스 주재 이라크 대사가 은행에서 기다리고 있을 거야."

모하메드가 말을 이었다.

"곧장 파리 제3은행으로 가도록. 거기서부터 술레만 대사하고 같이 행동해."

"알겠습니다."

전화기를 고쳐 쥔 모하메드가 말을 이었다.

"대사에게 압둘라의 육성 자백 녹음테이프를 보내겠습니다."

"수고했어."

모하메드의 목소리는 밝다.

"각하께서도 칭찬하셨다."

"감사합니다."

통화가 끊겼을 때 정재국이 길게 숨을 뱉었다. 오전 3시 반, 아직도 12시간이나 남았다.

붉은색 가운 차림으로 소파에 앉은 후버는 약간 취기가 오른 표정이다. 오후 10시 반, 파리는 오전 4시 반이 되겠다. 이곳은 뉴욕 맨해튼의 안가(安家), 후버의 안가다. 오후 6시부터 공화당의 중진 위원들과 한잔 마시고 온 후버의 컨디션은 좋은 상태. 모두 후버와 비슷한 연배의 중진인 데다 성향까지 같아서 술 마시면서 싫어하는 놈들을 실컷 욕을 하는 모임인 것이다.

"무슨 일이냐?"

소파에 등을 붙인 후버가 물었을 때 윌슨이 숨부터 골랐다. 이제 분위기가 싹 바뀔 것이기 때문이다.

"파리에서 사고가 났습니다."

윌슨이 말하자 후버가 고개를 끄덕였다.

"생미셸 대로 근처에서 아랍놈들의 학살사건 말이냐?"

"예, 부장님."

"그놈들 국적이 베이루트, 알제리, 시리아까지 잡탕이더군."

"예, 용병대들이지요."

"시아파, 수니파 전쟁이야."

"그게 아닙니다, 부장님."

"네가 어떻게 알아?"

눈을 가늘게 떴던 후버가 탁자 위에 놓인 파이프를 집어 들었다. 술기운이 조금 가신 얼굴이다.

"그것 때문에 여기 온 거야?"

"예, 부장님."

"우리하고 관계가 있다고?"

"예, 부장님."

"파리지부장이 누구지?"

"루니 오스몬드입니다."

"아, 그놈 곧 퇴직할 것 같던데, 진급 못 하고."

"예, 그렇습니다."

"그놈이 사고 쳤어?"

"생미셀 대로의 학살 현장이 루니가 비밀리에 설치한 개인 안가였습니다."

"개인 안가?"

"학살된 놈들은 모두 루니가 고용한 아랍 용병대였습니다."

"⋯⋯."

"그 현장에서 용병대들이 압둘라 아무디를 경호하고 있었지요."

"압둘라 아무디?"

후버의 눈이 치켜떠졌다.

"후세인의 자금담당 말이냐?"

"예, 부장님."

"루니의 용병대가 왜 그놈을?"

"후세인이 압둘라를 잡으려고 특수팀을 보냈기 때문입니다."

"아니, 그런데 왜 루니 그놈이 아무디를⋯⋯."

말을 그친 후버가 윌슨을 노려보았다.

"아니, 그렇다면……."

"예, 부장님."

"루니 그놈이 압둘라와 짜고……."

"예, 후세인의 비자금을 횡령했습니다."

"루니가?"

"루니 위에 도와주는 놈이 있습니다."

"옳지, 그놈 혼자는 힘들지. 누구냐?"

"마크 핸들러입니다."

"그 개자식, 또 있겠지."

"부장보 알렉스 포크만입니다."

그때 후버의 얼굴에 일그러진 웃음이 떠올랐다.

"해밀턴이 정보를 준 거냐?"

"예, 부장님."

"후세인의 특공대는 해밀턴 부하인가?"

"아닙니다, 리스타 용병단에서 차출된 것 같습니다."

"개새끼들."

어깨를 부풀렸다가 내린 후버가 눈동자의 초점을 잡고는 윌슨을 보았다. 윌슨은 후버의 시선을 받고 숨을 길게 뺐다. 후버에게는 이런 일이 코털 하나를 뽑는 것 정도밖에 안 된다는 느낌이 들었기 때문이다. 이 영감 수준이 되려면 아직 멀었다.

오전 5시 반, 루니가 파리지부 상황실에서 전화를 받는다. 상황실로 전화가 온 것이다. 상대는 알렉스 포크만이다. 알렉스는 마크 핸들러와는 급이 다르다. 해외공작반 차장을 거쳐 지금은 군사위원회 담당 부장보,

CIA 고위층 서열로 4위, 후버 부장의 후계 경쟁자 중 하나다, 57세.

"루니, 잘 들어."

알렉스가 대뜸 말했다.

"이 통화 녹음되나?"

"예, 부장보님."

"당장 꺼라, 보안용이다."

"예, 부장보님."

루니가 직접 손을 뻗어 녹음장치를 껐을 때 알렉스가 다시 물었다.

"껐어?"

"예."

"다른 거 신경 쓸 것 없어. 여기서 다 처리할 테니까 넌 집에 들어가, 루니."

"예?"

"평소와 같이 행동하란 말이야, 알겠어?"

"알겠습니다."

"평상심을 찾고."

그러고는 통화가 끊어졌기 때문에 루니가 전화기를 내려놓고 자리에서 일어섰다. 저절로 고개가 끄덕여졌고 얼굴에 쓴웃음이 떠올랐다. 상황실에 앉아 있는다고 해도 묘수가 없는 것이다. 그렇다. 평상심을 찾자. 그러고 보면 어떤 증거도 없지 않은가? 압둘라가 기를 쓴다고 해도 누가 믿어주겠는가? 역시 '경력자'의 판단이 옳다. 루니가 당직자들을 돌아보며 말했다.

"자, 수고들 해, 난 쉴 테니까."

몽마르트르의 테르트르 광장 오른쪽에 오래된 주택가가 있다. 면적은 작지만 2층 저택으로 10여 채가 골목 좌우에 늘어서 있다. 그중 오른쪽 끝 집이 루니의 안가 중 하나다. 이곳은 '회사'에도 등록하지 않은 개인저택으로 방 4개짜리 구조다. 골목 입구로 들어선 루니가 손목시계를 보았다. 오전 6시 반, 날이 밝았기 때문에 자전거에 우유병을 실은 배달부가 지나갔고 일찍 출근하는 남녀가 골목을 나온다. 루니가 두 번째 저택 대문을 지나 발을 떼었다. 그때 옆쪽 골목에서 사내 둘이 나왔다. 둘 다 코트 차림으로 중절모를 눌러썼는데 두 손을 코트 주머니에 찔러 넣고 있다. 고개를 든 루니가 둘을 유심히 보았기 때문에 거리는 금방 10미터로 가까워졌다. 그때 두 사내가 주머니에 든 손을 빼내었다. 손에 소음기를 낀 권총이 쥐어져 있다. 총구는 루니에게 향해 있다. 그때다.

"퍽! 퍽! 퍽!"

소음기를 낀 총성이 울렸기 때문에 옆을 지나던 중년 여자가 기겁을 하고 앞쪽으로 내달렸다. 그 순간 루니는 앞에서 총을 겨누었던 두 사내가 사지를 뒤틀면서 쓰러지는 것을 보았다. 둘이 총에 맞은 것이다. 그때 루니의 뒤쪽에서 목소리가 울렸다.

"루니 씨, 가십시다."

30분 후인 오전 7시경, 뉴욕은 오전 1시다. 해외작전국장 겸 부장보 윌슨이 안가에서 전화를 받는다.

"부장보님, 루니하고 같이 있습니다."

사내의 목소리가 이어서 울렸다.

"골목에서 기다리던 놈들은 제거했습니다."

"수고했어."

"그럼 루니 씨 바꿔드리지요."

그때 곧 루니 오스몬드의 목소리가 울렸다.

"부장보님 감사합니다."

루니의 목소리는 떨렸다.

"저한테 기회를 주셨으니 최선을 다해서 마무리를 짓겠습니다."

"알았어."

윌슨이 심호흡을 하고 나서 말을 이었다.

"마무리 잘해."

10시 5분이 되었을 때 파리 제3은행 총재 마르텡 르노는 로비에 서서 고객을 맞았다. 은행 로비로 들어서는 고객은 압둘라 아무디다. 아무디의 뒤에는 파리 주재 이라크 대사 술레만과 동양인 사내 하나가 따르고 있었는데 그 뒤로 7, 8명의 수행원이 이어졌다. 이쪽도 마르텡과 본점 사장 피에르, 담당 전무 사일트 등이 기다리고 있다.

"어서 오십시오, 압둘라 씨."

마르텡이 활짝 웃는 얼굴로 압둘라를 맞는다. 오늘 압둘라는 파리 제3은행에 예치한 비자금 8억 6천5백만 불을 인출해 갈 것이다. 아마 비자금 관리를 철저하게 해주는 중립국 은행에 분산시켜 놓겠지. 다가온 압둘라가 르노의 손을 잡고 말했다.

"잘 부탁합니다."

"준비되었습니다."

르노의 시선이 이라크 대사 술레만과 마주쳤고 둘은 눈인사만 했다. 일국(一國)의 대사까지 동원된 은행 작업이다. 이것은 세계 언론에도 보도된다는 것을 의미한다. 비자금이건 뭐건 은행에 예치한 자금은 고객의 요구에 따라 입출금이 된다는 것, 그것을 후세인이 도전하듯이 오픈시켰다. 이라크의 '비자금'은 부정한 돈이 아니라는 것을 과시하는 의미도 있다.

11시 40분, 파리 제3은행에 이어서 맥도날은행에서 계좌를 해지하고 자금을 이체시킨 압둘라가 세 번째 은행으로 출발했다. 이번에는 스위스 콘체른은행. 이곳에 거치된 자금은 4억 8천만 불. 그 시간의 바그다드.

"현재까지 13억 7천만 불을 회수했습니다."

모하메드가 보고했지만 후세인은 시선도 들지 않았다. 바그다드 시간은 오후 1시 40분이다. 후세인은 오늘도 지하 벙커에 들어와 있었는데 수시로 파리 상황의 보고를 받고 있다. 모하메드가 말을 이었다.

"지금 콘체른으로 가는 중인데 은행장이 기다리고 있습니다."

콘체른에서 자금을 회수하면 18억 5천만 불이 된다. 고개를 든 후세인이 모하메드를 보았다.

"콘체른에서 인출을 마치면 얼마나 남나?"

"예, 2개 은행에서 5억 불가량이 남습니다."

모하메드가 시선을 내린 채 말을 이었다.

"23억 5천만 불 정도를 회수할 수 있습니다, 각하."

서류상 30억 7천만 불이 남아 있었기 때문에 7억 2천만 불이 사라진 셈이다. 그 7억 2천만 불을 압둘라와 CIA 파리지부장 루니 오스몬드, 그리고 본부의 거물들이 가로챈 것이다. 고개를 든 후세인이 모하메드를 보았다. 후세인의 두 눈이 번들거리고 있다. 그 순간 모하메드가 숨을 들이켰다. 눈빛을 읽었기 때문이다. 말을 하지 않아도 눈빛으로 읽는다.

'눈에는 눈, 피에는 피다.'

파리에서는 압둘라 아무디와 함께 파리 주재 이라크 대사 술레만이 5개 은행을 순방했다. 압둘라가 마지막 남은 비자금을 이체했을 때는 오후 3시 반이다. 총 이체금액은 23억 5천만 불, 서류상 금액보다 7억 2천만 불이 모자란다. 그러나 그 사실을 알고 있는 사람은 압둘라와 후세인, 그리고 측근 몇 명, 거기에 당연히 그 비자금을 횡령해 먹은 CIA 간부 몇 놈. 마지막 은행 스위스의 콘티넨탈은행 현관을 나왔을 때 정재국이 말했다.

"자, 압둘라, 수고했어."

"천만에."

쓴웃음을 지은 압둘라가 정재국과 악수를 나누고는 차에 올랐다. 술레만의 차에 탄 것이다. 술레만이 정재국과 눈인사를 하고 나서 차가 출발했다. 압둘라는 바그다드로 압송되는 것이다. 술레만의 차량 대열이 시야에서 사라졌을 때 정재국이 주위를 둘러보았다. 이곳은 샹젤리제 대로 근처의 콘티넨탈은행 현관 앞이다. 주위에는 이칠성, 박상철, 고준기까지 셋이 둘러서 있다. 김수남은 이라크 대사관으로 후송된 후에 바로 병원으로 옮겨졌다. 대사관 직원 신분이 되어서 외교관 행세를 하고 있는 것이다.

"끝났다."

정재국이 어깨를 치켰다가 내리면서 말했다. 압둘라가 비자금 이체를 끝낸 시점에서 작전이 종결된 것이다. 압둘라에 대한 처리는 대사관으로 데려가는 것으로 끝났다. 본국의 지시를 받은 술레만 대사는 압둘라를 대사관으로 데려간 후에 본국으로 보낼 것이다. 정재국이 말을 이었다.

"특명관의 1차 작전이 끝난 셈이지."

"대장."

이칠성이 불렀다.

"압둘라는 괜찮습니까?"

이칠성의 시선을 받은 정재국이 빙그레 웃었다.

"압둘라는 이제 쓸모가 없어. 그놈들은 압둘라를 건드릴 이유가 없어졌다고. 입을 막을 필요도 없어."

"그렇습니까?"

내막을 모르는 이칠성이 건성으로 되묻더니 눈동자의 초점을 잡았다.

"그러면 대장, 이번 작전은 성공한 겁니까?"

"첫 작전이다. 계획대로 된 셈이다."

"축하드립니다, 대장."

"다 너희들 덕분이지, 그런데."

눈썹을 모은 정재국이 이칠성을 보았다.

"너, 계속 대장이라고 부를 거냐?"

"예, 팀장보다 부르기에 낫습니다, 대장."

그러고는 덧붙였다.

"그건 내 맘입니다, 대장."

입맛을 다신 정재국이 발을 떼었다. 아직 긴장이 풀리지 않아서 모두 굳어 있다. 오후의 태양이 비치는 거리로 나와 행인들 사이에 섰을 때 정재국은 문득 사람 사는 세상에 들어온 느낌이 들었다. 그러자 '살았다'는 실감이 났다.

3장
방콕의 비자금

오전 11시, 워싱턴의 조지타운에 위치한 포시즌호텔 안, 외관은 수수하지만 정치인, 행정부 고위층이 자주 찾는 곳이다. 라운지 안의 밀실로 알렉스 포크만이 들어섰다. 기다리고 있던 마크 핸들러가 일어섰다. 둘 다 굳은 표정, 자리에 앉은 알렉스가 입을 열었다.

"조금 전에 파리에서 자금 인출이 끝났어."

마크는 시선만 주었고 알렉스의 말이 이어졌다.

"프랑스 정보국이 파악해서 알려주는군. 5개 은행의 23억 5천만 불이야."

"……."

"프랑스 정보국은 깜짝 놀란 것 같아. 이제야 압둘라의 비자금을 파악한 셈이니까."

길게 숨을 뱉은 알렉스가 지친 표정으로 마크를 보았다.

"루니하고 연락이 끊겼지?"

"사라졌습니다. 숨은 것 같은데요."

"해결사를 보낸 걸 눈치챈 것 같군."

"우리한테 연락을 안 하는 걸 보면 그렇다고 봐야죠."

"루니가 폭로하지는 못해."

"내 생각도 그렇습니다. 하지만……."

"루니가 후세인 쪽하고 붙는다면 상황이 달라지겠지."

알렉스가 마크의 말을 받았다. 잠깐 동안 정적. 그때 마크가 알렉스를 보았다.

"우리가 가만히 앉아서 죽을 수는 없지 않습니까?"

"이봐, 지금쯤은 후버 부장도 알고 있다고 봐야 돼."

"후버가 끝입니다."

자르듯 말한 마크가 알렉스를 노려보았다.

"후버하고 윌슨, 지금쯤 그 둘까지 보고가 되었을 겁니다."

"……."

"다 알고 계시지 않습니까?"

마크의 얼굴에 웃음이 떠올랐다.

"부장이 우리를 처리할 방법은 3가지가 되더군요. 첫째, 해결사를 고용해서 우리 둘, 루니는 지금 잡았겠지요, 그러니까 셋한테서 가져간 비자금을 회수한 후에 제거하는 것. 이건 5년 전 모하지트 사건과 비슷한 케이스죠."

모하지트는 CIA 일본 부지사장이었는데 일본 자위대 고위층과 공모해서 정보비 1천만 불을 빼내 유용했다. 그것을 안 후버는 방위성 장관과 합의하여 모하지트와 자위대 고위층 둘을 사고사로 처리해 버린 것이다. 그때 마크가 처리 담당자, 알렉스는 후버의 지시를 받은 책임자였다. 마크의 말이 이어졌다.

"둘째는 사건이 더 커질 것을 염려해서 우리를 조용히 사직시키고 끝내는 일인데 그럴 가능성은 적습니다."

"……."

"세 번째는 우리가 돈을 모아서 5천만 불쯤 먹일 수도 있지만 가능하겠습니까?"

"……."

"그 영감이 돈으로 매수될 인간이 아니죠."

그때 알렉스가 말했다.

"첫 번째야."

"그래서 시급하단 말씀입니다."

"가능하겠나?"

"그냥 죽을 수는 없지요. 한국 속담에 개구리도 죽을 때 '꽥' 한다는 말이 있습니다."

"한국 속담?"

"내가 한국에 3년 있었습니다. 그때 배웠지요."

"시간이 촉박해."

"그러니까 이번에 키치너를 쓰지요. 대상은 둘뿐입니다."

그때 알렉스가 고개를 들고 마크를 보았다. 굳어진 얼굴에 눈동자의 초점이 멀다. 이윽고 알렉스의 얼굴에서 희미하게 웃음이 떠올랐다.

그 시간에 이광이 비서실장 안학태의 보고를 받는다.

"정재국이 작전을 완료했습니다."

고개를 끄덕인 이광이 안학태를 보았다.

"앞으로는 후세인 대통령의 측근이야. 일일이 나한테 보고하지 않아도 돼."

"알겠습니다. 이번에는 해밀턴 사장의 도움을 많이 받았기 때문에 회장님께 보고를 드린 것입니다."

"후세인과 후버를 도와줄 수 있어서 기쁘다."

마침내 이광이 마음에 두었던 말을 입 밖으로 꺼냈다. 이것이 이광에게 이번 사건의 결과다.

"압둘라는 바그다드로 송환되었습니다."

대사관과 연락을 하고 온 이칠성이 말했다.

"외교관 여권으로 출국한 것입니다."

그리고 바그다드에서 보낸 대규모 경호단의 경호를 받고 떠난 것이다. 오후 3시 반, 정재국이 둘러앉은 대원들에게 말했다.

"압둘라가 송환된 것으로 이번 작전은 끝났다. 자, 떠나자."

"어디로 말입니까?"

고준기가 묻자 정재국이 얼굴을 펴고 웃었다.

"특별 휴가다, 카이로."

"오늘 밤에는 맨해튼의 안가야."

알렉스가 표정 없는 얼굴로 앞에 앉은 사내에게 말했다.

"오후 7시에 공화당 후원회에 참석하고 맨해튼의 안가로 가는 거야."

앞에 앉은 사내는 40대쯤으로 평범한 용모다. 알렉스를 응시한 채 고개만 끄덕이고 있다. 알렉스가 말을 이었다.

"후원회장이 클레이든호텔 연회장이야. 거기서 안가까지는 2개 블록 거리여서 차로 5분 거리밖에 안 돼."

"몇 시에 끝납니까?"

"연회장을 7시에서 10까지 3시간 빌렸으니까 10시에는 돌아가겠지."

"알겠습니다."

"흔적이 남으면 안 돼."

"알고 있습니다. 그런데……."

"대가 말인가?"

"잔금 받으러 나타나지 않도록 해주시죠."

사내가 처음으로 똑바로 알렉스를 보았다.

"후버 씨가 아무리 고령이지만 급사하면 의심을 받게 될 테니까요."

어깨를 부풀렸다가 내린 사내가 말을 이었다.

"난 장기간, 또는 영영 나타날 수 없을지 모릅니다."

"알았어."

눈을 치켜뜬 알렉스가 고개를 끄덕였다.

"내가 선금으로 다 내지."

그 시간에 윌슨은 승합차 뒷좌석에 루니 오스몬드와 나란히 앉아 있다. 승합차는 방금 덜레스 국제공항을 빠져나왔는데 윌슨이 공항에 나가 루니를 데려오는 중이다. 창밖을 보던 루니가 말했다.

"부장보님, 인사가 늦었습니다. 구차한 목숨, 살려주셔서 감사합니다."

윌슨은 희미하게 고개만 끄덕였고 루니가 말을 이었다.

"알렉스 포크만이 이대로 당할 인간이 아닙니다."

"……."

"나를 죽여서 하나씩 증거를 없애려는 것을 보십시오. 알렉스는 이 사건이 공개될 수 없다는 것을 압니다."

그때 고개를 든 윌슨이 루니를 보았다.

"루니, 알렉스한테 얼마가 갔지?"

"7억 2천만 불 중에서 제가 1억 5천, 그리고 3억 불을 마크 핸들러한테 보냈으니까 알아서 나눴겠죠."

"그럼 압둘라가 2억 7천을 먹었군."

"그렇습니다."

"증거는?"

"압둘라만 알고 있을 뿐이지요. 바그다드에서는 확실하게 알겠지만 영수증 따위는 없습니다."

"그럼 압둘라만 없애면 끝나겠군."

"제가 대행자니까 저까지 없애야 되겠지요."

"그런데 둘이 다 살았어."

"그렇습니다."

루니의 시선이 앞쪽 좌석을 스치고 지나갔다. 앞쪽에는 운전사와 윌슨의 경호원이 타고 있다. 그리고 앞뒤에도 경호차가 붙어서 달리는 중이다. 루니가 말을 이었다.

"부장보님, 알렉스와 마크가 모른다고 잡아떼면 저도 어쩔 수가 없습니다. 녹음테이프도 남기지 않았으니까요."

"……."

"그리고 알렉스는 고위층과 긴밀한 관계인 것 같았습니다."

윌슨이 고개를 돌려 루니를 보았다.

"누구야?"

"모릅니다. 다만 대통령을 움직일 수 있는 사람이라고 했습니다. 후버 부장의 자리를 뺏을 수도 있는 사람들이라고 하더군요."

"사람들?"

"예, 복수였습니다. 여러 사람이라는 것을 강조하더군요."

"갓댐."

윌슨이 의자에 등을 붙였다. 루니는 윌슨이 비밀리에 데려온 것이다. 알렉스와 마크가 아직 현역에서 뛰고 있는 상황에 어떤 짓을 할지 모르는 상황이다. 그리고 루니 말이 옳다. 알렉스나 마크가 모른다고 잡아떼면 어쩔 수가 없는 일이다. 후세인의 비자금 문제인 것이다. 이윽고 윌슨이 입을 열었다.

"알렉스가 어떻게 나올지 예상되는군."

"모하메드, 지금 내 특명관은 어디에 있나?"

불쑥 후세인이 묻자 모하메드가 숨부터 들이켰다. 기쁘다. 지금 후세인은 '내' 특명관이라고 부른 것이다, '내' 특명관. 그만큼 특명관에 대해서 자부심을 느끼고 있다는 증거 아닌가?

"예, 각하. 지금 카이로에 있습니다."

모하메드가 말을 이었다.

"작전을 마쳤기 때문에 카이로에 가서 대원들과 휴식을 취하라고 했습니다."

"작전을 마친 게 아냐."

고개를 든 후세인의 눈빛이 가라앉아 있었기 때문에 모하메드가 당황했다.

"예, 각하. 그러시면……."

"지금 압둘라는 어디 있나?"

"예, 각하. 어제 압송해 와서 지금 경호사단 안에 감금시켜 놓았습니다."

"파리 CIA 지부장 놈은?"

"CIA 부장보 윌슨이 전용기로 실어갔습니다, 각하."

"……."

"곧 그놈과 연루자들이 처벌을 받을 것입니다."

"그럴 것 같나?"

다시 후세인이 묻자 모하메드가 입 안의 침을 끌어 모아 삼켰다. 알 수 없는 일이다. 그리고 상관할 수 없는 일이다. 숨을 고른 모하메드가 눈동자의 초점을 잡고 후세인을 보았다. 후세인이 누구인가? CIA와도 수십 년 전쟁을 치러온 지도자다. 보통 사람보다 항상 서너 수 앞을 내다본다. 모하메드는 털어놓기로 결심했다.

"각하, 제가 연락을 받았습니다. CIA 본부의 간부 둘이 연루되어 있는데 그놈들을 해밀턴이 후버 부장에게 알려주었다고 합니다."

후세인이 시선만 주었고 모하메드가 말을 이었다.

"CIA 내부에서 그놈들을 처리할 예정이라고 합니다."

"어떻게 말이냐?"

후세인이 묻자 모하메드는 입을 다물었다. 말문이 막힌 것이다. 모하메드도 모든 경우를 예상해 보았다. 그러나 후버가 공개적으로 자금을 빼돌린 CIA 간부들을 처벌할 것 같지는 않았다. 그렇게 되면 CIA의 이미지는 치명상을 입는다. 세상에 CIA가 날강도짓을 했다고 광고를 하는 것이나 같다. CIA에서 적발했다고 해도 그렇다. 그때 후세인이 말했다.

"윌슨한테 전해. 리스타를 통해서 말야. 우리가 그놈들을 처리하겠다고."

"예, 각하."

"CIA가 진실로 공정하고 싶다면 그놈들을 우리한테 넘기라고 해."

"예, 각하."

"네가 연락을 받은 곳은 리스타지?"

"예, 각하."

"리스타는 내 형제나 같다."

혼잣소리로 말한 후세인이 다시 고개를 들었다.

"휴가는 이번 일 마치고 가라고 해."

특명관에게 한 말이다.

바깥문이 열리면서 두런거리는 말소리가 들렸다. 후버가 돌아온 것이다. 오후 11시 10분, 클레이든호텔 연회장의 후원회 행사가 끝나고 지금 돌아왔다.

"잘 자게, 모튼."

경호원에게 인사하는 소리가 들렸다. 맨해튼의 안가에는 경호원 셋이 근무하고 있다. 그러다가 후버가 오는 날에는 둘이 더 늘어난다. 안가는 연립주택식 3층 건물의 2층으로 엘리베이터를 싫어하는 후버의 고집대로 엘리베이터가 없다. 방이 3개에 욕실과 화장실이 따로 있는 구조로 중앙에 응접실, 침실은 안쪽이다. 출구는 한 곳, 바로 옆집을 통해서 들어오는 구조다. 그 옆집이란 곳이 경호원이 묵는 같은 구조의 숙소인 것이다. 곧 안쪽 후버의 숙소 문이 열리고 후버와 윌슨, 그리고 경호실장 커크 해스턴이 들어섰다. 응접실로 들어선 후버가 코트를 벗어 커크에게 건네주면서 말했다.

"데려오게."

"예, 부장님."

커크가 옆방으로 들어가더니 곧 사내 하나를 데려왔다. 40대쯤의 평범한 인상, 평범한 체격, 후버를 본 사내가 고개를 숙여 절을 했다. 그때 윌

116

슨이 소개했다.

"키치너입니다, 부장님."

"아, 그래."

소파에 앉은 후버가 눈으로 앞쪽을 가리켰다.

"앉아."

사내가 자리에 앉자 커크는 그 옆에, 윌슨은 후버와 나란히 앉았다. 저택 안은 조용하다. 그때 후버가 키치너를 보았다.

"네 명성은 들었어. 지금까지 알렉스 포크만한테 고용되었지?"

"예, 부장님."

키치너가 후버의 가슴께에 시선을 준 채 대답했다. 후버가 다시 묻는다.

"그동안 몇 명이나 암살했나? 내가 알기로는 12명인가 되었는데."

"예, 27명입니다, 부장님."

"이놈이 도살자구나. 돼지 잡는 것처럼 사람을 죽였군."

"죄송합니다, 부장님."

"누구야? 다른 놈은?"

"영국 M16과 일본 방위성의 주문을 받아서 처리했기 때문에……."

"주문?"

"예, 부장님."

"그 주문에 미국 시민이나 CIA 관계자도 포함되었겠구나?"

"제가 그런 모험은 안 합니다, 부장님."

"하긴."

고개를 끄덕인 후버가 소파에 등을 붙였다.

"그래, 나를 제거하라는 알렉스의 주문을 받고 나니까 모험이라는 생각이 들었단 말이냐?"

"예, 이건 아니다 싶었습니다."

키치너의 시선이 조금 올라가 후버의 턱에 닿았다.

"돈도 좋지만 미국을 대표하는 부장님을 암살할 수는 없었습니다."

"음, 네가 애국자인 줄 몰랐다."

"그래서 윌슨 부장보한테 연락한 것입니다."

키치너가 윌슨에게 알렉스 포크만의 '주문'을 보고한 것이다. 그래서 윌슨은 후버의 지시대로 키치너를 이곳으로 데려왔다. 이곳이 키치너가 후버를 암살하기로 한 장소다. 그때 후버가 다시 물었다.

"알렉스 그놈한테서 얼마 받았어?"

"예, 2천만 불 받았습니다."

"음, 그놈이 후세인의 비자금을 이렇게 쓰는군."

고개를 끄덕인 후버가 지그시 키치너를 보았다.

"알렉스를 고발하는 대신 조건을 내놓았다고?"

"예, 부장님."

"뭐냐?"

"지금까지 제가 연루되었다고 수사를 받는 사건이 6개 있습니다. 그것을 덮어주시지요."

"이런 개자식."

"그렇게만 해 주신다면 다 내놓지요."

"네가 나한테 흥정을 할 입장이 아닐 텐데."

"여기 있습니다, 부장님."

키치너가 주머니에서 소형 녹음테이프를 꺼내 탁자 위에 놓았다.

"알렉스가 저한테 주문할 때 대화를 모두 녹음해 놓았습니다."

세 쌍의 시선이 탁자 위에 놓인 녹음테이프로 옮겨졌다.

118

그 시간의 덜레스 국제공항, 활주로에서 격납고로 이동 중인 더글라스 맥도날드사의 전용기 안에서 창밖을 보던 이칠성이 고개를 돌려 정재국을 보았다.

"우리가 워싱턴에 왔습니다."

정재국은 듣기만 했고 이칠성이 말을 이었다.

"대장, 작전 마무리를 워싱턴에서 하게 되는군요."

휴가로 카이로에 도착한 지 두 시간도 안 되어서 이곳으로 날아온 것이다, 더구나 전용기 편으로.

오전 1시 반, 술기운이 오른 마크 핸들러가 유리스의 허리를 껴안았다.

"허니, 이제 그만 가자."

"오케."

술잔을 내려놓은 유리스가 마크의 볼에 입술을 붙였다가 떼었다. 이곳은 맨해튼의 바, '콘체른' 안이다. 오전 1시 반이지만 바 안은 손님들로 흥청거리고 있다. 밀실에서 나온 마크와 유리스는 비밀통로를 거쳐 뒷문으로 나왔다. VIP 전용 출입구다. 유리스의 허리를 감아 안은 마크가 후문으로 나왔을 때 승용차가 다가와 앞에 멈춰 섰다. 마크의 전용차다. 경호원 리챠드가 앞좌석에서 내리더니 뒷좌석 문을 열었다. 마크와 유리스가 차에 오르자 승용차는 미끄러지듯이 출발했다. 그때 유리스가 마크의 귀에 대고 속삭였다.

"허니, 오늘 오후에 거기 갈 거지?"

"그래."

고개를 끄덕인 마크가 손을 뻗어 유리스의 스커트 밑으로 넣었다. 유리스와 오후에 '티파니' 보석상에 가기로 한 것이다. 유리스는 막 떠오르는 TV 앵커로 미스 펜실베이니아 출신의 미인이다. 유리스가 만족한 숨을 뱉더니 마크의 어깨에 머리를 기댔다.

전화기를 든 알렉스가 응답했을 때 곧 키치너의 목소리가 울렸다.

"처리했습니다."

"어, 그래?"

숨을 들이켠 알렉스가 전화기를 고쳐 쥐었다.

"잘된 거지?"

"당연히."

"좋아, 수고했어."

작업을 끝냈으면 보고해주기로 했기 때문에 알렉스가 벽시계를 보았다. 오전 2시 10분, 이곳은 워싱턴 북서쪽의 조지타운에 위치한 알렉스의 저택. 정문에서 현관까지 정원을 지나는 차도가 뚫렸고 저택은 2층 벽돌집이다. 집 안에는 아내 바바라와 대학에 다니는 아들 짐, 고용원 2명까지 식구가 다섯이다. 그때 키치너가 말했다.

"그럼 굿바이, 알렉스, 잘 지내시기를."

"어, 잘 가."

대답을 하면서 알렉스의 얼굴에 쓴웃음이 떠올랐다. 키치너의 이런 인사는 처음이다.

후버의 사망 소식은 오전에 전해질 것이었다. 가슴이 설레면서도 편안한 느낌이 드는 것은 기대감 때문일 것이다. 후버는 자연사로 처리했다. 아마 키치너가 질식사시켰겠지. 그러면 오늘 오후쯤 대통령이 CIA 후임 부장 인선에 착수한다. 그렇게 되었을 경우에 알렉스의 지지 세력이 영향력을 발휘하게 될 것이었다. 갑자기 술 생각이 났기 때문에 알렉스는 응접실 뒤쪽의 선반에서 위스키 병을 꺼내었다. 딱 세 잔만 마시고 바바라가 잠들어 있는 침실로 가자. 이제 새 세상이 열리게 된다. 그때 뒤에서 인기척이 났기 때문에 알렉스는 고개를 돌렸다. 그 순간 알렉스가 숨을 들이켰다. 사내 둘이 서 있다. 백인, 그리고 사내 하나가 손을 치켜들고 있다. 다음 순간, 알렉스는 옆머리 부분에 격렬한 충격을 받고 비틀거렸다. 그러더니 이어서 뒷머리에 또 한 차례의 충격을 받더니 응접실 바닥에 쓰러졌다.

"어? 여기 어디야?"

유리스의 치마 속을 더듬던 마크가 고개를 들고 물었다. 어두운 길, 차는 멈춰 섰는데 모르는 곳이다. 마크가 물었을 때 앞쪽에 앉아 있던 운전사 베니와 경호원 리챠드가 문을 열고 나갔다. 찬바람이 차 안으로 휘몰려 들어왔기 때문에 정신이 난 마크가 창밖으로 고개를 돌렸을 때다.

"앗!"

옆자리의 유리스가 놀란 외침을 뱉었을 때 옆문이 열리더니 사내 하나가 권총 총구를 마크의 옆머리에 붙였다.

"나와."

"누구야?"

마크가 되물었지만 말끝이 떨렸다. 그 순간이다. 사내가 권총 손잡이로 마크의 옆머리를 쳤다.

"억!"

비명을 지른 마크가 몸을 비틀었을 때 다시 손잡이가 뒷머리를 두 번이나 쳤다.

"악!"

옆자리의 유리스가 놀라 몸을 굳히고 있다가 그때서야 비명을 질렀다. 그때 사내 둘이 나타나 마크의 몸을 차 밖으로 끌어 내렸다. 그러더니 뒤쪽에 주차시킨 승합차에 태우고는 요란한 엔진 음을 내면서 어둠 속으로 사라졌다. 그때 뒷자리로 사내 하나가 들어왔기 때문에 유리스가 소스라쳤다. 이어서 앞쪽 자리로 운전사 베니와 리챠드가 들어와 앉았다. 베니가 차를 발진시켰을 때 유리스가 숨을 고르면서 차 안을 둘러보았다. 그러나 입을 열지는 못한다. 그때 옆에 앉은 사내가 입을 열었다.

"유리스, 넌 조금 전에 일어난 일을 못 본 거야, 아무것도. 알았어?"

유리스는 눈만 껌벅였고 사내가 똑바로 시선을 주었다.

"넌 '콘체른'에서 나와 마크 핸들러와 헤어진 거야. 그리고 곧장 택시를 타고 집에 갔어."

사내의 얼굴에 웃음이 떠올랐다.

"마크 핸들러는 반역자야. 넌 반역자한테서 보석과 현금을 받은 창녀로 인생 끝내고 싶어? 그렇게 되고 싶으면 네 생각대로 하고."

"알았어요."

마침내 유리스가 말했다.

"시킨 대로 할게요."

오전 3시 20분, 격납고 안으로 승합차가 들어서더니 사내들이 내렸다. 사내들은 머리에 붕대를 감은 마크 핸들러를 차에서 끌어내더니 곧장 전용기로 데리고 왔다. 창밖으로 그쪽을 내다보던 이칠성이 고준기와 함께 서둘러 밖으로 나갔다. 곧 마크를 데리고 전용기 안으로 들어선 사내들 중 선임자가 정재국에게 말했다.

"마크 핸들러를 데려왔습니다."

정재국이 고개만 끄덕이자 사내가 웃음 띤 얼굴로 몸을 돌렸다.

30분쯤 후에 다시 승합차 한 대가 격납고로 들어섰다. 이번에는 사내들이 알렉스 포크만을 데리고 왔다. 알렉스는 저택이 멀어서 늦게 도착했던 것이다. 사내들이 떠났을 때 전용기 문이 닫히더니 곧 조종사의 말이 스피커에서 울렸다.

"곧 이륙합니다."

방송을 들은 이칠성이 정재국에게로 고개를 돌렸다.

"이거, 워싱턴에 발을 딛지도 않고 떠나는 것 아닙니까?"

그때 고준기가 뒤에 나란히 묶인 채 앉아 있는 둘을 보면서 웃었다.

"이거, 손도 안 대고 코 푼 것 같은데요."

"지금 대서양 위를 날고 있습니다."

윌슨이 보고했을 때는 오전 8시 반, 이곳은 맨해튼의 안가. 지난밤에 앉았던 자리에 둘이 앉아 있다. 윌슨이 말을 이었다.

"마크와 알렉스는 당분간 출장으로 처리하겠습니다."

고개를 끄덕인 후버가 윌슨을 보았다.

"녹음테이프들은 자료로 남겨두도록."

"알고 있습니다."

"키치너의 녹음테이프까지 첨가하면 그놈들은 3백 년은 교도소에서 살아야 돼."

"사형까지도 가능합니다."

후버는 입을 다물었다. 둘의 죄상을 폭로했을 때 CIA의 명예도 치명상을 입게 될 것이었다. 정권이 무너질 가능성도 있다. 그때 윌슨이 말을 이었다.

"키치너의 요구는 들어주는 것이 낫겠습니다."

후버는 대답하지 않았다. 그것도 마찬가지. 들어주는 것이 이롭다.

전용기의 목적지는 바그다드다. 맥도날드사가 제작한 30인승 쌍발 제트엔진의 전용기는 소유주가 IT 기업의 회장이지만 CIA가 사용하고 있는 것이다. 대서양을 횡단하여 유럽을 지나 바그다드에 닿는 장거리 비행이다. 비행 5시간째, 한숨 자고 일어난 정재국에게 스튜어디스가 다가와 물었다. 미끈한 몸매의 금발 미인이다.

"뭐라도 좀 드시겠어요?"

"그러죠."

"샌드위치, 스테이크 종류가 있는데요."

"샌드위치."

"술은요?"

"포도주."

고개를 끄덕인 스튜어디스가 몸을 돌리더니 엉덩이를 흔들며 걸어간다. 그때 옆으로 고준기가 다가와 말했다.

"대장님, 마크가 손을 묶은 수갑을 풀어달라는데요. 식사를 못 하겠답니다."

"안 돼. 그 자식 발목까지 수갑으로 채워라."

"발목까지 말입니까?"

"그래. 알렉스도 마찬가지. 손발을 다 묶어."

그러고는 덧붙였다.

"화장실에 가도 풀어 주지 마."

바그다드에 도착할 때까지 긴장을 풀 수 없는 것이다.

"지금 오는 중입니다."

후세인에게 모하메드가 보고했다. 대통령 집무실 안, 후세인은 시선만 주었고 모하메드가 말을 이었다.

"특명관팀이 데리고 오는 셈이지요."

"이렇게 해서 특명관의 작전이 끝나는군."

후세인이 입을 열었지만 무표정한 얼굴이다.

"CIA가 협조를 해준 셈입니다."

모하메드가 대답했을 때 후세인이 고개를 들었다.

"협조?"

숨을 죽인 모하메드에게 후세인이 말을 이었다.

"CIA가 우리한테 쓰레기 처리를 맡긴 것이라는 생각이 안 드나?"

"예, 각하."

긴장한 모하메드가 후세인을 보았다.

"마크와 알렉스는 CIA에서 휴가 처리를 했다고 합니다."

CIA에서 둘의 처리를 후세인에게 맡긴 것이다. 그때 후세인이 입을 열었다.

"후버가 모처럼 공평한 처리를 했군."

그러더니 고개를 들고 물었다.

"CIA 파리지부장 놈은 어떻게 되었지?"

"월슨이 본부로 데려갔는데 자백을 받은 것 같습니다."

"그래서 살려줬단 말인가?"

"알렉스 포크만이 그놈을 제거하고 입을 막으려다가 미수에 그쳤지요. 그래서 그놈이 마크와 알렉스 등 CIA 고위층의 비리를 털어놓은 것입니다."

"개 같은 놈들."

"그놈도 CIA를 떠났습니다."

후세인이 입을 다물었다. 더러운 음모가 이어지고 있었기 때문에 입이 더러워진 느낌이 든 것이다.

"엇, 이게 어디야?"

비행기가 활주로에 바퀴를 붙였을 때 창밖을 본 알렉스가 소리쳤다. 얼굴이 순식간에 누렇게 굳어 있다. 공항 건물에 붙은 '바그다드' 간판을 본 것이다.

"바그다드야."

알렉스의 목소리가 떨렸다. 옆에 앉은 마크는 눈을 치켜뜬 채 미동도 하지 않는다.

"후버, 이 자식이 날 후세인한테 넘겼어."

어깨를 부풀린 알렉스가 마크를 보았다.

"사담 후세인한테 말야."

마크는 어금니를 물었다. 사담 후세인을 만나느니 연방교도소에서 300년 형을 받는 것이 나을 것이다. 비행기가 천천히 굴러서 활주로 끝으로 다가갔다. 화창한 날씨다. 긴 비행이 끝났기 때문인지 앞쪽에서 웃음소리가 들렸다.

"어서 오십시오."

말쑥한 군복 차림에 대령 계급장을 붙인 장교가 정재국에게 경례를 했다. 전용기 안, 터미널에서 전용기가 멈추었을 때 군인들이 들어온 것이다. 정재국이 답례하자 대령이 부동자세로 서서 말했다.

"범인을 인수하러 왔습니다."

"저기."

정재국이 손으로 뒤쪽을 가리켰다.

"데려가시오."

"예, 선생님."

대령이 뒤에 선 장교들에게 짧게 지시하고는 다시 정재국을 보았다.

"대통령께서 기다리고 계십니다."

전용기에서 내린 정재국 일행은 승용차 2대에 분승하여 대통령궁으로 향했다. 마크와 알렉스는 따로 호송되었기 때문에 같은 대열에 끼지 않았다. 오후 2시 반, 화창한 날씨다. 거리는 평온했고 오가는 행인들도 생기 띤 모습들이다. 정재국과 이칠성은 선도차에 탔는데 앞쪽에는 대령이 앉았다. 대통령궁 경호실 소속 대령이다. 대령이 고개를 돌려 정재국을 보았다.

"대통령 각하께서 출장도 안 가시고 기다리고 계십니다."

"아, 그래요?"

고개를 끄덕인 정재국이 물었다.

"마크 핸들러와 알렉스 포크만은 어디로 데려갔습니까?"

"경호실 안가로 데려갔습니다."

대령이 말을 이었다.

"그곳에 압둘라 아무디도 있습니다."

"그렇군요."

정재국이 등받이에 몸을 붙였다. 이제 횡령한 자금을 토해내야만 할 것이다.

"여, 특명관."

정재국을 본 후세인이 웃음 띤 얼굴로 손을 내밀었다. 후세인 뒤에는 국방장관 카심과 경호실장 모하메드가 부동자세로 서 있다. 정재국을 선두로 이칠성, 고준기, 박상철이 따라 들어서서 나란히 도열했다. 후세인이 정재국부터 차례로 악수를 나누더니 손으로 앞쪽 소파를 가리켰다.

"앉아."

넷이 나란히 앉았을 때 후세인이 차례로 둘러보았다.

"수고들 했어."

넷은 숨을 죽였고 후세인의 말이 이어졌다.

"너희들이 공을 세웠다. 잘했다."

"감사합니다."

대표로 정재국이 대답하자 후세인이 고개를 끄덕였다.

"곧 포상이 있을 것이다."

그러더니 후세인의 얼굴에 웃음이 떠올랐다.

"이번이 첫 작전이야."

후세인의 시선이 넷을 차례로 훑고 지나갔다.

대통령 면담을 마치고 나왔을 때 모하메드가 따라 나오더니 정재국을 불렀다.

"특명관, 나 좀 보세."

다가간 정재국에게 모하메드가 말했다.

"대통령께서 부르시네."

"저를 말씀입니까?"

"그래, 자네 혼자만이네."

정재국이 이칠성에게 대기실에서 기다리라고 말하고는 다시 대통령 집무실로 들어섰다. 모하메드가 따라 들어섰기 때문에 안에는 후세인과 카심, 모하메드, 정재국까지 넷이다. 정재국이 모하메드와 함께 조심스럽게 다시 소파에 앉았을 때 후세인이 입을 열었다.

"특명관, 잘 들어라."

"예, 각하."

긴장한 정재국이 몸을 굽혔을 때 후세인이 말을 이었다.

"이번 작전을 크게 보면 어떤 생각이 드나?"

"예?"

숨을 들이켠 정재국이 후세인을 보았다. 눈동자의 초점이 흐려져 있다. 이번 작전은 CIA와의 전쟁이나 같았고 결국 CIA 최고위 간부들을 이라크 측에 넘기는 것으로 종결되었다. 겉으로는 후세인 '특명관'의 승리, CIA의 패배다. 정재국이 망설였을 때 후세인이 말을 이었다.

"CIA가 이대로 넘어갈 것 같나?"

모두 입을 다물었고 후세인의 얼굴에 쓴웃음이 떠올랐다.

"가만있지 않을 거야. 그러면 어떻게 할 것 같나?"

"……."

"나를 제거하려고 들 거야."

"……."

"지금까지 여러 번 그런 시도가 기획 단계에서 그쳤지만 내 정보로는 그것을 구체화시킬 것 같다."

한숨을 쉰 후세인이 정재국을 보았다.

"그래서 내가 자네한테 내 비밀을 털어놓을 결심을 했어."

고개를 돌린 후세인이 모하메드를 보았다. 그때 모하메드가 자리에서 일어서더니 옆쪽 문으로 다가가 문을 열고 들어섰다. 안쪽 문이다.

잠시 후에 문으로 후세인이 들어섰기 때문에 시선을 주었던 정재국이 다음 순간 숨을 들이켜면서 고개를 돌려 옆쪽을 보았다. 후세인이 앉아 있다. 그렇다면 후세인이 둘이다. 그때 방으로 들어선 후세인이 후세인 옆쪽 의자에 앉았다. 이제 방 안에는 후세인이 둘, 카심과 모하메드, 정재국까지 다섯이 되었다. 그때 후세인이 입을 열었다.

"어때? 놀랐나?"

정재국이 눈을 크게 뜨고 정신을 차렸다. 오른쪽에 앉은 사내가 후세인이다. 정신을 차리지 않으면 헷갈린다. 왜냐하면 둘의 얼굴은 물론이고 옷차림도 똑같기 때문이다. 그때 오른쪽 후세인이 웃음 띤 얼굴로 정재국을 보았다.

"이놈이 내 분신이네. 어때, 분간할 수 있겠나?"

"아, 아닙니다, 각하."

"목소리도, 행동도 같도록 훈련받았네. 자, 말해라."

후세인이 옆에 앉은 후세인에게 말했다. 그러자 가짜 후세인이 말했다.

"목소리도, 행동도 같도록 훈련받았네. 자, 말해라."

후세인의 흉내를 낸 것인데 목소리도 똑같다. 옆에 앉은 카심과 모하메드는 무표정한 얼굴이다. 그때 후세인이 말했다.

"특명관, 이제는 네가 내 대역을 알고 있는 네 번째 사내가 되었어, 알

앉나?"

"예, 각하."

"그 넷은 여기 있는 둘과 또 한 명, 바로 리스타의 이 회장, 그리고 너야."

"예, 각하."

정재국의 목소리가 떨렸고 심장박동이 빨라졌다. 후세인이 말을 이었다.

"이놈은 내 모든 것을 교육시켜서 내 대역으로 내보내지만 기밀사항은 숙지시키지 않지."

턱으로 대역을 가리킨 후세인의 얼굴에 쓴웃음이 떠올랐다.

"앞으로 이놈하고 자주 만나게 될 거야."

그러고는 후세인이 눈짓을 하자 카심, 모하메드, 대역 후세인까지 자리에서 일어섰다. 카심과 모하메드는 밖으로 통하는 문으로 나갔고 대역은 안쪽 문으로 들어갔다. 집무실에 둘이 남았을 때 후세인이 말했다.

"너에게 대역을 알아내는 암호를 알려주마, 잘 들어라."

"예, 각하."

"네가 앞으로 나를 만났을 때 인사를 하면서 귀에 대고 '리'라고 속삭여라. 그럼 내가 '광'이라고 말할 거다. 그럼 그것이 바로 나다."

"예, 각하."

'이광'이란 바로 리스타의 회장 이광을 말한다. 그만큼 후세인이 신임하는 인물이라는 증거일 것이다. 후세인의 얼굴에 웃음이 떠올랐다.

"그렇게 암호가 통하지 않았을 때는 대역이 내 행세를 하고 있는 것이다."

이것을 말해주려고 후세인이 다 내보낸 것이다.

대기실로 들어섰더니 곧 카심과 모하메드가 따라 왔다. 둘은 이라크의 제2인자, 3인자였으니 그만큼 정재국 팀에 대한 배려를 하는 셈이다. 카심이 정재국에게 가죽으로 만든 지갑을 내밀면서 말했다.

"안에 '특명관' 신분증이 들었어. 이 신분증이면 이라크 내부는 말할 것도 없고 해외 주재 이라크 공관, 군인, 공무원들에게 다 통할 거야."

지갑을 열어 본 정재국이 자신의 사진도 끼워진 '특명관' 신분증을 보았다. 그때 모하메드가 접힌 메모지를 내밀었다.

"여기 계좌번호, 비밀번호가 적혀 있어. 시티은행이야. 이건 이번 작전에 대한 포상금이야."

"감사합니다."

메모지를 받은 정재국이 고개를 들었더니 이칠성, 고준기, 박상철의 눈빛이 강해져 있는 것이 보였다. 그때 모하메드가 웃음 띤 얼굴로 말했다.

"자, 이제 다시 카이로로 돌아가 휴식시간을 갖도록. 내가 연락할 때까지 말야."

시티은행의 계좌에는 1천만 불이 예치되어 있었다. 거금이다. 은행 계좌의 잔고 이야기를 들은 셋의 입이 딱 벌어졌다. 바그다드 시내 '바그다드호텔'의 방 안이다. VIP실, 응접실, 대기실까지 딸린 방이다. 침실이 4개, 실내 수영장까지 갖춰져 있다.

"1천만 불이면 얼마냐?"

물가 대비 환율 계산이 복잡해진 정재국이 묻자 이칠성이 바로 대답했다.

"서울 시내 30평대 아파트가 2억쯤 되었습니다. 몇 달 전에 누나한테서 들었지요. 2억이면 20만 불쯤 됩니다."

"음, 그럼 1천만 불이면 30평 아파트를 50채 살 수 있다는 말이군요."

고준기가 말을 받았다.

"그래도 실감이 안 납니다."

"요즘 나온 근대차 신형이 2천만 원 정도니까 근대차를 몇 대 살 수 있나?"

제가 말해놓고 박상철이 이맛살을 모았을 때 이칠성이 바로 계산했다.

"찻값을 달러로 계산하면 쉽지. 찻값이 2만 불이니까. 근대차 신형을 500대 살 수 있겠다."

"어유, 더 실감 안 나네."

박상철이 투덜거렸을 때 정재국이 이칠성에게 물었다.

"김수남이 파리 병원에서 언제 바그다드로 후송된다고 했지?"

"사흘 후에요. 바그다드 병원에도 예약해 놓았습니다."

고개를 끄덕인 정재국이 계좌번호가 적힌 메모지를 이칠성에게 내밀었다.

"내일 카이로로 출발이다."

"그런데 메모지는 왜 나한테 줍니까?"

"특명팀이 5명이니까 그 1천만 불을 5등분해서 2백만 불씩 나눠줘."

"예?

방 안이 순식간에 조용해졌고 정재국이 말을 이었다.

"김수남이 몫까지 나눠주도록."

"대장, 그것은……."

이칠성이 말을 이으려고 했기 때문에 정재국이 손바닥을 펴서 막았다.

"입 다물고 시킨 대로 해. 그리고."

정재국이 험악한 표정으로 대원들을 둘러보았다.

"이런 일로 날 존경하는 얼굴로 쳐다본다든가 아부를 하는 놈은 당장 돌려보낼 거다. 그리고 앞으로 돈 관리는 부대장 이칠성이 한다."

그러고는 덧붙였다.

"한마디만 더, 돈 허투루 쓰는 놈도 제명이다. 돈으로 문제 일으키는 놈도 제명이고."

"대장, 전 한국에 다녀오면 안 되겠습니까?"

고준기가 물었을 때는 다음 날 아침, 카이로행 티켓을 다 끊어놓았을 때다. 오후 1시 비행기로 카이로로 떠나는 것이다. 정재국이 시선을 주었다.

"왜?"

"제 어머니가 암입니다. 수술하시는데 제가……."

"가야지."

"죄송합니다."

"안 가면 나쁜 놈이지. 그럼 여기서 이칠성한테 돈 받고 바로 한국으로 가라."

"감사합니다."

"감사는 개뿔."

그렇게 고준기가 바그다드에서 한국으로 가는 것이 결정되었다.

카이로시를 관통하여 나일강이 흐른다. 수심이 깊고 물도 짙은 청록색으로 거대한 유람선이 나일강 상류의 룩소르까지 운행한다. 정재국과 이칠성, 박상철 셋이 투숙한 곳은 나일강 변의 '멤피스호텔'. 오후 5시경에 도착했기 때문에 셋은 호텔 식당에서 식사를 했다.

"대장, 또 작전이 있습니까?"

스테이크를 썰던 이칠성이 묻자 정재국이 고개를 끄덕였다.

"그래서 지금 대기 상태다."

"그렇군요."

"군대에서는 훈련을 시켜야겠지만 우리는 에너지 충전을 시키는 거지."

"바로 그렇습니다."

박상철이 커다랗게 고개를 끄덕였다.

"이렇게 에너지를 충전시키는 것이 훨씬 도움이 됩니다."

"돈이 필요한 여자도 많다."

정재국이 안쪽 테이블에 둘러앉은 여자 셋을 눈으로 가리키며 말했다.

"카이로는 중동 최고의 유흥 도시지. 아랍권의 모든 미녀는 물론이고 유럽, 터키 쪽에서도 미녀들이 몰려드는 곳이야."

"대장은 어떻게 그렇게 잘 압니까?"

이칠성이 묻자 정재국이 포도주 잔을 쥐었다.

"내가 카이로에는 여러 번 왔어."

정재국이 눈을 가늘게 떴다.

"아프가니스탄에서 2년 동안 전쟁을 치렀다. 전쟁을 치르다가 서너 달에 한 번씩 카이로에서 쉬고 돌아갔지."

"그렇군요."

"그때는 이 호텔 클럽만 가보았지, 비싸서 숙박은 못 했다."

"이 호텔 클럽이 유명합니까?"

정재국이 눈으로 안쪽 테이블의 여자들을 가리켰다.

"저 여자들은 클럽 걸들이야. 터키계인 것 같군."

세 명 모두 눈이 번쩍 뜨일 만한 미인이다. 여자들을 본 이칠성과 박상철은 기가 죽어서 시선도 제대로 보내지 못한다. 정재국이 말을 이었다.

"마지막으로 이곳에서 놀았던 때가 3년쯤 전이야. 그러고 나서 제대하고는 리비아의 '리스타 용병단'에 들어갔지."

"그렇군요."

"리비아에서는 리비아군 특공대 팀장을 맡아서 용병으로 뛰었다."

정재국의 경력을 듣는 동안 안쪽 여자들이 이쪽을 힐끗거리더니 시선이 마주치면 웃기도 했다. 식당에 손님이 많았지만 이쪽의 들뜬 분위기를 눈치챈 것이다.

"대장, 쟤들이 웃는데요? 이거 어떻게 합니까?"

작전 지시를 기다리는 것처럼 이칠성이 정색하고 정재국을 보았다.

"가서 가격 흥정을 할까요?"

"차라리 총을 들이대고 방으로 가자고 해라. 그게 더 먹힐 거다."

"그럼 어떻게 합니까?"

"너, 마음에 드는 거냐?"

"저런 미인이 나한테 웃어주는 건 생전 처음입니다."

기가 막힌 정재국이 숨을 들이켰다. 이칠성은 신장이 180, 체중이 85킬로 정도지만 단단한 체격이다. 허벅지는 돌덩이 같다. 검게 탄 얼굴, 눈이 가늘고 코가 주먹코였지만 남자들이 보기에는 사내다운 모습이다.

"두 시간만 기다리면 클럽에서 더 좋은 파트너를 만날 수 있을 텐데, 시간과 기회가 많단 말이다."

정재국이 달래듯이 말하는 동안 여자 쪽을 기웃거리던 이칠성이 서둘렀다.

"저 봐요, 또 웃었습니다. 대장, 권총을 가져와서 들이댈까요?"

카이로에 도착하자마자 이라크 대사관 무관을 시켜서 호신용 브라우닝 3정과 실탄 300발을 받아 놓았던 것이다. 특명관 일행이 무기도 없이 행동한다는 것은 생각할 수도 없는 일이다. 기가 막힌 정재국이 어깨를 늘어뜨렸다.

"좋아, 가봐라."

"가서 어떻게 합니까?"

"마음에 드는 상대한테 두 시간쯤 후에 지하 나이트클럽에서 만나자고 해. 특실에서 기다리겠다고."

"특실에서 말이지요?"

"그래, 방값만 500불짜리다."

"어휴!"

이칠성이 벌떡 일어섰다. 여자들한테 다가가는 이칠성의 뒷모습을 보더니 박상철이 혼잣말을 했다.

"권총 쥐고 기관포를 겨누고 있는 적진으로 침투하는 것 같은데."

저도 모르게 풀썩 웃은 정재국이 포도주 잔을 들었다.

"엇, 벌써 돌아옵니다!"

UDT 출신 저격병 박상철이 놀라 소리쳤을 때는 이칠성이 '침투'한 지 5분도 안 되었다. 정재국은 딴 데를 보고 있었는데 박상철은 그쪽을 주시하고 있었던 것이다.

"깨진 것 같은데요."

돌아오는 이칠성의 표정을 본 박상철의 말이다. 이칠성의 얼굴이 일그러져 있었기 때문이다. 돌아온 이칠성이 자리에 앉더니 숨을 고르면서 정재국을 보았다.

"대장. 한 방에 갔습니다."

"누가 말이오?"

박상철이 서둘러 물었을 때 이칠성이 길게 숨을 뱉었다.

"특실로 온답니다."

"윽!"

총탄에 맞은 것처럼 신음한 박상철이 눈을 치켜떴다.

"셋 다요?"

"그래."

"윽!"

박상철은 구경만 하다가 월척을 잡은 것이다. 1미터 85에 80킬로의 미끈한 몸매, 잘생겼지만 여자 경험이 '별로'인 27세의 박상철이다. 제 말로는 군대생활 8년이라 시간이 없었다고 하지만 '뻥'이다, 휴가를 받으면 돈 주고 자는 여자들만 찾아다녔으니까. 그래서 오늘 같은 '작전'은 처음이다. 그때 정재국이 말했다.

"내가 술값은 낼 테니까 현찰 1천 불 이상은 쓰지 말 것. 알았나?"

"옛."

둘이 동시에 대답했기 때문에 지나던 종업원이 쳐다보았다. 셋은 모두 반소매 셔츠에 헐렁한 바지 차림이다. 정재국이 말을 이었다.

"클럽으로 가기 전에 귀중품과 지갑은 모두 금고에 넣어둘 것. 명심해라. 1천 불만 꺼내 갖고 있으란 말야."

두 시간 후의 나이트클럽 특실 안, 문이 열리고 세 여자가 들어섰다.

"어서들 오시오."

정재국이 여자들을 맞는다.

"자, 이쪽으로."

옆쪽 자리를 가리킨 정재국이 말을 잇는다.

"마음에 드는 파트너 옆에 앉으시지."

그러자 여자들이 웃음 띤 얼굴로 제각기 셋 옆에 앉는다. 이칠성 옆에는 본래 목표로 '돌진'했던 긴 머리의 여자가 앉았고, 정재국 옆에는 짧은 머리, 박상철 옆에는 글래머가 자리를 잡았다.

"로티스예요."

정재국 옆에 바짝 붙어 앉은 여자가 나긋나긋한 목소리로 말했다. 셋 중 가장 체격이 작았지만 우두머리 같다. 고개를 끄덕인 정재국이 물었다.

"난 김이야. 당신은 터키 출신인가?"

"잘 아시네요."

로티스가 눈웃음을 쳤다.

"김, 당신이 보스 같았어요."

"눈치챈 것 같았어."

"휴가 왔어요?"

"그래."

"보너스 많이 받았나 봐."

"너하고 놀려고 목숨을 걸고 번 돈이지."

"잘해줄게요, 김."

"나도 열심히 할게."

로티스가 이를 드러내고 웃었다.

"목숨을 걸 필요는 없어요, 김."

"얼마야?"

"1,500불."

"1천 불로 하지."

정재국이 이맛살을 찌푸리고 로티스를 보았다.

"당신 같은 미인 앞에서 가격 흥정을 하는 내가 미워져. 당신한테 모욕을 줄 바에는 차라리 그만두는 것이 낫겠어."

그때 로티스가 팔을 뻗어 정재국의 목을 감아 안았다.

"고마워요, 김."

"내가 부하들한테 1천 불로 이야기하지."

"알았어요, 김."

로티스의 긴 입맞춤이 끝났을 때 여자들이 탄성을 내질렀고 정재국이 이칠성과 박상철에게 말했다.

"1천 불로 합의했으니까 1천 불만 줘."

다음 날 오전 10시가 되었을 때 셋은 호텔 아래층 식당에서 다시 모였다. 외출 차림을 한 이칠성이 박상철과 함께 정재국에게 다가와 말했다.

"그럼 다녀오겠습니다."

고개만 끄덕인 정재국이 다시 놓았던 커피 잔을 들었다. 지금 이칠성은 8백만 불을 4등분해서 각각의 계좌로 나누려고 가는 것이다. 먼저 한국으로 떠난 고준기는 미리 200만 불을 떼어줬기 때문에 4등분하면 된다. 그러고 나서 이칠성과 박상철도 5일간의 휴가를 떠난다. 한국으로 돌아가는 것이다.

오후 3시 반. 이제 카이로에 혼자 남은 정재국이 호텔 라운지에 앉아 마티니를 마시고 있다. 창밖으로 나일강이 내려다보인다. 오후의 햇살을 받은 강물 표면이 반들거렸고 반짝이는 강물 위로 유람선이 지나갔다. 한동안 강물을 내려다보던 정재국이 잔에 남은 술을 비웠을 때 지배인이 다가와 섰다.

"선생님, 저쪽에 계신 여자분이 한잔 같이 하시지 않겠느냐고 묻습니다만."

이집트 지배인은 40대쯤으로 정중한 태도다. 그만큼 여자의 입김이 강하다는 증거일 것이다.

정재국이 지배인의 시선이 향하는 쪽을 보았다.

옆쪽 창가에 앉아 있는 여자가 보였다. 동양인이다.

정재국의 시선을 받은 여자가 똑바로 시선을 준 채 움직이지 않는다. 갸름한 얼굴, 파마한 머리는 어깨 위에 닿았다. 맑고 또렷한 눈, 곧은 콧날, 입술은 야무지게 닫혀 있다.

"여기 투숙객인가?"

정재국이 묻자 지배인이 바짝 다가섰다.

"예, 선생님. 투숙객이십니다."

고개를 끄덕인 정재국이 자리에서 일어섰다.

"내가 가지."

다가간 정재국이 앞쪽 자리에 앉았을 때 여자가 빙그레 웃었다.

"잘 오셨어요."

"일본인이시지요?"

정재국이 묻자 여자가 고개를 끄덕였다.

"네, 잘 아시네요."

"자, 그럼 날 부른 이유를 들읍시다."

"당신을 찾기가 쉽더군요."

여자가 시선을 준 채 말을 이었다.

"어젯밤 클럽에서 당신을 보았어요."

"어젯밤 클럽에서?"

"터키 여자들하고 놀더군요."

"보셨습니까?"

"세 쌍이 잘 어울리더군요."

"즐거웠습니다."

눈을 가늘게 뜬 정재국이 지그시 여자를 보았다. 룸에서 술을 마시다가 플로어로 나와 춤을 추었다. 그것을 본 모양이다. 정재국이 지그시 여자를 보았다.

"그냥 남녀 관계로 날 보자는 건 아닐 것 같고."

"그래요. 그냥 끌려드는 남자도 아닌 줄 압니다."

"내가 어떤 사람으로 보입니까?"

"군인."

숨을 들이켠 정재국이 주위를 둘러보았다. 라운지에는 손님이 10여 명뿐이다. 의자에 등을 붙인 정재국이 여자를 보았다.

"군인으로 보였다고?"

"예, 셋 다."

"우리를 알고 있었던 것이군."

"당연히."

"자, 이젠 신분을 밝혀주시지."

여자의 얼굴에 웃음이 떠올랐다. 잔잔한 바다 같은 느낌의 미소다. 환한 햇살을 받은 바다. 옷차장은 고급스럽고 목에는 가는 금목걸이를 했다. 그때 여자가 말했다.

"저도 어제 저녁에 투숙했어요."

"계속해요."

142

"리스타연합 소속의 사리나라고 합니다."

"음. 리스타연합."

정재국의 얼굴에 쓴웃음이 번졌다.

"리스타연합이 날 감시했나요?"

"아뇨. 내가 이렇게 나선 걸 보면 아시지 않겠어요?"

"그럼 공식적인 업무인가?"

"그런 셈이죠."

"어떤 지시를 받은 거요?"

"메시지를 전달하는 역할이죠."

"리스타연합에서 갑자기 나타나다니 놀라운데."

"바그다드에서 여기로 직접 연락하기는 힘들다는 것을 잘 아시면서."

그때 여자가 손을 들어 지배인을 불렀다.

"제가 술 살게요."

"이번 파리에서의 사건, CIA가 연루되었다고 다 알지만 프랑스 당국은 아랍계의 전쟁으로 돌리고 사건을 덮었어요."

술기운이 올랐을 때 사리나가 상기된 얼굴로 말했다. 자, 부른 이유를 밝히려는 것이다.

술잔을 든 정재국이 사리나를 주시했다.

"하지만 인터폴 당국은 무시하고 놔둘 수가 없었죠. 이번 사건으로 프랑스인뿐만 아니라 베이루트 국적, 이집트 국적, 남아프리카에다 요르단 국적까지 다양한 사람이 죽었거든요."

"그런가?"

"인터폴은 CIA의 지배를 받는 기관이 아니죠."

"하지만 누구의 의뢰를 받아야 수사를 할 텐데."

"요르단, 베이루트, 이집트 정부에서 수사 요청이 왔습니다."

"파리 사건에서 이집트인이 죽었던가?"

"두 명. 찰스라는 가명이 데려간 특공대 중 두 명이 CIA 안가에서 죽었지요."

"아하."

"당신들은 이라크 여권을 사용하고 있더군요."

사리나가 반짝이는 눈으로 정재국을 보았다.

"공항에서 바로 체크되었는데, 이집트가 그렇게 만만하게 보였던가 보죠?"

"그런데."

술잔을 내려놓은 정재국이 지그시 사리나를 보았다.

"사리나, 용건을 들읍시다. 인터폴 당국에서 날 체포하려고 했다면 진즉 손을 썼을 것이고."

정재국의 얼굴에 웃음이 떠올랐다.

"이렇게 긴 사설을 늘어놓을 필요가 없을 테니까 말이오. 자, 용건은?"

"인터폴 본부에서는 세계 각국의 경찰에 당신들에 대한 체포영장을 발급했어요. 이곳 이집트도 마찬가지죠."

"옳지. 그래서 경고해 주려고 온 건가?"

"카이로에서 노닥거릴 여유가 없다는 것을 말씀드리려는 겁니다. 한 곳에 오래 있는 것은 위험해요."

"경고를 해주시려고 온 거요?"

"난 지금 모하메드 대장의 지시를 받고 왔어요."

순간 숨을 들이켠 정재국이 사리나를 보았다. 얼굴이 굳어 있다.

144

"모하메드 대장의 지시라고?"

"해밀턴 사장의 전갈도 가져왔어요."

사리나의 얼굴에 다시 미소가 떠올랐다.

"이집트 경찰 당국이 손을 쓰기 전에 즉시 카이로를 떠날 것."

할 말을 잃은 정재국을 향해 사리나가 말을 이었다.

"내일 아침이면 당신들 내역이 드러날 겁니다. 그러니까 오늘 밤에 떠나는 게 나을 겁니다."

"갓댐."

"내가 불렀을 때 무슨 기대를 했는지 모르지만 현실은 가끔 삭막하게 변하는 거죠."

사리나가 손목시계를 보면서 말을 이었다.

"오늘 밤 9시 반에 방콕으로 떠나는 비행기가 있어요. 나하고 그걸 타시죠."

"당신하고?"

술이 깬 얼굴로 정재국이 묻자 사리나가 고개를 끄덕였다.

"또 환상에 젖지 않는 게 좋아요. 임무 때문에 같이 가는 것이니까."

"가야지."

정재국이 술잔을 내려놓았다.

핫라인이 있다. 방으로 돌아온 정재국이 연합 기조실의 양태우 부장에게 직통 전화를 했다. 특별한 일이 있을 경우의 통신이다.

양태우에게 사리나를 만난 이야기를 했더니 30분 후에 연락을 해주겠다면서 통화를 끊었다.

세상이 '생각하고 있는 것보다 넓고' 자신의 존재가 '생각하고 있던 것보다 작다'고 느껴졌다.

방에서 30분 동안 기다리면서 대충 짐을 꾸렸을 때 전화벨이 울렸다. 양태우일 것이다. 정확히 30분이 지났으니까.

"맞습니다."

양태우가 짧게 말했다.

"임무는 직접 들으시지요."

사리나의 존재를 확인해 준 양태우가 이쪽 이야기는 듣지도 않고 마무리 멘트를 했다.

"건투를 빕니다."

통화가 금방 끝났지만 오히려 개운했다, 도청의 위험도 있었으니까.

오후 10시 30분. 정재국과 사리나는 루프트한자의 1등석에 나란히 앉아 있었는데 칸막이를 틔워놓아서 방 안의 침대에 둘이 나란히 누워 있는 것 같다. 왜냐하면 정재국의 옆에 커튼이 내려져 있어서 두 사람만의 공간이 되어 있었기 때문이다.

비행기는 이륙한 지 1시간째. 지금은 사우디아라비아 영공을 횡단하고 있다. 고개를 돌린 정재국이 옆에 누운 사리나를 보았다.

"내 새 임무가 이런 방식으로 전해질 줄은 생각도 못 한 일이어서."

고개를 돌려 정재국의 시선을 받은 채 사리나는 쳐다만 보았다.

"당신이 연합 소속이란 건 확인했지만 용무를 들읍시다."

이제는 사리나도 의자를 일으켜서 정재국과 같은 각도를 만들었다. 둘의 시선이 부딪쳤다. 정재국은 심호흡을 했다. 카이로에서 바그다드까지의 통신은 다 도청된다고 봐야 한다.

이라크는 지금도 '적성국', 쿠웨이트에서 패퇴한 '침략국'인 것이다. 아

146

랍 각국의 공적이다.

비록 여행은 자유화되었지만 모든 통신, 연락은 감시를 받고 있는 상황이다.

그때 사리나가 웃음 띤 얼굴로 말을 잇는다.

"본부에다 확인하셨어요?"

"그렇소."

"모하메드 대장의 이야기는 하지도 듣지도 못했지요?"

"그렇죠."

"저한테 이야기를 들으라고 하던가요?"

정재국은 입을 다물었다. 같은 맥락이었다. 그때 사리나가 말을 이었다.

"말씀드릴게요."

정재국은 시선만 주었고 사리나가 말을 이었다.

"방콕에 이토만이라는 일본인 사업가가 있어요. 저처럼 외국으로 귀화한 사업가인데 태국 국적으로 건설, 자동차, 의류 사업으로 엄청난 재산을 모은 재력가죠."

"그런데?"

"그 이토만이 이란의 수백억 불짜리 건설 사업을 진행 중이고 매년 수백억 불어치 자동차, 의류, 잡화를 수출하고 있어요."

"……."

"그리고 이토만은 이란 해외 비자금을 관리하고 있는 대리인 역할을 하고 있지요."

사리나의 얼굴에 웃음이 떠올랐다.

"파리에서 활동하던 이라크 비자금 대리인이었던 압둘라 아무디보다 스케일이 몇십 배나 더 큰 인물이죠."

"갓댐."

"이토만으로부터 이란 비자금 탈취, 그리고……."

"이토만의 제거인가?"

"탈취가 우선이죠. 그리고 이건 CIA하고는 상관없는 일입니다."

사리나가 반짝이는 눈으로 정재국을 보았다.

"리스타연합도 저 외에는 해밀턴 사장만 알 뿐이죠. 연락처는 연합 기조실의 양 부장이지만 철저히 기밀 유지가 되어야 합니다."

"그럼 당신은 내 팀원이 되는 건가?"

"그런 셈이죠."

그러더니 사리나가 덧붙였다.

"이번 작전에만 말이죠, 특명관님."

"애인이라면 모를까 팀원은 곤란한데."

입맛을 다신 정재국이 사리나를 흘겨보았다.

"같이 샤워도 못 하고 같은 방을 쓸 수도 없는 데다 가장 중요한 것은……."

"할 수 없죠."

사리나가 정재국의 말을 자르면서 웃었다.

"내가 이번 작전에 가장 필요한 사람이니까요."

정재국이 사리나의 얼굴을 응시한 채 입을 다물었다. 조금 전에 자신이 한 말은 진실이 아니다. 이런 팀원이 있다는 건 에너지 상승 요인이 될 수도 있겠다는 생각도 들었다.

방콕, 차오프라야강 변의 힐튼호텔 방 안, 베란다 문을 열어놓아서 비린 강물 냄새가 맡아졌다. 방 안의 탁자를 사이에 두고 앉은 정재국이 전화기를 내려놓으면서 말했다.

"내일까지 여기로 올 거요."

방금 정재국은 서울에 있는 이칠성에게 연락을 한 것이다.

"그럼 저는 이라크 대사관 사람을 만나고 오겠어요."

자리에서 일어선 사리나가 정재국을 보았다. 오전 11시 반, 호텔에 투숙한 지 3시간도 안 되었다. 사리나의 뒷모습을 보면서 정재국은 문득 자신이 한 번도 여자하고 '긴' 관계를 맺지 못했다는 것을 떠올렸다. '긴' 관계란 사람들이 말하는 '사랑' '연애' 등을 말하는 것이다. 여자는 대개 돈을 주고 거래했거나 한두 번 만나는 것으로 끝났다.

"지금 방콕에 있습니다."

모하메드가 보고하자 후세인이 시선만 주었다.

"방콕 주재 대사관에서 무기를 건네줄 것입니다."

대통령궁, 후세인은 모하메드와 독대하고 있다. 다시 모하메드가 말을 이었다.

"이번에는 저희들이 간여하지 않는 것처럼 철저히 위장했습니다. 그래서 연락은 리스타연합의 연락원을 통하고 있습니다, 각하."

희미하게 고개를 끄덕인 후세인이 물었다.

"이토만이 호메이니의 비자금을 얼마나 관리하고 있지?"

"정보에 의하면 40억 불이 넘는다고 합니다. 이토만이 이란산 원유 중개업을 하면서 이란 정부가 넘겨준 비자금을 원유대금 속에 포함시켜 받아왔기 때문에 그보다 더 많을지도 모릅니다."

"CIA가 이토만의 배후인 것은 확실하지?"

"예, 각하."

정색한 모하메드가 후세인을 보았다.

"이토만은 압둘라하고는 스케일이 다릅니다. CIA, 인터폴을 이용해서 자신의 위치를 굳히는 한편 정보를 호메이니에게 전달해서 신임을 받는 놈입니다."

후세인의 얼굴에 쓴웃음이 번졌다.

"특명관의 이번 작전은 지난번보다 훨씬 어렵겠구나."

"예, 각하. 이번 작전은 리스타연합의 도움을 받아야 될 것 같습니다."

모하메드의 말이 이어졌다.

"지난번은 부패한 CIA 고위층이 연관되어 있어서 후버의 암묵적인 지지를 받았지만 지금은 다릅니다."

이윽고 후세인이 고개를 끄덕였다.

"리스타와 이라크는 형제야, 생사를 함께하는 형제라고."

결국 이번 작전은 배후에 이라크와 이란 정부를 깔고 특명관과 이란의 비자금 총책 이토만의 대결인 것이다. 특명관과 이토만은 각각 리스타와 CIA, 인터폴의 지원을 받는 구조다.

가방을 내려놓은 사리나가 가쁜 숨을 뱉었다.

"내 평생 이렇게 무거운 짐을 가져온 건 처음이네요."

사리나는 포터가 날라 온 알루미늄 가방 2개를 탁자 위에 내려놓은 것이다. 가방 2개를 들어서 탁자까지 옮긴 거리는 3미터. 팔짱을 끼고 선 정재국이 사리나를 보았다. 오후 4시 반, 사리나는 외출했다가 3시간 만에 돌아왔다.

"이 가방, 택시에 싣고 온 거요?"

정재국이 묻자 사리나가 고개를 끄덕였다.

"그렇죠."

"택시에서 누가 가방을 내려줬지?"

"그야 트렁크에 실었으니까 운전사가."

"그 후에는?"

"호텔 포터가 짐수레에 실어서."

"이 가방 받을 때는?"

"이라크 대사관 무관이 택시에 실어 주었고요."

"그럼 이 가방을 손으로 들어 옮긴 건 여기서 3미터밖에 되지 않는군."

그때서야 말뜻을 알아차린 사리나가 고개를 들고 정재국을 보았다. 사리나의 시선을 받은 정재국이 말을 이었다.

"사리나, 앞으로 과장하지 말도록."

사리나가 얼굴을 굳혔고 정재국이 한 걸음 다가섰다.

"내 팀원이 된 이상 그따위 과장은 용납 못 해. 있는 그대로 보고하도록 해요."

그러고는 정재국이 탁자 위에 놓인 가방 한 개의 뚜껑을 연 그 순간 가방 안의 내용물이 드러났다. 슈타이어 AUG 자동소총 4정이 가방 속에 차곡차곡 쌓여있다. 안에 40발들이 탄창이 20개, 다른 가방을 열었더니 자우에르 P-226 권총과 15발들이 탄창이 20개, 그리고 슈타이어용 5.56미리 총탄 600발과 P-226용 9미리 파라블럼탄 300발도 함께 넣어졌다. 바닥에는 수류탄 10발, 서류철도 하나 끼워졌다. 정재국이 서류철을 집어 들었을 때 사리나가 말했다.

"이토만의 거처, 안가, 그리고 회사와 행동반경을 조사한 내역서요."

사리나가 덧붙였다.

"연합 소속 정보원 탐만한테서 받았어요."

"탐만과 나는 언제 만나나?"

"내일 오후에 만나기로 했습니다."

사리나가 정색하고 정재국을 보았다.

"장소는 탐만이 정해줄 겁니다."

아까부터 사리나는 정재국과 시선을 마주치지 않는다.

뉴욕, 리스타연합 뉴욕 사무실은 맨해튼 중심부인 로렌스 빌딩 5층이다. 5층 사무실에서 해밀턴이 비서실장 아크란의 보고를 받는다.

"오늘 중으로 탐만의 자료가 정재국에게 보내질 것입니다. 그리고 무기는 이라크 대사관을 통해 전달되었습니다."

"팀원들은 내일까지 모이게 되는 건가?"

"예, 사장님."

"아직 아무도 눈치채지 못했겠지?"

"아직은 그렇습니다만 곧 인터폴 등이 움직이면 정재국이 방콕으로 이동했다는 것을 알게 되겠지요."

"지금 호텔에 있나?"

"시내 힐튼호텔에 투숙했습니다."

"사리나하고 같이?"

"예, 사장님."

고개를 끄덕인 해밀턴이 말을 이었다.

"탐만의 자료를 보고 난 순간부터 작전이 시작되는 거야."

'이토만 슈스케, 52세, 일본 후쿠오카 출생. 후쿠오카 대학을 졸업하고 도요타자동차에 입사. 35세 때 방콕 지사장으로 부임한 후에 발군의 실적을 올림. 38세에 독립. 자동차, 건설 장비를 수출하다가 40세 때 군수장비 납품 대리인을 맡음. 그 후부터 이란 정부의 수출입업 대행, 원유 판매까지 맡음.'

이것이 이토만 슈스케의 공식 약력이다.

가족은 아내와 아들이 일본 도쿄에 거주하고 있다. 가족과는 20년 가깝게 떨어져 살고 있는 것이다.

이토만 슈스케 주변의 비공식 조사 내역이다, 리스타연합의 정보원 탐만의 조사 내역.

'일본, 요르단, 이집트, 미국 국적의 경호단의 경호를 받음. 경호대장은 일본인 아카마스, 35세, 자위대 대위 출신, 경호대는 15명으로 1일 3부제로 5명씩 측근 경호. 저택은 차오프라야 강가의 2층 건물로 저택 경호원 10명. 이동 시 방탄 차량 3대가 항상 함께 이동함.'

이것은 리스타연합이 조사한 이토만의 자금 상황과 회사 운영 및 '이토만 상사'의 경영실적.

'공식 연 매출 328억 불, 태국 외국 법인 중 3위. 본사인 '이토만 상사'와 12개의 자회사를 포함한 임직원 4만5천2백 명, 태국 총리의 공로포상 4회, '태국 특별시민증' 받음. 태국 왕의 '명예훈장' 수여. '직접 살인' 외에 체포, 구속할 수 없다는 '특별 공로자' 인증을 받음.'

"젠장."

잠자코 읽던 정재국이 마침내 이 대목에서 투덜거렸다.

밤 10시 반, 제각기 저녁을 먹고 다시 정재국의 방에 모인 둘, 둘 다 소와 말, 또는 염소와 닭처럼 있는 듯 없는 듯한 표정을 짓고 마주 앉았다.

"CIA가 배후에 있다는 증거는?"

정재국이 묻자 사리나가 서류를 보았다.

"없어요."

"그럼 심증만 간다는 말이군."

"그건 상관없는 일 아녜요?"

"지금 우리가 여기 있다는 걸 CIA도 알 텐데."

"도청하고 있는지도 모르죠."

고개를 끄덕인 정재국이 사리나를 보았다.

"그럼 지금부터 시작합시다."

"뭘요?"

"작전을."

다음 날 오전 9시 10분, CIA 방콕 지부장 알렌이 전화기를 들었다. 직통전화다.

"대장, 마하드는 어젯밤 11시에 체크아웃을 했습니다."

현지 고용원 살람이다. 살람이 말을 이었다.

"갑자기 체크아웃을 했답니다. 행선지는 밝히지 않았습니다."

"알았어. 마하드란 이라크 국적 투숙객을 찾아봐."

알렌이 말을 이었다.

"요즘은 호텔에 투숙만 했다면 다 체크될 테니까."

전화기를 내려놓은 알렌에게 부지부장 피쇼가 물었다. 피쇼는 출장을 갔다가 방금 도착했다.

"수배자입니까?"

"그래, 인터폴에서는 미국 국적 데니스 정으로 되어 있는 놈이야."

알렌이 털썩 제 의자에 앉으면서 투덜거렸다.

"파리에서 도살을 한 놈이지."

"아니."

놀란 피쇼가 숨을 들이켰다.

"이번에 지부장을 날린 놈 말입니까?"

"응, 오늘 아침에 출근했더니 인터폴 지명수배가 와 있더라고. 그래서 호텔에 체크를 했더니 이집트에서 온 놈 중에 그 마하드란 놈하고 인상착의가 비슷해서 말야."

"인터폴에서 수배를 했어요?"

"이집트, 요르단 국적의 용병들이 피살당했으니까, 제기랄."

투덜거린 알렌이 이마의 땀을 손바닥으로 닦았다.

"아직 본부에서는 특별한 지시가 없어. 일부러 나설 필요는 없으니까 인터폴에 협조하는 시늉만 하면 돼."

"하긴 그건 우리 일이 아니죠."

피쇼가 맞장구를 쳤다.

이곳은 방콕 외곽의 주택가, 중산층이 모여 사는 아파트 단지다. 오전 10시 반, 30평형 아파트 2채를 임대했기 때문에 정재국은 왼쪽 아파트 응접실에서 리스타연합 정보원 탐만과 마주 앉아 있다. 탐만은 흑갈색 피부의 태국인으로 왜소한 체격에 날카로운 인상이다. 38세, 방콕에서 경찰로 근무하다가 뇌물을 받은 것이 발각되어 파면당한 경력이 있다. 그러고는 '연합'에 채용되었는데 3년 차다. 이 아파트도 탐만이 구해준 것이다.

"탐만, 네가 공항에 가서 셋을 데리고 오도록."

정재국이 말을 이었다.

"아직 셋에 대한 수배 의뢰는 보내지 않은 것 같지만 내가 나갈 수는 없어."

"한국 여권으로 옵니까?"

고개를 끄덕인 정재국이 말을 이었다.

"공항 건물 왼쪽 끝의 메이트 커피숍 앞에서 셋을 만나도록 해."

"예, 보스."

탐만이 손목시계를 보더니 정재국에게 물었다.

"사리나 씨는 어디 갔습니까?"

"연락하러 간 거야."

정재국이 말을 이었다.

"바빠."

"곧 이토만 측에도 정보가 전해질 거요."

양영태가 말하고 있다.

"인터폴에서 마하드가 방콕에 갔다는 정보를 태국 당국에 통보할 테니까. 마하드가 이라크의 특공대라는 건 다 알고 있거든."

"인터폴이 이토만한테 말입니까?"

사리나가 묻자 양영태의 말이 이어졌다.

"이토만이 인터폴과 CIA의 정보를 받는다는 건 다 알려진 사실이니까."

"알겠습니다."

"앞으로 연락할 때 주의하시도록."

"알고 있습니다."

156

"아직 CIA와 이토만이 접촉하는 증거는 잡히지 않았습니다."

양영태의 목소리가 딱딱해졌다.

"이토만의 주변 관리가 철저한 것 같습니다."

그 시간에 해밀턴은 이광이 앉아 있는 안가의 베란다로 다가가 인사를 했다.

"회장님, 저 왔습니다."

자리에서 일어선 이광이 손을 내밀었다.

"어서 와요, 해밀턴."

"다시 시작되었습니다."

이광의 옆에 선 안학태에게 눈인사를 한 해밀턴이 베란다에 나란히 앉았다. 리스타랜드는 이제 자체 방위군까지 보유한 준독립국이다. 해밀턴이 입을 열었다.

"지금 정재국이 방콕으로 옮겨 갔습니다."

정재국이 아파트로 옮겨 갔다는 것까지 보고한 해밀턴이 말을 이었다.

"이번 작전의 정보는 우리 리스타연합에서 제공하고 있지만 언제 CIA와 마주칠지 알 수 없습니다. 이토만의 배후에 CIA가 있는 것 같다는 심증이 있거든요."

이광은 앞쪽 바다만 보았고 해밀턴도 바다를 향한 채 말하고 있다.

"파리에서는 처음부터 부패한 CIA 간부들을 상대로 했기 때문에 그쪽을 적절하게 이용했지만 지금은 상황이 다릅니다, 회장님."

"목적은 이토만의 비자금을 빼내는 것이라고 했지?"

"예, 명분은 있습니다."

쓴웃음을 지은 해밀턴이 말을 이었다.

"지난번 이란과의 전쟁을 마치고 휴전 회담에서 양국은 각각 배상금 지급 합의를 했는데 이란은 이라크의 유정을 폭파시킨 배상금 45억 불을 지급하지 않았습니다."

"……."

"이라크는 이란이 요구한 페르시아만의 유정 한 곳을 합의와 동시에 넘겨주었지요. 그래서 다시 전쟁을 일으켜서라도 그 유정을 도로 찾고 싶을 것입니다."

"못 받은 배상금 대신 비자금 45억 불을 강탈할 작정이군."

"아마 더 빼앗아도 이란은 제소하지 못할 겁니다. 방콕이 이라크, 이란의 대리전쟁 장소가 된 셈입니다, 회장님."

"그 대리전의 용병으로 리스타연합 소속 용병팀이 동원되었단 말인가?"

정색하고 이광이 묻자 해밀턴은 한숨부터 쉬었다.

"그래서 정재국 팀은 모두 이라크 시민권자가 되었습니다, 회장님."

"그래도 '연합' 소속이고 '연합'에서 정보를 제공하고 있지 않나? 거기에다 정보원들은 연합 직속이고."

"예, 하지만 증거는 남지 않을 것입니다."

그때 안학태가 가볍게 헛기침을 했다.

"사장님, 이번 일은 후세인의 특명관이 된 리스타연합 소속 정재국 팀이 주도하는 작전입니다. 이번 작전으로 리스타에 미칠 영향을 말해주시죠."

해밀턴이 숨을 들이켰다. 이것은 회장 이광 대신으로 묻는 것이다. 해밀턴이 입을 열었다.

"없습니다."

고개까지 저은 해밀턴이 이광을 보았다.

"정재국은 후세인의 특명관입니다. 그리고……"

숨을 고른 해밀턴이 말을 이었다.

"특명관은 명분이 있는 일을 하고 있습니다. 그리고 이것이 후세인 대통령과 회장님의 유대를 더욱 건실하게 맺어줄 것입니다."

전화기를 내려놓은 이토만 슈스케가 경호대장 아카마스를 보았다. 굳은 표정이다.

"후세인의 용병대가 방콕에 왔다는군."

"후세인의 용병대라니요?"

아카마스가 되묻더니 바짝 다가섰다. 아카마스는 1미터 80의 신장에 95킬로가 넘는 거구다. 그러나 비만 체질이 아니라 전신이 근육질이다. 방콕의 사장실 안, 눈을 가늘게 뜬 이토만이 눈으로 전화기를 가리켰다.

"방금 인터폴의 해리스 총경이 연락을 했어."

해리스는 방콕 주재 인터폴 책임자다.

"파리에서 학살극을 벌인 이라크 용병단 대장이 이곳에 왔다는 거야."

"……"

"이라크 국적의 마하드란 놈인데 힐튼호텔에 투숙했다가 어젯밤에 체크아웃했다는군."

"왜 왔지요?"

"그놈이 파리 CIA지부를 박살 내고 수십 명을 학살했는데 프랑스에서는 아랍계 무장단체의 파벌 싸움으로 발표하고 덮었지만 CIA와의 전쟁이었어."

"그건 누가 그럽니까?"

"해리스."

머리를 기울였던 이토만이 자리에서 일어섰다.

"CIA에도 알아봐야겠다. 따라와."

이토만은 CIA에도 연줄이 있는 것이다.

"이건 빈민 수준인데요."

집 안을 둘러본 고준기가 말했다가 정재국의 눈치를 보더니 입을 다물었다. 오후 5시 반, 탐만이 공항에서 셋을 데려온 것이다. 30평형 집 안에는 여섯이 다 모였다. 사리나까지 와 있는 것이다. 셋이 앞쪽 소파에 앉자 정재국이 둘러보았다. 정재국의 얼굴은 굳어 있다.

"그래. 여기 조건이 파리하고는 다르다."

한국어로 말했다가 옆쪽에 서 있는 탐만과 사리나를 쳐다본 정재국이 말을 이었다. 이제는 영어다.

"이토만을 납치, 비자금을 강탈하는 것이 목적인데 서둘러야 돼. 시간이 지날수록 우리한테 불리하다. 정보가 쫙 퍼질 테니까."

정재국의 시선이 탐만과 사리나에게 옮겨졌다.

"현재 상황을 둘한테서 먼저 듣도록."

4장
호메이니의 분노

호메이니의 측근 무사라크는 10년째 정보국장으로 재직하고 있어서 이란 정보기관의 최고 수장이며 실력자다. 무사라크가 호메이니 앞에 서서 말했다.

"지도자시여, 방콕에 이라크의 용병이 침투했다는 정보가 있습니다."

호메이니의 집무실 안, 호메이니 옆에는 경호실장 카리크만 서 있을 뿐이다. 무사라크가 말을 이었다.

"만일의 경우에 대비해서 이토만을 피신시키는 것이 낫지 않겠습니까? 테헤란으로 불러서 당분간 머물게 하지요."

호메이니가 고개를 들었다.

"너는 사담 후세인이 무슨 짓을 벌일 것이라고 생각하느냐?"

"후세인은 무슨 짓이라도 할 놈입니다, 지도자시여."

무사라크가 똑바로 호메이니를 보았다.

"우리한테 공격을 해온 것도, 쿠웨이트를 침공한 것도 비겁한 기습전이었습니다. 후세인은 배상금을 받아내려고 무슨 짓이라도 할 놈입니다."

"……."

"이토만은 방콕에서 우리 사업을 관리하는 터라 우리 재산이나 같은 존재입니다. 이라크 용병 놈이 방콕으로 갔다는 것이 마음에 걸립니다. 그놈은 용병대장이랍니다."

"……."

"더구나 그놈은 파리에서 CIA 용병들을 학살한 놈입니다. 파리에 있던 비자금 관리인을 처벌했다는 정보도 있습니다."

"불러들여."

마침내 호메이니가 입술만 달싹이며 말했다.

"후세인 놈한테는 한 푼도 줄 수 없으니까 기회를 내줄 수도 없다."

"데니스 정이란 인물은 미국 시민이오, 이토만 씨."

피쇼가 웃음 띤 얼굴로 이토만을 보았다.

"웨스트포인트를 졸업하고 레인저 대위로 근무하다가 전역한 인물이지. 전역하고 나서 4년 동안 행방을 감췄다가 이번에 나타난 거요."

"파리에서 나타난 거죠?"

이토만이 묻자 피쇼가 고개를 끄덕였다.

"파리 CIA 지부에서 겨우 얻어낸 정보요. 그자가 파리를 도살장으로 만들었지."

"소문은 CIA 고위층의 부정 사건과 연루되어 있다던데."

"그건 알 수 없고."

"그, 데니스 정이라는 인물이 이곳에 나타난 이유는 뭡니까? 더구나 이라크 여권으로."

"인터폴의 해리스가 그 이상은 모르던가요?"

피쇼가 되묻자 이토만은 쓴웃음만 지었다. 피쇼가 말을 이었다.

"이토만 씨, 우리가 서로 돕는 관계지만 해리스처럼 대하면 곤란합니다."

"그, 마하드란 가명의 여권으로 혼자 이곳에 온 겁니까?"

"그것도 알 수 없는데."

"마하드가 후세인이 직접 고용한 용병이란 정보도 있어요."

"나도 해리스 이상은 모릅니다."

"자꾸 해리스와 비교하지 마시고."

"CIA라고 해서 다 아는 게 아니니까."

자리에서 일어선 피쇼가 웃음 띤 얼굴로 이토만을 보았다.

"이토만 씨, 내가 대답할 수 있는 한계는 여기까지요. 잘 아시겠지만 이것도 특별한 배려라고 생각해 주셔야 될 겁니다."

피쇼와 헤어져 차에 오르면서 이토만이 아카마스에게 말했다.

"CIA 놈들이 나보다 더 아는 것 같지는 않아."

"그놈이 용병단 단장이라면 팀원이 있을 것 아닙니까?"

아카마스가 묻자 이토만이 고개를 끄덕였다.

"당연하지."

"경비를 강화시켰지만 태국 용병들을 더 고용해야겠습니다. 태국 용병은 싸고 헌신적이니까요."

"알아서 해."

이맛살을 찌푸린 이토만이 말을 이었다.

"CIA는 준 만큼만 받으려는 거다. 놈들이 나한테 엮일까 봐 조심하고 있어."

미국과 이란은 적대국이나 같다. 호메이니는 물론이고 이토만까지 지

난번 이란, 이라크 전쟁은 미국의 사주를 받은 후세인이 저지른 것으로
믿고 있는 것이다.

사무실로 돌아온 이토만에게 비서가 다가와 말했다.
"사장님, 1번 전화 왔습니다."
"1번?"
놀란 이토만이 고개를 돌려 아카마스를 보았다. 1번이란 테헤란의 전
화를 말한다. 바로 무사라크의 전화다.

그로부터 35분 후에 이토만이 길가의 여행자용 식당에 들어가 전화기
를 귀에 붙이고 있다. 도청을 방지하려고 이런 방법을 쓰는 것이다. 이토
만은 어느새 허름한 여행자 차림으로 갈아입었다. 이토만의 목소리를 들
은 테헤란의 사내가 바로 말했다.
"요즘 원유 가격이 어떻습니까?"
"조금씩 오르고 있습니다."
바로 대답한 이토만의 얼굴이 굳어졌다. '원유 가격이 어떠냐'고 묻는
것은 즉시 귀국하라는 암호다. 원유사업 대리인에게 가격을 묻는 전화는
가장 흔한 말이겠지만 이 말이 '비상'을 나타내는 것이다. 전화기를 내려
놓은 이토만의 눈이 흐려져 있다.

"저기 왔습니다."
아래를 내려다보던 박상철이 정재국에게 말했다.
"경호원에 둘러싸여서 저격할 수밖에 없겠는데."
오후 4시 반, 이곳은 방콕 차이나타운에 위치한 '이토만 상사' 건너편

의 2층 잡화점 복도 끝이다. 박상철과 정재국은 나란히 서서 길 건너의 건물을 바라보고 있었는데 18층 건물은 '이토만 상사' 소유다. 이토만은 외출했다가 돌아오는 중이다. 차에서 내린 이토만은 7, 8명의 경호원에 둘러싸여 건물 안으로 들어가더니 금방 보이지 않았다.

"17층이 이토만 사무실이야."

건물을 올려다보면서 정재국이 말했다. 잡화점은 크고 소란해서 주위에 손님들이 버글거렸다. 아래층인 식당에서 올라온 매운 음식 냄새가 맡아졌다.

"우리 넷으로는 벅찹니다."

이토만 건물을 정찰 나왔기 때문에 박상철이 주위를 두리번거리면서 말했다. 뒤쪽에서 경계를 맡고 있던 고준기와 시선이 마주쳤다. 이칠성은 1층 계단 근처에서 경계하고 있다. 정재국이 손등으로 이마의 땀을 닦았다.

"할 수 없지."

박상철의 시선을 받은 정재국이 물었다.

"정보도 부족하고 시간도 없고 병력도 부족하다. 이걸 어쩌면 좋으냐?"

"부대장한테 물어보시죠."

조금 당황한 박상철이 되물었다.

"그걸 왜 저한테 물으십니까?"

"네 의견을 말해, 이 자식아."

"전 대장님이 시킨 대로만 합니다."

고개를 든 박상철이 정재국을 똑바로 보았다.

"생각하는 건 대장님 일 아닙니까?"

"답답해서 한 소리야."

"대장님이 답답하다고 하시면 안 되죠."

"이 새끼가 많이 컸네."

"전 이번에 집에 가서 돈 다 주고 왔습니다. 그래서 이젠 없어져도 됩니다."

이제야 이런 상황에서 박상철이 귀향했던 이야기를 털어놓는다. 박상철을 흘겨본 정재국이 심호흡을 하고는 몸을 돌렸다.

잡화점 1층 식당의 방 안, 가족용 방을 빌렸다. 술과 음식을 시켜놓고는 문을 딱 닫고 종업원 출입을 금지시켰지만 이상하게 생각하지 않는다. 손님이 많아서 이쪽에 신경 쓰는 종업원이 없기도 했다. 오후 5시 5분, 정재국이 둘러앉은 셋에게 말했다.

"놈이 나오는 걸 덮치는 거다. 자, 출동."

셋이 벌떡 일어섰고 질문도 없다.

5시 18분, 여행사 승합차 1대가 이토만 빌딩 지하 차고 입구에서 멈췄다. 차단봉이 내려져 있기 때문이다. 경비원이 다가서자 태국인 운전사가 말했다.

"동남 여행사에서 부른 거요."

경비원이 잠자코 차단봉을 올렸다. 이토만 빌딩에는 40여 개의 회사가 입주해 있었는데 그중 여행사가 6개나 된다. 그중 하나가 동남 여행사다. 이따 나갈 때 동남 여행사의 주차권을 받아오든지 못 받으면 주차요금을 내면 된다.

사리나가 전화기를 귀에 붙이고 말했다.

"지금 작전 중입니다."

"작전 중?"

놀란 듯 양영태의 목소리가 높아졌다. 그러나 경솔하게 내용을 묻지는 않았다. 사리나가 말을 이었다.

"여러 가지 부족한 것이 많아서 계획 세우기가 힘들다고 했습니다."

"그랬겠죠."

"그래서 그냥 시작한다고……."

"알았습니다. 일임한 이상 맡긴다는 것이 우리 입장이어서. 그럼 이만."

통화를 먼저 끊었기 때문에 사리나가 공중전화 박스를 나왔다. 이곳은 카오산 로드의 공중전화 박스다. 줄을 지어 섰던 여행자들이 주춤거렸고 빈 박스로 서양 여자 하나가 재빠르게 들어갔다.

5시 37분, 엘리베이터 문이 열리더니 한 무리의 사내가 쏟아져 나왔다. 이토만 빌딩은 주차장이 지하 2층과 3층으로 이곳은 지하 2층이다. 사내들은 모두 5명, 미리 연락을 받은 승용차 2대가 엘리베이터 옆으로 다가가 섰다. 차로 다가간 사내들 중 하나가 두 번째 승용차의 문을 열었고 나머지는 앞쪽 차로 걸음을 뗀 순간이다.

"타타탕!"

"탕탕탕탕."

연발, 단발 사격 음이 요란하게 울렸다. 사방이 시멘트벽인 지하 주차장에 총성이 요란했다.

"타탕탕탕!"

"타타탕!"

계속해서 울리는 총성.

167

"타타탕!"

총성에 놀란 이토만이 번쩍 고개를 들었을 때 문을 열어주던 경호대장 아카마스가 사지를 비틀면서 쓰러졌다. 이어서 총성이 터지더니 앞쪽으로 다가가던 경호원들이 어지럽게 쓰러졌다. 곧 열린 차 문을 통해 총탄이 쏟아져 들어오자 운전사가 핸들에 얼굴을 박으며 엎어졌다.

"빠앙."

날카로운 자동차 경적. 그때 무의식중에 몸을 웅크렸던 이토만은 이쪽으로 달려오는 사내 둘을 보았다. 머리에 검정 스타킹을 뒤집어쓰고 있어서 백인인지 흑인인지도 모르겠다. 그러나 손에 쥔 총은 슈타이어 AUG, 이토만은 이 소총도 수입했기 때문에 눈에 익다. 그때 사내 하나가 이토만의 팔을 움켜쥐었다.

"가자!"

영어, 그때 뒤따라온 사내 하나가 차 안을 향해 AUG를 갈겼다.

"타타탕!"

상체를 세우고 고통에 몸을 흔들던 운전사가 비명도 지르지 못하고 옆쪽 창에 몸을 부딪쳤다. 기가 질린 이토만이 사내에게 끌려 옆쪽으로 달렸다.

지하 차고의 총성에 놀라 아래로 내려오던 주차장 경비원 하나가 달려 올라오는 승합차를 보았다. 조금 전에 들어갔던 여행사 승합차다. 그때다.

"타탕!"

운전석 옆자리에서 몸을 내민 사내가 총을 발사했고 경비원은 땅바닥에 머리를 부딪치며 즉사했다. 승합차가 맹렬하게 달려 올라가 차단봉 앞에 멈춰 섰다.

"타탕!"

이번에는 주차장 경비박스 안에 있던 사내가 정통으로 가슴을 맞고 쓰러졌다. 차에서 내린 사내가 박스 안으로 들어가 차단봉을 올리자 승합차가 빠져나왔다. 밖으로 나온 사내가 차에 탔고 곧 승합차는 거리로 나와 달리기 시작했다. 이토만 빌딩의 현관에서는 이쪽을 주시하는 사람이 없다.

"뭐라고?"

놀란 인터폴 책임자 해리스가 외마디 외침을 뱉었다. 오후 6시 25분, 해리스는 막 퇴근하려다가 부하직원의 보고를 받는다. 부하는 방금 경찰청의 연락을 받은 것이다. 부하가 서두르며 말했다.

"이토만 건물 지하 차고에서 총격전입니다. 이토만의 운전사를 포함한 경호원 7명과 주차장 경비원 2명까지 9명이 현장에서 사망했고 이토만이 실종되었습니다."

"으."

신음을 뱉은 해리스가 눈을 부릅떴다.

"단서는? 현장에서 아무것도 못 보았단 말야?"

"사건 직후 여행사용 승합차가 주차장에서 빠져나가는 것을 여러 명이 보았습니다."

"여행사 승합차?"

"예, 주차장 입차 기록에 5시 18분에 동남 여행사로 방문한 여행사 승합차라고 기록되어 있습니다."

"승차 인원은?"

"그런 건 기록 안 되어 있고요."

"젠장."

해리스가 초점이 멀어진 눈으로 부하직원을 보았다.

"그놈인가?"

"예?"

"마하드, 아니 데니스 정."

해리스는 손을 뻗어 전화기를 쥐었다. 부하의 대답은 기대하지도 않는 표정이다.

같은 시간 CIA 방콕 지부장 알렌이 전화기를 귀에 붙이고 있다가 상반신을 세웠다.

"예, 국장보님. 알렌입니다."

상대는 해외작전국장보 로버트 와일러. 알렌은 지금 랭글리의 숙소에 있는 로버트에게 전화를 하고 있는 것이다.

"이토만이 납치되었습니다."

해리스보다 몇 분 빠르게 사건 상황을 입수한 알렌이 보고를 마쳤을 때 로버트가 감정 없는 목소리로 대답했다.

"상황 주시하고, 대기."

"예, 국장보님."

그리고 잠깐 기다렸지만 저쪽에서 반응이 없었기 때문에 알렌이 마무리 멘트를 했다.

"그럼 통신 마칩니다."

부지부장 피쇼는 퇴근해서 자리에 없다.

테헤란의 무사라크가 보고를 받았을 때는 그보다 5분쯤 늦다. 당황한 이토만 측에서 덤벙대다가 전무 사사끼가 전화를 한 것이다. 그것도 회사에서 직통전화로 해버렸지만 어쩔 수 없는 일이다. 이토만이 비상시에 보고하는 요령을 알려주지 않은 것이다. 사사끼가 정보국 부관에게, 부관이 무사라크에게, 무사라크가 호메이니에게 달려갔을 때는 사건 발생 1시간 후다. CIA, 인터폴, 호메이니의 순서가 되었다. 보고를 받은 호메이니가 번들거리는 눈으로 무사라크를 보았다.

"이토만이 관리하고 있는 비자금은 현재 얼마인가?"

"예, 53억 불이 조금 넘습니다, 지도자시여."

"출금은 어떻게 해야 되나?"

"이토만이 전결로 해 왔습니다."

"우리가 제동을 걸 장치가 없단 말인가?"

"비밀로 해왔기 때문에……."

무사라크의 이마가 땀으로 번질거렸다.

"지금까지 별 사고도 없는 데다 수시로 입출금을 해 와서 복잡한 장치를 생략했습니다."

"그놈들이 이토만을 협박해서 그 비자금을 다 빼낼 수 있겠군."

"가능합니다, 지도자시여."

"우리가 대응할 방법이 있나?"

"결사대를 편성해서 이라크 고위층이나 가족들을 인질로 잡고 후세인에게 흥정을 제의해야 됩니다."

무사라크는 정보국장이다. 보고하러 오는 짧은 시간 동안 방법을 생각해낸 것 같다. 호메이니의 시선을 받은 무사라크가 어깨를 부풀렸다.

"결사대는 지도자궁 경호대에서 선발하면 목숨을 바쳐 충성할 것입니다. 2차대전 때 일본의 가미카제 이상이 되리라고 자신합니다."

무사라크의 목소리에 열기가 띠어졌다.

"그 결사대로 후세인이 아끼는 인질을 잡아서 흥정을 하는 것입니다. 명령만 하시면 바로 출동시키겠습니다."

뒤집어씌운 자루를 벗겼을 때 이토만이 머리를 흔들면서 눈을 껌벅였다. 곧 초점을 맞춘 눈으로 사방을 훑어보았을 때 이칠성이 입에 붙인 테이프를 잡아 뜯었다. 이곳은 방콕 시내의 창고 사무실 안, 식품 창고여서 음료수 박스가 사무실에도 가득 쌓여 있다. 벽시계가 오후 8시 10분을 가리키고 있다. 이토만의 옆에 의자를 가져다 놓은 정재국이 자리에 앉았고 이칠성은 옆쪽에 섰다. 그것을 구경하던 고준기가 밖으로 나갔기 때문에 사무실에는 이토만까지 셋이 남았다. 셋은 아직 아무도 입을 열지 않았다. 이토만은 승합차에 실렸을 때부터 입에 테이프를 붙이고 자루를 머리에 뒤집어씌운 것이다. 정재국이 잠자코 시선만 주었고 이토만도 고집스럽게 눈동자도 굴리지 않은 채 앞쪽만 응시했다. 그 앞쪽이 음료수 박스다. 이윽고 고개를 끄덕인 정재국이 이칠성에게 눈짓을 했다. 그러자 이칠성이 다시 포장용 테이프를 이토만의 입에 붙였고 이어서 자루를 머리에 뒤집어씌웠다. 의자에 앉은 이토만의 팔다리는 묶여 있는 상태다. 사무실 밖으로 나온 정재국이 이칠성에게 말했다.

"시선을 마주치지 않는 것을 보면 살고 싶은 거다. 내일까지 밤새도록 머리를 굴리게 놔두자."

"시간이 지날수록 초조해지겠지요."

이칠성이 맞장구를 쳤다. 밤이어서 '작전'을 진행할 수가 없는 것이다.

"특명관이라고 합니다."

무사라크가 호메이니에게 보고했다.

"후세인의 직속용병으로 카심과 모하메드만 알고 있는 기밀조직이라고 합니다."

테헤란의 이란 지도자 호메이니의 집무실 안, 주름과 흰 수염에 덮인 호메이니의 얼굴은 표정이 없다. 눈도 반쯤 감고 있어서 조는 것 같기도 하다. 그러나 무사라크가 열심히 말을 이었다.

"사우드가 대원을 인솔하고 방콕으로 출발했습니다."

"……."

"그리고……."

숨을 고른 무사라크가 말을 이었다.

"카이로에서 내일부터 시작되는 중동의 산유국 회담에 참석한 이라크 대표단을 습격하겠습니다."

"……."

"숙소를 기습해서 대표단을 처형하겠습니다. 물론 자살특공대를 사용해서 신분 확인이 안 되도록 할 계획입니다."

무사라크가 고개를 들고 호메이니를 보았다. 대답을 기다리는 것이다. 그때 호메이니의 눈이 조금 열렸다.

"실시해."

갈라진 목소리다.

"갓댐."

후버가 어깨를 부풀렸다가 내렸다. 랭글리의 CIA 본부 안, 회의실에서 후버가 부장보 윌슨, 해외작전국장보 로버트 와일러 둘을 불러놓고 회의 중이다. 후버가 고개를 들고 로버트를 보았다. 로버트는 45세, CIA 경력 20

년으로 빠른 출세를 했다. 윌슨보다 경력, 서열이 낮지만 '떠오르는 태양'
으로 불린다. 그것은 아버지 럭키 와일러가 공화당 원내총무인 데다 레이
건 대통령의 친구이기 때문이다. 미국에서는 본인의 능력만 있다면 가문
의 백으로 얼마든지 대통령이 된다. 케네디가 그 예다, 죽었지만.

"이봐, 로버트. 그쪽 지부장의 보고를 다시 말해봐."

"예, 습격자는 동양인이었습니다. 태국 경찰은 아직 파악 못 했지만 방
콕 지부장의 정보원들이 알아내었습니다."

로버트가 동남아 담당이다. 후버는 시선만 주었고 로버트가 말을 이
었다.

"리스타의 데니스 정, 지난번 파리에서 사건을 일으킨 그놈일 가능성
이 있습니다."

"후세인이 그놈을 방콕으로 보냈다는 말이지?"

"예, 부장님. 이토만이 관리하는 비자금을 탈취하려는 것 같습니다."

후버의 시선이 윌슨에게 옮겨졌다.

"호메이니가 배상금을 떼어먹었지?"

"예, 약속한 45억 불을 내놓지 않았지요."

"도둑놈."

"그래서 후세인이 대놓고 저러는 것 같습니다."

"도둑놈들."

"테헤란에서 30명 가까운 인원이 카이로에 입국했습니다. 이번 중동지
역 원유회담 대표단의 지원 요원이라고 했는데 이란의 움직임도 심상치
않습니다."

"옳지."

고개를 끄덕인 후버가 눈을 가늘게 떴다.

"놔둬."

이것으로 '방콕 사건'의 1차 회의가 끝났다.

이곳은 뉴욕, 브루클린의 안가(安家)는 2층 저택이다. 평범한 2층 건물이어서 운전사가 가끔 길을 잃는다. 주변에 같은 건물들이 꽉 차 있기 때문이다. 1층 응접실에서 해밀턴이 양영태에게 말했다. 양영태가 보고하려고 온 것이다.

"호메이니는 물론이고 CIA도 지금쯤 특명관의 짓이라는 걸 알고 있을 거다."

해밀턴이 말을 이었다.

"특명관이 누구인지는 CIA 쪽에서는 알고 있겠지."

"이란 쪽에서도 인터폴의 협조를 받고 있는 터라 곧 알게 될 것 같습니다."

양영태가 해밀턴을 보았다.

"그래서 빨리 처리해야 됩니다."

"우리가 간섭할 수는 없어. 정보 협조도 이쯤하고 연락을 끊도록 해."

해밀턴이 양영태를 부른 이유다. 긴장한 양영태에게 해밀턴이 말을 이었다.

"정재국은 이해할 거다. 이만하면 됐어."

오전 9시, 다시 자루가 벗겨지고 입에 붙인 테이프가 떼어졌을 때 이토만이 바로 말했다.

"화장실."

앞에 선 사내는 고준기다. 고준기가 목덜미를 잡아 일으키고는 발목에

채운 수갑 한쪽만 풀고 화장실로 데려갔다가 돌아왔다. 그때 다시 의자에 앉힌 이토만이 말했다.

"물."

고준기가 플라스틱 생수병을 던졌더니 두 손에 수갑이 채워져 있는데도 이토만이 잘 받았다.

30분 후, 이토만이 앞에 앉은 정재국에게 말했다.

"이란 비자금은 모두 내 기업체 자금에 흡수되어 있어서 내 임의로 입출이 가능합니다. 편리하지만 이란 정부의 억제 장치는 없는 셈이지요."

이토만이 담담한 목소리로 말을 이었다.

"내가 소유한 주식을 처분해도 되고 회사 자금을 옮겨도 됩니다. 내가 은행에 지시만 하면 되는 일이지요."

정재국이 옆에 앉은 이칠성을 보았다. 이칠성도 옆에 선 고준기를 보았고 고준기는 뒤에 선 사리나까지 보았다. 사리나의 시선이 정재국으로 옮겨왔으니 한 바퀴 돈 셈이다. 그때 정재국이 고개를 끄덕였다.

2시간 후, 테헤란 시간은 오전 8시다. 아침에 일찍 일어나는 호메이니가 기도를 마치고 응접실로 들어섰을 때 기다리고 있던 무사라크가 인사를 했다.

"살람 마리쿰."

그러나 호메이니와 시선을 마주치지 않는다. 호메이니가 머리를 끄덕였다.

"마리쿰 살람."

자리에 앉은 호메이니 앞으로 무사라크가 다가가 섰다.

"지도자시여, 이토만 상사의 사사끼한테서 연락이 왔습니다."

"……."

"이토만 상사의 자금 및 주식 50억 불가량이 처분되었다고 합니다."

"……."

"이토만의 요청에 따라서 이체된 계좌는 밝혀지지 않았고 자금만 빠져나간 것이 확인되었습니다."

"……."

"그리고."

고개를 든 무사라크가 그때서야 똑바로 호메이니를 보았다.

"사우드가 오늘 작전을 개시할 것입니다."

무사라크의 시선을 받은 호메이니가 어깨를 부풀렸다가 내렸다. 그러나 입을 열지는 않았다.

"탐만."

정재국이 부르자 탐만이 다가와 섰다. 아파트의 응접실 안, 에어컨이 없어서 문을 열어놓았어도 한낮의 더위로 안은 찜통 같다.

"예, 보스."

탐만이 똑바로 정재국을 보았다. 이제 작전은 끝났다. 이토만은 아직도 식품 창고 사무실에 묶여 있었지만 감시도 탐만 부하 둘만 남겨놓았다. 정재국이 탐만 앞의 탁자에 검정색 가방을 내려놓았다.

"자, 이건 네 보수다. 10만 불 넣었다."

탐만이 놀라 숨을 들이켰다. 본래 5만 불로 계약이 되었기 때문이다.

"이제 창고 사무실에 가서 이토만을 풀어주고 너도 돌아가도록."

"알겠습니다."

탐만이 상기된 얼굴로 정재국을 보았다.

"대장, 다시 뵙기를 기다리겠습니다."

"그동안 수고했다."

정재국이 자리에서 일어섰다. 빨리 떠나야 한다.

"확인되었습니다."

모하메드가 말하자 후세인의 얼굴에 웃음이 떠올랐다.

"예상했던 것보다 빠르군."

"비자금을 모두 기업 자금으로 세탁해서 보유하고 있었기 때문에 이란 정부에서 손을 쓸 수가 없었던 것입니다."

"비자금을 감쪽같이 은닉했다고 생각했다가 호메이니가 벼락을 맞았군."

"그렇습니다."

후세인의 집무실 안이다. 모하메드가 말을 이었다.

"그래서 이토만은 그대로 풀어준다고 했습니다."

고개를 끄덕인 후세인이 눈을 가늘게 떴다.

"호메이니가 가만있을까?"

"대비하고 있습니다."

모하메드의 표정도 어느덧 굳어 있다. 호메이니는 가만있지 않을 것이다.

이번에는 배다. 방콕에서 요트를 타고 타이만으로 남하하면서 정재국이 지도를 보았다. 20인승 요트는 사리나가 태국인 사업가로부터 빌린 것이다. 타이만을 빠져나와 남서쪽으로 항진하면 남중국해가 나온다. 그곳에서 인도네시아, 필리핀, 또는 리스타랜드로도 갈 수 있는 것이다. 2층 휴게실에 서 있는 정재국 앞으로 사리나가 다가와 섰다.

"일단 항로 신고는 파타야로 했지만 공해로 나가면 추적하기 힘들 겁니다."

사리나가 앞에 펼쳐 놓은 지도를 보면서 말을 이었다.

"곧장 베트남까지 가려면 20시간은 걸린다는데요."

"그래도 가지."

정재국이 자르듯 말했다. 목적지는 베트남으로 정한 것이다. 베트남까지 해안선을 따라 간다면 캄보디아를 거쳐야만 한다. 그래서 공해로 나갔다가 접근하려는 것이다. 고개를 끄덕였던 사리나가 힐끗 정재국을 보았다.

"알겠습니다. 선장한테 이야기하지요."

사리나가 몸을 돌리자 정재국이 창밖의 바다를 보았다. 오후 5시여서 서쪽 수평선 위로 태양이 걸쳐 있다. 1백 톤급 호화 요트에는 스크류가 2개 부착되어서 시속 30노트(48킬로)까지 속력을 낸다. 선장과 승무원까지 8명이 탑승했고 방이 12개나 되는 요트에 손님은 5명이다. 요트는 속력을 내어 잔잔한 바다를 항진하고 있다.

"이토만이 풀려났습니다."

피쇼가 말했을 때 알렌이 시큰둥한 표정으로 쳐다만 보았다. 방콕, CIA 지부 사무실 안, 오후 5시 10분. 다가선 피쇼가 말을 이었다.

"사무실에 들어간 지 30분쯤 되었는데 아직 나오지 않았습니다. 곧 경찰이 오겠지요."

이토만은 납치당한 후에 경찰이 수사를 시작했으니 곧 경찰 조사가 시작될 것이다. 알렌이 입을 열었다.

"비자금은 다 털렸겠군."

"그랬으니까 풀어줬겠지요."

"태국 경찰이 당장 인터폴과 연락을 하겠군."

"아마 지금쯤 태국을 떠났을 겁니다."

"무지막지한 놈들."

"그놈들 스타일입니다."

"우린 가만있도록 하자고."

알렌이 피쇼를 지그시 보았다.

"이토만이 이제 당신 부를 이유도 없겠지만 말야."

"알겠습니다."

고개를 끄덕인 알렌이 전화기로 손을 뻗었다. 이번 사건에는 개입되지 않은 것이 다행이라는 눈치다.

요트가 남중국해에 들어섰을 때는 방콕을 떠난 지 12시간쯤 지났을 때다. 오전 8시 40분, 선미의 난간에 서 있던 정재국 옆으로 사리나가 다가왔다.

"대장, 카이로에서 폭발물이 터져 멤피스호텔 1개 층이 대파되었군요."

바다를 향한 채 사리나가 말을 이었다.

"호텔에 투숙했던 산유국 회담 대표단 22명이 폭사하고 35명이 부상을 입었습니다."

"……."

"자살 폭탄 테러라 테러범 3명의 신원은 밝혀지지 않았어요."

"……."

"피해자는 이라크 협상 대표단이었습니다. 지금 방송에서 난리예요."

정재국이 고개를 돌려 사리나의 옆얼굴을 보았다. 사리나는 바다를 향한 채 고개를 돌리지 않는다.

박상철은 요트 여행을 즐기고 있다. 선미의 갑판에 타월을 깔고 누워서 수영복 차림으로 일광욕을 하는 중이다. 승무원에게 선탠오일을 빌려 온몸에 발라서 번들거리고 있다. 고준기가 와서 그 꼴을 구경하고 돌아간 후 이칠성이 왔을 때는 오전 9시 반.

"야, 자는 거냐?"

선글라스를 끼고 누워 깜박 잠이 들었던 박상철의 다리를 툭 차면서 이칠성이 물었다. 잠이 깬 박상철이 짜증을 냈다.

"아, 왜 차요? 내가 갭니까?"

"여긴 공해야. 캄보디아 해적이 나타난다니까 경계해. 네가 3시간 동안 경계근무다."

"기가 막혀서."

선글라스를 벗은 박상철이 헛웃음을 지었다.

"요즘이 어느 시대라고 해적선?"

"이 자식이."

눈을 치켜뜬 이칠성이 어깨를 부풀렸다.

"너, 대장한테 보고할까?"

"내가 왜요?"

"지금부터 오후 12시 반까지 경계. 네 총 가져와."

"젠장."

투덜거린 박상철이 몸을 일으켰다.

"지금 어디 있나?"

후버가 묻자 윌슨이 대답했다.

"방콕은 떠났을 것 같습니다, 부장님."

이곳은 오후 10시다. 후버의 맨해튼 안가에 모인 인원은 셋. 후버와 윌슨, 그리고 로버트 와일러다. 후버가 윌슨과 로버트의 잔에 위스키를 따르면서 다시 물었다.

"그놈들이 리스타랜드로 가지 않았을까?"

"그럴 리가 없습니다, 부장님."

다시 윌슨이 대답했다.

"이번 작전도 리스타와는 관계가 없거든요."

"그, 특명관이란 놈, 한국인 아닌가?"

"예, 한국계 미국인이지요."

"리스타에서는 아니라고 하겠지만 연관이 있어."

그때 로버트가 대답했다.

"그럴 가능성이 있습니다, 부장님."

"50억 불이란 말이지?"

후버가 화제를 돌렸다.

"거금이야. 후세인이 단숨에 파리에서 잃은 돈의 몇 배를 먹었군."

"이란으로부터 배상금을 가져간 것이지요."

윌슨이 말을 받았을 때 후버가 한 모금에 술을 삼켰다.

"이제 사건이 너무 빨리 진행되는 것 같다."

한숨을 쉰 후버가 윌슨을 보았다.

"내가 나이 들어서 반응 속도가 느리기 때문인지도 몰라."

"아닙니다, 부장님. 그것은……."

월슨의 말을 막은 후버가 말을 이었다.

"후세인, 호메이니의 시대도 나하고 같이 끝날 거다. 그런데 과연 누가 살아남을지 모르겠다."

후버의 얼굴에 쓴웃음이 떠올랐다.

"살아남는다는 의미는 승자, 패자를 말하는 게 아냐. 실제로 삶과 죽음이다."

둘은 침묵했고 후버의 말이 이어졌다.

"우리에게는 제명대로 자연사하는 인간이 제대로 사는 것이고 그놈이 바로 승자다."

오후 12시 15분, 근무 교대 시간이 되었기 때문에 손목시계를 보았던 박상철이 고개를 들었을 때 앞쪽 수평선에 검은 점이 보였다. 배다. 쾌속 요트 만다린호는 시속 25노트(40킬로) 정도의 속력으로 남지나해를 향해 남진하는 중이었는데 검은 점은 육지 쪽에서 다가왔다. 만다린호는 육지에서 2백 킬로쯤 떨어진 공해상을 달리는 중이다.

"뭐야?"

눈을 가늘게 뜨고 보는 사이에 배가 가까워졌다. 속력이 빠르다. 그동안 여러 척의 배가 지나쳤지만 이쪽으로 똑바로 다가오는 배는 처음이다.

"어라?"

어느새 배는 더 가까워졌다. 속력이 빠르다. 그때서야 박상철이 소리쳤다.

"비상! 배가 접근한다!"

"목선인데 무지하게 빠릅니다."

이칠성이 정재국에게 보고했다. 그때 옆에 서 있던 태국인 선장이 말했다.

"해적선입니다."

50대의 선장이 충혈된 눈으로 정재국을 보았다.

"캄보디아 해적이오! 무자비한 놈들입니다."

선장이 떨리는 목소리로 말을 이었다.

"다 죽이고 다 빼앗아갑니다."

그때 정재국이 선장에게 말했다.

"놈들을 배로 끌어들입시다, 나머지는 우리한테 맡기고."

해적선이 요트 옆으로 다가왔을 때는 10분도 안 걸렸다. 해적선은 길이 20미터 정도의 여객선을 개조했는데 앞머리가 유선형으로 솟았고 선미에 스크류를 3개나 붙여서 엄청난 속도가 날 것 같았다. 해적들은 로켓포를 2대나 보유한 데다 기관포까지 장착하고 있어서 거리를 두고 교전을 한다면 요트가 여지없이 격침될 것이었다. 해적들은 20여 명이나 되었는데 모두 AK-47로 무장을 했다.

"세워라! 서지 않으면 격침한다!"

마이크로 경고를 한 해적선이 바짝 붙더니 일제 사격을 했다. 조타실의 유리창이 박살났고 선체에 수십 발의 총탄이 박혔다. 선장이 배를 멈추자 바로 사다리를 걸친 해적들이 요트 위로 기어올랐다. 모두 캄보디아 해적이다. 선장 이하 선원들은 모두 두 손을 들고 해적들을 맞는다. 요트에 오른 해적은 모두 15명, 5명씩 흩어져서 5명은 요트 2층의 조타실로, 5명은 1층으로, 5명은 선창 쪽 선실로 일사불란하게 흩어졌다.

184

"타타타타타."

요란한 발사음이 울렸다.

"타타타타타타."

요트 안에서다.

"타타타타타타."

요트 전체에서 발사음이 울렸기 때문에 해적선에서는 모두 긴장했다. 해적선은 선고가 낮기 때문에 올려다봐야만 한다.

"무슨 일이야?"

해적선 조타실에 있던 해적 부대장 산투르가 AK-47을 쥐고 밖으로 나왔다. 요트에서의 요란한 총성에 놀란 것이다. 그때다.

"타타타타타타."

요트에서 총탄이 쏟아지면서 산투르가 사지를 흔들면서 쓰러졌다. 다음 순간.

"꽈꽝!"

조타실 안이 폭발했다. 수류탄이 폭발한 것이다.

"꽈꽝!"

또 한 번의 폭발로 조타실은 불길에 휩싸였다.

"탕! 탕!"

다시 한두 발의 총성이 울리면서 요트 안이 조용해졌다.

"선창 안은 처리했습니다!"

마이크로 선창에 있던 이칠성이 보고했다.

"1층 몰사시킴!"

고준기는 간단하게 보고했다.

"타타타타타타!"

다시 요란한 총성. 해적선에 대고 박상철이 쏜 것이다.

"꽝!"

다시 수류탄이 폭발하면서 해적선이 두 동강으로 쪼개지면서 가라앉기 시작했다. 정재국이 손에 쥔 슈타이어 AUG를 내리고는 요트 안의 스피커 버튼을 눌렀다.

"시체를 밖으로 버려라."

요트에 오른 해적은 전멸했다. 선원들 사이에 끼어 있던 특명관팀은 각각 조타실, 1층, 선창과 해적선을 맡아 순식간에 전멸시킨 것이다. 정재국이 마이크로 다시 지시했다.

"선원들도 협조하도록!"

곧 얼어붙어 있던 선원들이 움직이기 시작했다.

사리나는 1층에서 두 손을 들고 해적들을 맞았다가 고준기가 슈타이어 AUG를 난사하는 장면을 바로 옆에서 목격했다. 총탄에 목을 맞은 해적의 피가 얼굴에 튀는 바람에 사리나는 질색을 하고 손바닥으로 닦았는데 그것이 더 끔찍하게 되어버렸다. 고준기는 그야말로 순식간에 방심 상태였던 해적들을 몰사시킨 것이다.

"자, 출발."

이제는 배의 주인이 된 정재국이 다시 마이크로 지시했다. 배에 엔진 음이 울리면서 진동으로 떨리기 시작했다.

"이제 해적까지 겪는구나."

186

요트가 속력을 내었을 때 정재국이 이맛살을 찌푸리며 말했다.

"좋은 일을 또 한 건 했어."

거기에다 이쪽은 피해가 없는 것이다. 해적 무리와 정규군의 정예와 부딪쳤으니 당연한 결과이기는 했다. 그때 선장이 말했다.

"배는 침몰시켰지만 시체가 떠돌아다닐 수도 있습니다. 배에 총탄 자국이 많은데 수리해야 되겠습니다."

"내가 수리비 내지요."

정재국이 바로 말했다.

"베트남의 한적한 해안에 우리를 내려줘요, 우리가 선주한테 따로 연락할 테니까."

선장이 만족한 표정으로 고개를 끄덕였다.

"제가 알아서 처리하지요."

배를 빌린 것은 사리나였으니 나중에 사리나가 연락해주면 될 것이다.

이라크 대표단이 테러 공격을 받아 대표 이하 수십 명이 목숨을 잃었기 때문에 중동 산유국 회담은 무기 연기되었다. 후세인은 즉각 성명을 발표하여 이것은 이란의 호메이니가 사주한 테러이며 그 증거가 있다고 주장했다. 그 증거를 곧 공개할 것이라고 했지만 날짜는 밝히지 않았다.

"밝히지 못할 거야."

후세인의 성명 발표를 본 후버가 말했다. 성명은 이라크 국방장관 카심이 발표했다.

"호메이니의 비자금을 빼앗아간 대가를 받은 것이니까 증거고 나발이고 없는 거지."

후버가 말하고는 앞에 앉은 윌슨을 보았다.

"서로 주고받은 거야."

이것으로 CIA의 입장은 정리되었다.

락지아 아래쪽의 한적한 바닷가에 도착한 인원은 다섯. 바닷가에 다섯을 내려준 보트는 어둠 속으로 사라졌다.

"젠장."

짐을 지고 보트에서 내렸던 고준기가 미끄러져 엎어지는 바람에 물에 빠진 생쥐 꼴이 되었다. 밤 12시 반이 되어 있다. 이곳은 베트남 남쪽 끝의 바닷가다. 락지아는 아래쪽 5킬로 지점에 위치해 있으니 그곳까지 걸어가야 했다. 요트를 그쪽에 접근시킬 수 없었기 때문이다. 제각기 무기와 필수품을 등에 메고 있었기 때문에 관광객 행세를 했지만 이 시간에 도로를 걸으면 의심받을 가능성이 있다.

"두 팀으로 나눈다."

도로에 나왔을 때 정재국이 말했다.

"나하고 이칠성이 각각 떨어져서 걷기로 하자."

그때 이칠성이 말을 받았다.

"대장은 사리나와 함께 가십시오. 내가 대원을 이끌지요."

정재국이 고개를 들었다가 이칠성이 몸을 돌리는 바람에 어깨를 늘어뜨렸다. 어둠 속에서 이칠성의 목소리가 울렸다.

"우리가 앞장섭니다. 1백 미터 거리를 유지합시다."

어둠 속을 걸으면서 사리나가 말했다.

"호치민으로 떠나는 버스가 있어요. 락지아에서 세 시간쯤 걸립니다."

사리나는 정재국의 뒤를 따르고 있다. 짙은 어둠 속을 둘은 길가에 붙어서 락지아를 향해 걷고 있다. 앞쪽 어둠 속을 걷고 있는 이칠성 일행은 보이지 않는다.

"이번 작전은 대장님의 임기응변이 성공했다고 생각합니다. 갑자기 정찰을 나갔다가 바로 작전을 시작한 것 아닙니까?"

"……"

"이토만의 비자금 관리가 회사 자금으로 운용하는 것이어서 이란 정부가 개입할 여지가 없었던 것도 도움이 되었지요. 그것도 행운이었습니다."

"……"

"하지만 호메이니가 이집트에 간 이라크 대표단을 폭사시킨 것만으로 이 일을 끝낼지 의문입니다. 지금도 우리를 쫓고 있을 가능성이 있습니다."

"알았어."

정재국이 입을 열었다.

"동감이야."

"호치민시에서 연락해보겠습니다."

정재국은 입을 다물었다. 지금까지 사리나와 가장 긴 대화를 나눈 셈이다.

"안녕하십니까?"

고개를 숙여 보인 피쇼가 주춤거리며 앞쪽 자리에 앉았다. 긴장으로 얼굴이 굳어 있다. 이곳은 방콕 중심부에 위치한 오리온 빌딩 지하 나이트클럽이다. 클럽은 소란했지만 안쪽 밀실은 조용하다. 안쪽 자리에 앉아 있던 로버트 와일러가 고개만 끄덕이더니 피쇼의 앞에 놓인 잔에 위스키를 채워 주었다. 그때 잔을 든 피쇼가 입을 열었다.

"방콕의 사업가 후사친이 소유한 요트로 떠난 것이 확인되었습니다."

"후사친 관광의 회장 말인가?"

로버트가 묻자 피쇼가 술잔을 내려놓았다.

"예, 국장보님."

"어디로?"

"남지나해 쪽으로 간 것은 분명합니다. 곧 알 수 있습니다."

"그렇군, 몇 명이지?"

"넷입니다. 거기에 연락원 하나."

고개를 끄덕인 로버트가 지그시 피쇼를 보았다. 로버트는 두 시간 전에 방콕에 도착한 것이다. 해외작전국장보로 아시아 지역 책임자여서 피쇼에게는 직속상관이다. 그때 로버트가 물었다.

"이토만은 어때? 지금 패닉 상태인가?"

"예, 경찰 조사를 받고 있지만 납치당했다가 풀려나온 정도밖에."

"이란 비자금을 강탈당했다는 말은 안 했겠지?"

"당연하지요, 해야 귀찮기만 할 테니까요."

"이란 정부에서 가만있지 않을 거야. 이토만의 개인 재산이라도 내놓으라고 할지도 몰라."

"예, 그럴 가능성이 있습니다."

"내가 여기 온 것, 지부장 알렌은 모르지?"

"물론입니다, 국장보님."

"본부에서는 이 사건을 이 정도에서 덮을 예정인데, 내 생각은 달라."

로버트가 번들거리는 눈으로 피쇼를 보았다.

"피쇼, 우리 부장은 너무 오래 자리에 앉아 있어서 썩는 냄새가 난다."

버스에는 손님이 10여 명뿐이었는데 모두 근처 마을의 시장에 가는지 바구니에 닭이나 오리, 염소까지 데리고 버스에 탔다. 오전 6시 45분, 버스가 30분이나 늦게 락지아를 출발하여 달리고 있다. 버스에 타자마자 사리나는 창가에 앉아 졸기 시작했기 때문에 정재국은 앞만 보았다. 앞쪽에 이칠성과 고준기가 나란히 앉았고 박상철은 그 앞쪽에 혼자 앉아 있다. 고물 버스는 덜컹거렸지만 속력을 내어 달려가고 있다. 이곳은 남국(南國), 길가에는 끝없이 논이 펼쳐져 있다. 정재국에게 베트남은 처음이다. 지금이 1992년, 17년 전인 1975년 4월 30일에 베트남에 남아 있던 마지막 미 해병 분대가 미국 대사관을 떠났고 그날 '사이공'은 베트공에게 함락되었다. 그때 정재국은 13살이었던 것이다. 미군은 한때 베트남에 50만이 넘는 병사를 파견했지만 차츰 철수시켰고 사이공이 함락되었을 때는 군사 고문단만 남아 있었다. 전쟁에 지친 미국 정부가 2년 전에 남북 베트남이 평화 조약을 맺게 해놓고 미군을 철수시켰기 때문이다. 그때 자고 있던 사리나가 고개를 세우고 정재국을 보았다.

"아유, 깜박 잠이 들었네."

사리나가 혼잣소리를 하면서 멋쩍게 웃었다. 화장을 하지 않았지만 사리나의 피부는 매끄럽고 눈이 맑다. 파마한 머리를 묶어 올렸고 그 위에 야구 모자를 눌러 써서 미소년으로 보인다.

"조금 더 자, 사리나."

정재국이 부드럽게 말했다.

"다 오면 깨워줄 테니까."

"검문소가 하나 있어요."

사리나가 앞쪽을 응시하며 말했다.

"여권 검사만 하겠지만 짐 검사를 하면 위험해요."

짐 가방을 뒤쪽에 놓았지만 검사를 하면 무기가 드러날 것이었다. 불법인 데다 지난 행적이 다 드러날 수도 있다.

"걱정 마, 그렇게까지는 안 될 테니까."

정재국이 안심시켰지만 그 경우에는 경비병을 처치하고 도망쳐야 할 것이다. 그러나 이곳까지 와서 베트남 군인을 처치하기는 싫다. 말하다가 잠이 깬 사리나가 정재국을 보았다. 눈동자가 반들거렸다.

"어떻게 할 건가요?"

"쏴 죽이고 도망치는 게 가장 빠르고 쉬운 방법인데."

"그럼 베트남 안에서 쫓기게 돼요."

사리나가 고개를 저었다.

"여긴 태국이나 다른 동남아 국가하고 달라요. 군경의 검문 경계 체제가 강해요."

"그럼 무기가 발각되었을 때 타협을 하나?"

"뇌물은 먹혀요."

사리나가 정재국을 보았다. 나란히 앉았기 때문에 속눈썹이 길다는 것도 처음 보았다. 거리가 20센티도 되지 않은 것이다. 시선을 받은 사리나가 눈을 깜박이더니 말을 이었다.

"총 밀수했다고 말하고는 미화로 1만 불쯤 주면 놀라서 받고 보낼지도 몰라요. 1만 불이면 여기서 집을 몇 채나 살 수 있거든요."

"거부하면 죽일까?"

그때 버스가 속력을 줄였기 때문에 둘은 앞쪽을 보았다. 앞쪽에 차단봉이 내려진 검문소가 다가오고 있다. 호랑이가 제 말 하니까 나타났다.

버스가 멈춰 서더니 곧 문이 열리고 병사 2명이 들어섰다. 앞쪽에 탄

이칠성 등이 긴장하고 있다는 것이 뒷모습만으로도 알 수 있었다. 앞장선 병사는 AK-47을 등에 메었고 뒤를 따르는 병사는 앞에총 자세다. 차 안을 둘러본 병사들이 안으로 발을 떼었다. 농민 차림의 남녀를 지나쳐 여자 혼자 앉아 있는 자리에 오더니 손을 내밀었다. 신분증을 내라는 표시다. 여자가 신분증을 내밀자 한참을 들여다보더니 여자 얼굴과 대조해보고는 마지못한 표정을 짓고 돌려주었다. 다음은 박상철, 박상철이 고개를 젖히고는 쏘아보자 병사가 고개를 돌렸다. 그러고는 박상철을 지나 고준기와 이칠성에게 다가간다. 그러고는 손을 내밀었다. 고준기가 여권을 내밀자 사진과 실물을 대조해 보더니 여권을 넘긴다. 여권에는 이미 입국스탬프가 찍혀 있다. 어제 입국한 스탬프다. 사리나가 다 만들어온 것이다. 이윽고 여권을 다 넘겨본 병사가 고준기에게 넘겨주고는 이칠성의 여권은 흘겨보기만 했다. 그러더니 병사가 발을 떼어 이쪽으로 다가온다. 아직까지 병사들은 선반의 가방들은 검사하지 않았다. 정재국 앞에 선 병사가 손을 내밀어 여권을 빼앗듯이 가져갔다. 그러더니 사리나 여권도 집더니 뒤에 선 병사와 월남어로 이야기를 주고받았다. 불길한 예감이 든 정재국이 사리나에게 말했다.

"이것들이 나가자고 하면 가방까지 들고 가야 할 텐데 그땐 곤란해."

그때 여권을 든 사내가 정재국에게 물었다. 영어다.

"어디 가는 거요?"

"호치민시. 거기 호텔에서 투숙하고 있으니까."

"여긴 언제 왔는데?"

"어젯밤."

"왜?"

그때 사리나가 대답했다.

"우린 신혼여행 중인데 아무도 안 간 데를 찾아다니고 있어요."

또박또박 말하는 영어가 귀에 쏙 들어왔는지 병사의 눈빛이 부드러워졌다. 그러나 곧 병사가 눈동자의 초점을 잡고는 정재국에게 물었다.

"가방은?"

"저기."

정재국이 뒤쪽을 건성으로 턱을 들어 가리켰을 때 병사가 말했다.

"가방 들고 검문소로 갑시다. 조사를 해야겠어."

위기다. 절체절명의 위기라고 해야 정확한 표현이다. 두 병사의 시선을 받은 3초 동안 정재국의 머릿속에서 수억 개의 세포가 작동했다. 컴퓨터의 반응보다 더 빠른 뇌세포의 운동. 버스 오른쪽 초소 안에 3명쯤의 병사가 있다. 차단봉 앞에 둘, 버스 안의 둘까지 합치면 7명, 지휘관은 안에 있을 것이다. 그러니 해치우려면 따라 내려가서 초소 안에서부터 시작하는 것이 낫다. 정재국이 초소 안을 맡으면 이칠성, 고준기, 박상철이 밖에서 해치운다. 가능하다. 확률은 90퍼센트 이상. 여기서 밖으로 나갈 때 몸수색을 하지 않을 것 같다. 병사 둘의 자세는 느슨하다. 병사들 뒤쪽의 이칠성, 고준기, 박상철도 준비 중이다. 다 들었기 때문이다. 지금 정재국은 허리띠 뒤쪽에 브라우닝을 찔러 넣고 있다. 이칠성 등도 마찬가지다. 슈타이어 AUG는 분해해서 각각 가방에 넣었지만 권총은 소지하고 있는 것이다. 이것이 정재국의 머릿속에서 3초간 발생한 상념.

그때 정재국이 자리에서 일어서면서 바지 주머니에 넣은 지갑을 꺼내었다. 병사들의 시선이 일제히 지갑으로 옮겨졌다. 조금 놀란 표정. 천천히 지갑을 꺼냈다면 제거당했을 것이다.

"헬로."

정재국이 커다랗게 불렀기 때문에 버스 안의 시선이 와락 쏠렸다. 그때 정재국이 지갑에서 100불짜리 지폐를 한 장 꺼내 앞에 선 병사에게 내밀었다.

"나, 바빠. 검문 받을 시간이 없어."

지폐를 병사의 상의 윗주머니에 찔러 넣은 정재국이 다시 한 장을 꺼내었다.

"호치민시에서 정부 높은 사람하고 약속이 있어."

커다랗게 말을 이은 정재국이 지폐를 뒤에 선 병사의 윗주머니에 쑤셔 넣었다. 100불짜리 표시가 귀퉁이에 선명하게 드러났다.

"그냥 보내줘. 시간이 없단 말야."

그러고는 정재국이 다시 100불짜리 한 장을 꺼내 앞에 선 병사 주머니에 쑤셔 넣으면서 손을 벌렸다. 손바닥을 보이면서 내민 것이다.

"자, 친구, 우리 여권 내놔."

그동안 옆자리의 사리나는 숨을 참고 있었다. 눈을 치켜뜬 채 그들을 보았는데 힘을 주었기 때문에 동공이 움직이지 않아서 정재국과 두 병사가 멀리 떨어져 있는 것 같았다. 바로 1미터 앞인데도 그렇다. 그때였다. 여권을 쥐고 있던 병사가 어깨의 힘을 풀더니 정재국에게 여권을 내밀었다. 정재국이 고개를 끄덕이면서 여권을 받는다.

"고마워, 친구."

그때 앞쪽 병사가 몸을 돌렸고 뒤에 선 병사도 따라서 돌아섰다. 두 병사가 버스를 나가는 5초쯤의 시간이 사리나에게는 5분쯤 된 것처럼 느껴졌다. 병사들이 버스 밖으로 나갔을 때 앞쪽 자리의 이칠성이 운전사에게 소리쳤다.

"고! 고!"

버스가 떠났을 때 이칠성이 다가와 말했다. 물론 한국말.

"대장, 간이 졸아들었습니다."

그때 뒤로 고준기, 박상철이 다가와 붙었다.

"어휴, 차라리 총 쏘는 게 나을 뻔했습니다."

고준기가 말했고 박상철이 거들었다.

"모두 7명이었어요. 근데 잘하셨습니다."

모두 들떠있다. 정재국이 주위를 둘러보며 눈짓을 했다.

"야, 자리에 앉아. 나도 오줌 쌀 뻔했다."

셋이 웃으며 자리로 돌아갔을 때 사리나가 고개를 돌려 정재국을 보았다. 아직도 굳은 얼굴이다.

"돈 안 받으면 어쩌려고 했어요?"

"쐈았겠지."

정재국도 정색했다.

"그때를 대비해서 앞쪽 대원들은 밖으로 뛰어나갈 준비를 하고 있었는데 못 본 모양이지?"

사리나가 숨만 들이켰고 정재국이 말을 이었다.

"그리고 나서 버스로 도주하는 거지. 그때부터는 고생 좀 하겠지만 어쩔 수 없지."

"다행입니다."

마침내 사리나가 어깨를 늘어뜨리면서 말했다.

"잘하셨어요."

정재국이 의자에 등을 붙였다. 운이 좋았다.

그러나 다음 정류장에 멈췄을 때 정재국이 자리에서 일어섰다.

"자, 내려."

먼저 사리나에게 말하고 대원들에게 지시하자 모두 놀랐지만 서둘러 일어섰다. 이곳은 꽤 큰 도시여서 버스 정류장에는 수십 대의 버스, 택시들이 주차되어 있다. 일행은 서둘러 짐 가방을 들고 버스에서 내렸다.

"잘하셨어요."

정재국의 뒤를 따라 내린 사리나가 야구 모자를 고쳐 쓰면서 말했다.

"승합차를 전세로 빌려 보겠습니다."

사리나가 사라지자 이칠성이 주위를 둘러보며 말했다.

"대장, 이곳에서 전쟁할 때 꽤 고생했겠는데요. 척 보면 알 만합니다."

"베트남에 있습니다."

피쇼가 전화기를 고쳐 쥐고 말을 잇는다.

"요트 선장한테서 자백을 받았습니다. 남지나해에서 캄보디아 해적선을 만났는데 몰살하고 해적선까지 침몰시켜 버렸다고 합니다."

"흥."

코웃음 소리가 들렸다.

"해적들이 도살자 일당에게 걸렸군."

로버트 와일러다.

"다시 연락이 오겠지?"

"예, 오겠지요."

"바로 연락을 주도록."

"알겠습니다."

전화기를 내려놓은 피쇼가 심호흡을 했다. 이곳은 방콕 중심부의 아메리칸호텔 객실 안. 피쇼가 비밀 거래 장소로 사용하는 방이다. 절반 정도는 여자와의 밀회용으로 사용하지만 오늘처럼 극비 작전에도 유용하게 쓰인다.

오후 2시 반, 두바이의 아라비아호텔의 객실에서 사우드 알 살람이 전화를 받는다. 호텔 식당에서 점심을 마친 사우드는 보좌관 자말과 함께 돌아온 참이다. 자말이 받아서 사우드에게 건네주면서 말했다.

"존입니다."

잠자코 전화기를 귀에 붙인 사우드가 응답했을 때 사내 목소리가 울렸다.

"지금 바로 호치민시로 가시죠."

"호치민시?"

"그곳에 염소가 있습니다."

"알았어."

"다시 연락드릴 테니까."

그러고는 통화가 끊겼을 때 사우드가 호흡을 골랐다. 사우드 알 살람, 44세, 이란혁명수비대 소속의 특공대 부사령관. 본래 레바논에서 테러 부대장이었다가 호메이니를 따라 이란으로 온 후에 특공대 부사령관이 됨. 부사령관은 실질적인 부대 지휘관으로 직접 현장에서 뛰는 사령관이다. 사우드가 자말에게 말했다.

"준비시켜. 호치민으로 출발이다."

승합차는 속력을 내어 달려가고 있다. 오후 3시 반, 승합차는 빈롱을 거쳐 미토를 향해 달려 가는 중이다. 차 안은 조용하다. 모두 잠이 들었기 때문이다. 뒷좌석에서 창가에 기대앉은 정재국도 잠이 들었다. 이제는 통로 옆자리에 앉은 사리나도 꾸벅이며 졸다가 깨다가 한다. 미토에서 호치민까지는 두 시간 거리다. 미토까지는 한 시간. 덜컹거리던 차가 속력을 줄였기 때문에 정재국이 눈을 떴다. 앞쪽에 오토바이들이 가득 몰려 있었는데 그 앞쪽으로 버스들이 멈춰 서 있다. 이제 차량 대열이 모두 멈춰 섰다.

"사고가 난 것 같네요."

앞쪽에서 이칠성이 말했다.

"이거 길이 막히겠는데요."

과연 앞쪽 길이 꽉 막혔다. 그때 사리나가 말했다.

"제가 내려서 알아보고 올게요."

언제나 사리나가 앞장을 선다. 사리나가 승합차에서 내려 앞쪽으로 다가가는 것을 본 정재국이 이칠성에게 말했다.

"오늘은 미토에서 쉬자."

이칠성의 시선을 받은 정재국이 말을 이었다.

"서둘 것 없어. 서둘다가 사고 난다."

백악관 오벌룸, 레이건이 손님을 맞는다. 공화당 출신으로 하원 의장인 제럴드 퍼거슨과 원내총무 럭키 와일러. 그리고 국회 정보위원장 안톤 슈레이드다. 셋과 악수를 나눈 레이건이 동석한 비서실장 베이커에게 물었다.

"베이커, 911에 신고는 했지?"

"예, 각하."

고개를 끄덕인 레이건이 앞에 둘러앉은 셋을 차례로 보았다.

"자, 실려 갈 준비는 됐어. 말해봐."

그때 레이건과 친구인 럭키가 말했다.

"도날드, 이번 사고는 큰 거야."

"그래서 내가 911을 불렀다니까 그러네."

"각하."

이번에는 안톤이 정색하고 레이건을 보았다. 안톤은 58세. 정보위원장은 FBI, CIA, 국가안보국, 재무국, 군 정보 기관까지 모두 감사할 수 있는 정보위원회의 수장이다. 예산까지 장악하고 있어서 예산을 깎아버리면 그 기관은 망한다. 레이건이 입맛을 다셨다.

"뭔가? 안톤, 이번에는 베이루트야?"

"각하, CIA에 문제가 있습니다."

안톤이 말을 이었다.

"지난번 파리의 학살 사건은 CIA 안가에서 일어난 사건이었습니다. 아랍 과격파들의 내분이 아니었지요."

레이건이 의자에 등을 붙였고 안톤의 말이 이어졌다.

"CIA 고위층이 관련된 이라크 비자금 횡령 사건이었지요. 그 비자금을 찾으려고 이라크 특공대가 CIA 용병들을 죽인 겁니다. 그 사건에 연루된 고위층은 파리 CIA 지부장 루니 오스몬드, 본부국장 마크 핸들러, 부장보 알렉스 포크만입니다."

"……."

"모두 지난주에 사직서를 제출하고 사라졌지요. CIA에서 사건을 은폐하고 피의자들을 해직하는 것으로 끝낸 것입니다."

"……."

"며칠 전 방콕의 이토만 상사 건물에서의 살인, 납치 사건도 후세인 특공대의 소행인데 CIA는 알면서도 보고하지 않았습니다. 후세인 특공대가 이란의 비자금 관리자인 이토만을 납치, 50억 불을 강탈한 사건이지요."

"……."

"그 보복으로 이란은 카이로의 산유국 회담에 참석한 이라크 대표단에게 자살특공대를 보내 폭사시켰습니다. 그것을 CIA에서는 알면서도 보고하지 않았습니다."

그때 레이건이 고개를 돌려 럭키를 보았다.

"럭키, 이 정보, 자네 아들 로버트한테서 나온 건가?"

"아냐, 도널드."

고개까지 흔든 럭키가 정색했다.

"정보 기관은 다 알고 있는 정보야."

"갓댐."

"후버가 문제야."

럭키가 정색하고 본론을 꺼냈다.

"그자가 자네 눈과 귀를 가리고 있어. 혼자 정보를 쥐고 정책을 결정한다는 말이네."

이번에는 제럴드 퍼거슨이 나섰다.

"각하, 고인 물은 썩기 마련입니다. 후버는 너무 오래 CIA를 장악하고 있습니다."

그때 레이건이 어깨를 부풀렸다가 내렸다.

"여러분이 911에 실려 갈 것 같군."

레이건의 시선이 다시 셋을 차례로 훑었다.

"난 다 후버한테서 보고를 받았어. 다 알고 있는 사실이라고."

"갓댐."

백악관 복도를 걸어 나오면서 럭키가 투덜거렸다.

"저 능구렁이 같은 친구. 보고는 무슨 보고? 보고 받지 않았어."

안톤은 묵묵히 걷기만 했고 제럴드가 럭키를 보았다.

"받았다면 그렇게 믿어야지 어떻게 합니까?"

"그럼 다 듣고 입 다물고 있으라고 했단 말인가?"

"이라크 비자금을 CIA 고위 간부들이 갈취했다는 사실을 밝히는 것도 우습지 않습니까?"

제럴드는 국회의장이지만 럭키가 선배의원이다. 그래서 부드럽게 반박 했더니 럭키가 벌컥 화를 내었다.

"그래도 CIA는 내부의 치명적인 오점을 남겼지 않나, 제럴드?"

그때 안톤이 말했다.

"이건 우리 당 입장에서 일단 이 선에서 사태를 주시하기로 합시다. 대통령이 알고 있다고 하니까 말입니다."

레이건이 보고를 받았다고 하는 바람에 제럴드와 안톤의 입장이 바뀐 것이다. 럭키 입장만 묘하게 되었다. 더구나 로버트 이름까지 대통령이 꺼 냈지 않은가? 그것이 제럴드와 안톤을 주춤하게 만든 이유도 되었다.

그로부터 2시간 후, 워싱턴 북서쪽 교외의 하서웨이 클럽은 백악관에 서 30분 거리다. 숲 속에 꾸며진 하서웨이 클럽은 음식보다도 안쪽 라운 지와 바가 정치인들에게 자주 사용되었다. 회원제여서 비밀보장이 잘 되 었고 밀실이 많은 데다 출구가 여러 곳이었기 때문이다. 안쪽 VIP실에서 기다리고 있던 베이커가 들어서는 후버를 보고 자리에서 일어섰다.

"베이커, 럭키가 무슨 말을 했지?"

베이커와 악수를 나눈 후버가 자리에 앉으면서 물었다. 밀실이어서 방 안에는 둘뿐이다. 베이커가 입을 열었다.

"안톤이 먼저 말을 꺼내더군요. 파리, 방콕의 사건을 다 알고 있었습니다."

입맛을 다신 베이커가 말을 이었다.

"각하께서 이미 보고를 다 받은 사항이라고 하셨더니 기세가 꺾였기는 하지만 그대로 덮을 수는 없을 것 같습니다."

"럭키가 주도한 거야. 안톤하고 제럴드를 끌고 간 것이지."

"각하께서 화를 내셨습니다."

"내가 각하께 폐를 끼쳤군."

후버가 길게 숨을 뱉었다. 이번 사건을 후버는 대통령에게 보고하지 않은 것이다. 고개를 든 후버가 베이커를 보았다.

"내가 수습하겠다고 각하께 말씀드리게, 베이커."

"각하께선 이 사건이 더 이상 확대되기를 원하지 않으십니다."

"알았네, 내가 책임을 지지."

후버의 얼굴에 쓴웃음이 번졌다.

"각하께 죄송하다고 말씀드리게."

미토의 여관방 안, 혼잡한 길에서 조금 들어간 골목에 위치한 2층짜리 여관이다. 관광객용 여관이지만 낡고 허름한 데다 방도 20개 정도뿐이다. 오후 6시 반, 이 층 방에 있던 정재국에게 이칠성이 찾아왔다.

"대장님, 식사하러 가시지요."

"너희들부터 다녀와."

방에 에어컨도 없었기 때문에 정재국은 수건으로 땀을 닦았다. 이칠성이 하나밖에 없는 의자에 앉아 말을 이었다.

"사리나는 차 알아보려고 나갔습니다."

정재국이 고개를 끄덕였다. 이곳까지 타고 온 승합차는 돌려보내고 다시 내일 타고 가려는 차를 알아보려고 나간 것이다. 그때 이칠성이 물었다.

"사리나는 어디까지 동행합니까?"

"무슨 말이야?"

그때 방 안을 둘러본 이칠성이 목소리를 낮췄다.

"우리가 사리나한테만 의지하고 있는 것이 약간 불안해서요."

"그게 어떻단 말이냐?"

"지금부터는 우리가 독자적으로 행동해도 좋지 않겠습니까? 작전도 끝났으니까 말입니다."

이칠성이 정색하고 정재국을 보았다.

"어쩐지 께름칙합니다. 목적지 없이 방황하는 것 같아서요."

"곧 사리나 통해서 연락이 오겠지."

무심결에 말을 뱉었던 정재국이 고개를 들었다. 눈동자가 흐려져 있다.

"호치민시가 가장 안전해요."

양영태가 말을 이었다.

"당분간 그곳에 있으면 곧 저쪽의 연락이 올 겁니다."

저쪽이란 모하메드를 말한다. 전화기를 고쳐 쥔 사리나가 물었다.

"호치민시에서 접촉할 사람은 누굽니까?"

"프랑스 대사관의 몰렝 씨, 전화번호를 불러줄 테니까 적어요."

전화번호를 불러준 양영태가 말을 이었다.

"지금 카이로에서 자살폭탄 테러로 이라크 대표단이 당한 후에 상황이 심각해졌어요. CIA 움직임도 바빠졌고."

"……"

"그러니까 당분간은 호치민 같은 곳에서 은신하고 있는 것이 낫습니다."

그러고는 통화가 끊겼기 때문에 사리나가 자리에서 일어섰다. 이곳은 미토 중심부에 위치한 공중전화 박스 안이다. 지금 사리나는 방콕으로 옮겨 간 양영태와 통화를 한 것이다. 양영태는 모하메드와 사리나와의 중계 역할을 맡고 있다. 모하메드가 직접 사리나에게 연락할 수 없기 때문에 어쩔 수 없다. 사리나는 공중전화 박스 안에서 어둠이 덮인 미토 시내를 보았다. 엄청난 인파가 오가고 있다. 베트남은 1975년 종전 이후로 인구가 폭발적으로 증가했다. 15세 미만의 인구가 전체의 절반 이상이다. 앞으로 더 늘어날 것이다.

"그놈들을 호치민에서 잡는 거다."

사우드가 둘러앉은 부하들에게 말했다.

"곧 그놈들에 대한 정보가 올 테니까 이곳에서 대기하자."

호치민시 빈탄구에 위치한 안가는 옛적 프랑스 식민지 시절의 부유층 저택으로 방이 20개짜리 2층 건물이다. 1층 응접실에 둘러앉은 부하들은 모두 32명, 한꺼번에 이동을 하면 주목을 받을 것 같아서 4그룹으로 나누어서 입국했다. 그것도 이란뿐만 아니라 베이루트, 요르단, 터키 여권까지 사용했다. 그리고 안가와 무기는 이란 대사관에서 미리 준비해 놓았기 때문에 특공대는 몸만 이동하면 되었다.

"모두 다섯 명. 그놈들은 배로 태국에서 이동했기 때문에 시간이 걸리는 거야."

"지금 어디 있습니까?"

대원 하나가 묻자 이번에는 보좌관 자말이 대답했다.

"남쪽에서 올라오고 있어."

자말이 말을 이었다.

"며칠 후면 도착할 거야."

도착한 지 다섯 시간이 되어간다. 이제 무기도 갖췄고 안내원도 두 명 보강되었다.

오후 1시 반, 어젯밤 더워서 잠을 설친 대원들이 늦잠을 잤지만 정재국은 혼자 시내로 나왔다. 이곳은 미토, 여기서 쉬기로 한 것이다. 선글라스를 끼고 밀짚모자로 햇볕을 가렸지만 이제는 땅바닥에서 열기가 뿜어 오르고 있다. 시장으로 나간 정재국이 길가에 목판을 놓고 국수를 파는 여자 앞에 앉아서 국수를 사 먹었다. 땀을 뻘뻘 흘리면서 국수를 먹던 정재국이 시장을 둘러보다가 그릇을 내려놓았다. 혼잡한 길 건너편의 대각선 지점에 이런 국수 가게가 있다. 가게의 간판이 빨간색이고 기둥과 의자, 휘장까지 빨간색이어서 눈에 잘 띄는 가게다. 손목시계를 내려다본 정재국이 다시 고개를 들었을 때 가게 안으로 빨간 모자를 쓴 사내가 들어가 플라스틱 의자에 앉았다. 높이가 20센티 정도밖에 안 되는 의자다. 지금 정재국이 앉은 의자도 색깔만 노란색이지 같은 의자다. 그때 몸을 일으킨 정재국이 국숫값을 내고는 빨간 가게로 다가갔다. 가게 안은 손님들이 가득 차 있었는데 식탁도 없고 맨땅에 의자만 놓고 국수를 먹는다. 의자도 옆쪽에 쌓여 있는 것을 하나 빼다가 빈 곳에 놓으면 된다. 정재국이 다가가자 빨간 모자가 고개를 들었다.

"구엔 씨?"

정재국이 묻자 사내가 이를 드러내고 웃었다. 40대쯤의 왜소한 체격.

얼굴도 여위었지만 웃는 모습이 맑다.

"앉으시죠, 국수 드실까요?"

사내가 옆에 쌓인 의자를 앞에 놓으면서 물었다.

국수를 먹으면서 구엔이 말했다.

"사리나는 지금까지 8번 통화를 했습니다. 그중 '연합기조실' 양 부장한테 4번, 그리고 방콕에 4번 했는데 수신인은 아직 확인되지 않았습니다."

둘은 국수를 시켜서 들고만 있다. 정재국은 이미 저쪽에서 한 그릇을 먹었지만 구엔은 생각이 없는 것 같다. 구엔이 말을 이었다.

"이곳 미토에서 한 전화는 지금 체크 중입니다."

"방콕에 건 전화는 어떻게 체크한 거요?"

"양 부장한테 걸고 나서 바로 방콕에 걸었기 때문에 '연합'에서 발신지 전화국을 추적해서 알아낼 수 있었지요."

"……."

"수신자가 같았기 때문에 두 번째부터는 금방 확인되었지요."

구엔이 국수 그릇을 땅바닥에 내려놓고 정재국을 보았다. 굳어진 얼굴이다.

"정 부장님의 연락을 받고 '연합' 감사실에 비상이 걸렸습니다. 사장님의 특별지시로 모든 수단을 동원해서 조사 중입니다."

"어쨌든 사리나가 배신자라는 건 확실한 거요?"

"그 가능성이 80퍼센트라고 합니다."

구엔은 리스타연합 소속의 베트남 정보원이다. 한숨을 쉰 구엔이 말을 이었다.

"정 부장님은 사리나가 수상하다는 것을 언제 느끼셨습니까?"

"그냥 예감이야."

금세 대답했던 정재국이 미진했던지 덧붙였다.

"그게 내가 일하는 방식이기도 하고, 난 처음 만난 사람은 부하라도 무조건 믿지 않거든."

그때 구엔이 주머니에서 쪽지를 꺼내 내밀었다.

"내일 이 시간에 여기로 전화를 해 주시지요. 결과가 나올 겁니다."

여관으로 돌아왔더니 땀을 흘리면서 방 안에 앉아 있던 이칠성이 말했다.

"기다리고 있었습니다."

"무슨 일이야?"

"사리나가 호텔을 잡았습니다. 지금 호텔에서 기다리고 있습니다."

"잘되었군."

어제도 호텔을 찾다가 방이 없다는 바람에 에어컨도 없는 여관에서 투숙했던 일행이다. 오후 2시 반이다.

"호텔이 여기서 200미터 거리니까 가시죠."

이칠성이 재촉했다. 한증막을 얼른 떠나고 싶은 것이다.

이곳은 리스타랜드 중심부에 위치한 리스타빌딩 안, 25층의 리스타연합 사장실에서 해밀턴이 양영태에게 묻는다.

"사리나가 안내역으로 선정된 이유는 뭔가?"

"예, 태국에서도 2년간 근무했다는 경력과 일본어, 영어, 중국어에도 능통했기 때문입니다."

"양 부장이 추천했나?"

"예, 제가 자료를 보고 선정했습니다."

"언제?"

"작전 1주일쯤 전입니다."

고개를 돌린 해밀턴이 옆쪽에 앉은 안학태를 보았다. 안학태도 와 있는 것이다. 그만큼 사건이 심각하다는 증거다.

"안 사장, 그쪽 자료는 어떻습니까?"

비서실의 기조실은 리스타 전체 사원의 자료를 보유하고 있는 데다 정보원이 많다. 리스타연합이 정보 관리 회사지만 그룹 비서실의 협조를 자주 받는 것이다. 안학태가 고개를 기울이며 말했다.

"사리나는 CIA 근무 경력이 3년, 퇴직 이유는 건강이 나빠졌기 때문이더군요. 당시에 암 수술을 했다는 증거도 있습니다. 그러고 나서 리스타연합에서 3년 근무한 겁니다. 자료상 이상이 없어요."

해밀턴이 고개를 끄덕였다. CIA에서도, 그리고 리스타연합에서까지 사리나를 부하직원으로 채용한 해밀턴이다.

"사리나가 연락한 태국 전화의 수신인은 '얀'이라는 러시아인 무역상입니다. 사리나가 빌린 요트도 얀의 소개로 빌린 겁니다."

양영태가 다시 말을 이었다. 긴장한 양영태의 이마에서 땀방울이 솟아나 있다.

"조금 전에 파악한 사실입니다. '얀'은 이란산 원유를 수입하고 있고 고위층과 친밀한 관계입니다."

"얀을 통해서 정보를 전달했군."

해밀턴이 가라앉은 얼굴로 고개를 끄덕였다.

"사리나는 얀을 통해 이란 측에 매수되었고."

"사리나가 연락원이 된 후일까요?"

안학태가 묻자 해밀턴의 고개가 기울어졌다.

"그건 알게 되겠지요. 매수 방법이 여러 가지여서."

해밀턴이 양영태에게 말했다.

"정재국한테 연락해."

그때 안학태의 얼굴에 쓴웃음이 번졌다.

"정재국이 조사 의뢰를 하지 않았다면 특명관팀이 사라질 뻔했군요."

"개망신이죠."

해밀턴이 외면한 채 말을 잇는다.

"이라크의 후세인한테보다 회장님한테 얼굴을 들 수가 없게 되었을 테니까요."

"지금 미토에 있다는군."

사우드가 말했을 때 응접실이 조용해졌다. 오후 4시 반, 사우드의 얼굴에 웃음이 떠올랐다.

"우리가 공격하기 쉽도록 호텔로 옮긴 거야."

"타깃은 다섯입니까?"

자말이 묻자 사우드가 고개를 저었다.

"타깃은 넷, 연락원은 뺀다."

"미토까지는 2시간 거리입니다."

안내원이 말했을 때 사우드가 부하들을 둘러보았다.

"서둘 것 없다. 그것들이 당분간 미토에 머물 모양이니까 오늘 밤에 내려가서 정찰부터 하기로 하자."

응접실에 활기가 일어났다. 타깃이 보이면 사냥꾼이 짐승을 발견한 것 같은 활기가 일어나는 것이다.

호텔은 미토에 2개밖에 없는 특급호텔로 에어컨은 물론이고 화장실에 욕조까지 있었다. 사리나는 방 3개를 빌렸기 때문에 남자들은 둘이 방 한 개씩 썼고 사리나 혼자 방을 차지했다. 더구나 호텔 1층에는 깨끗한 식당이 있어서 다섯은 저녁을 그곳에서 먹었다.

"이제야 제대로 휴가를 보내는 것 같네."

박상철이 만족한 한숨을 뱉으면서 말했을 때 이칠성이 고개를 들었다.

"얀마, 누가 휴가라고 했어. 지금도 작전이야."

"아니, 방콕에서 끝난 것 아닙니까?"

바로 박상철이 대들었더니 이칠성이 손을 닦던 냅킨을 던졌다. 원탁 건너편에 앉아 있던 박상철의 얼굴에 냅킨이 붙었다가 떨어졌다.

"젠장, 손수건은 잘 던지네."

그때 정재국이 메뉴판에서 시선을 떼고 사리나에게 건네주며 말했다.

"사리나, 네가 요리를 골라줘. 난 뭐가 뭔지 모르겠다."

"쌀국수에다 고기를 골고루 시키지요."

사리나가 메뉴판을 쥔 채 말을 이었다.

"술은 맥주가 좋은데 시킬까요?"

"아, 당연히."

이칠성이 바로 대답했다.

정재국은 고준기하고 같은 방을 쓴다. 식사를 마치고 방에 들어왔을 때는 오후 7시 40분, 방에 둘이 남았을 때 정재국이 창가의 의자에 앉으면서 말했다.

"너, 옆방에 가서 이칠성, 박상철한테 이야기하고 와라."

"예? 뭘 말입니까?"

"사리나 행동이 수상하다. 오늘 낮에 내가 혼자 나가서 '연합' 정보원을 만났는데 사리나가 우리 행동을 딴 데다 보고하는 것 같다."

시장에서 구엔을 만난 이야기를 했더니 고준기의 얼굴빛이 누렇게 굳어졌다.

"저 봐."

고준기를 본 정재국이 이맛살을 찌푸렸다.

"저래서 내가 사리나 있을 때라도 한국말로 주의 줄 수 있었는데 못했다니까."

"대장님, 정말입니까?"

"이게 농담인 것 같냐, 이 미친놈아."

"그렇다면……."

"시치미 뚝 떼고 있어. 눈치가 비상한 여자니까 말야."

"예."

"옆방에 가서 이야기해. 시치미 떼고 있으란 말도 강조하고."

"알겠습니다."

고준기가 서둘러 방을 나갔을 때 정재국이 한숨을 쉬었다. 갑자기 가슴 한쪽이 빈 느낌이 들었고, 어렸을 때 과자 상자를 열었을 때 과자 대신 종이가 들어 있었을 때도 생각났다.

5장
바빌론 마샤

사우드는 체크아웃 준비를 해 놓은 상태에서 테헤란의 무사라크에게 대놓고 전화를 한다. 시차는 3시간이니 테헤란은 오후 6시일 것이다. 이곳은 오후 9시, 지금 차를 기다리는 중.

"여보세요."

무사라크의 목소리가 울렸다.

"접니다."

사우드가 말을 이었다.

"지금 출발할 겁니다. 지시사항은?"

"놈들이 리스타연합 소속이었다는 사실은 당분간 모른 척하는 것이 낫겠다. 그러니까 리스타는 건드리지 말아."

"여기서 리스타를 볼 이유도 없습니다."

"이번 사건이 끝나고 리스타에 불벼락을 줄 테니까."

"알겠습니다."

"미토에서 처리하고 나서 바로 캄보디아로 넘어가. 거기서 다시 지시를 하지."

"예, 그러지요."

"연락원은 제 역할을 못 했어. 이토만 납치가 즉흥적으로 이뤄졌다고 변명했지만 얼마든지 막을 수가 있었다."

죽은 자식 나이 세는 것이나 같았기 때문에 사우드는 듣기만 했다. 그러나 이번에는 연락원이 제값을 한다.

밤 10시 반, 노크 소리에 사리나는 자리에서 일어섰다. 아직 옷도 갈아입지 않고 바지에 반팔셔츠 차림이다. 샤워는 했기 때문에 피부는 윤기가 났고 맨발에 슬리퍼를 신었다. 문을 열었더니 정재국이 위스키 병을 들고 서 있다가 쓴웃음을 지었다.

"술 한 잔 같이 마시려고."

문 앞에 선 정재국이 술병을 흔들어 보였다. 발렌타인이다.

"혼자 있고 싶다면 가지, 딴생각 있는 것도 아니니까."

"아뇨, 괜찮아요."

"들어가도 된다는 소리야?"

"네, 마침 저도 술 생각이 났어요."

"그럼 실례."

방으로 들어선 정재국이 탁자에 술병을 내려놓고 앉았다. 사리나가 잔과 얼음, 선반 위에 진열된 안주용 과자를 가져와 앞에 놓았다. 이곳은 7층이어서 창밖으로 미토의 야경이 보인다. 작은 도시여서 불빛은 아담했고 건너편 강 위에 뜬 배의 불빛이 선명했다. 정재국이 잔에 술을 따르면서 말했다.

"호치민에서 할 일도 없는 데다 번잡한 곳에 가면 신경만 예민해질 거야."

"……."

"여기서 며칠 쉬면서 명령을 기다리도록 하지."

"그건 대장이 결정하시면 되는 거죠."

"다음 명령을 받으면 사리나하고는 헤어지게 되겠지?"

"글쎄요."

술잔을 든 사리나의 얼굴에 희미하게 웃음이 떠올랐다.

"모르죠, 그건."

"인생은 알 수 없는 거야."

"그래요."

그때 한 모금에 술을 삼킨 정재국이 지그시 사리나를 보았다.

"난 미국에서 태어난 한국인이야, 알지?"

"압니다."

"아버지가 미국인, 어머니가 한국인이야."

"그러시군요."

"아버지는 내가 동양인이라고 싫어했어. 제 와이프는 동양인인데 말야."

"……."

"결국 내가 3살 때 떠났다는군. 난 기억도 없어."

"……."

"피부와 얼굴은 동양인이지만 체격은 아버지를 닮았어. 도망간 놈 말야."

다시 한 모금 술을 삼킨 정재국이 사리나를 보았다.

"사리나는 아버지가 일본계인가?"

"예, 어머니가 미국인이었죠."

"그렇군."

정재국이 사리나의 빈 잔에 술을 따랐다.

"이번 작전의 포상금이 나올 거야. 지난번에는 1천만 불을 받았거든."

"……."

"포상금 나오면 나눠줄 테니까 기다려."

"전 됐습니다."

"내 마음이니까 가만있으라고."

정재국이 다시 술을 한 모금에 삼키자 사리나가 눈썹을 모았다.

"술을 빨리 마시는군요."

"응, 그래."

잔에 술을 채운 정재국이 의자에 등을 붙이고는 길게 숨을 뱉었다.

"사리나, 포상금이나 또는 전사, 아니 업무 중 사망했을 때 나오는 보상금 전해줄 가족은 있지?"

"무슨 말씀이죠?"

사리나가 되물었을 때 정재국이 정색했다.

"보험 수취인 말야, 생명보험."

"보험은 안 들었는데."

"회사 포상금, 전해줄 가족 말야."

"어머니가 계세요."

"그렇군."

정재국이 고개를 끄덕였다.

"내일 아침에 적어줘. 내가 보내준다고 약속하지."

그때 사리나가 물끄러미 정재국을 보았다. 입을 꾹 다물고 숨을 쉬는 것 같지도 않다.

미토의 '나트랑여관'은 바닷가에 위치한 3급 여관이다. 방이 50개 가깝게 되지만 에어컨도 없고 공동 세면장, 화장실도 공용이다. 그러나 지방에서 오가는 손님들이 많아서 항상 북적거린다. 물론 배낭여행자나 주변 캄보디아, 태국 상인들도 자주 찾는 여관이다. 오전 10시 반, 밖에 나갔다 온 자말이 사우드에게 보고했다.

　"사이공호텔입니다. 거기 방 3개에 투숙 중입니다."

　"사이공호텔이야? 이름이 적당하네."

　되물은 사우드의 얼굴에 쓴웃음이 떠올랐다.

　"이제 그곳도 옛날 사이공처럼 멸망하게 만들어주지."

　"7층에 방 3개가 나란히 있기 때문에 공격하기 쉽습니다."

　"좋아, 오후 10시에 몰살하고 오늘 밤에 캄보디아로 떠나기로 하지."

　벌써부터 더워서 방 안이 찜통 같았기 때문에 사우드가 얼굴을 찡그리며 말했다.

　"여긴 테헤란보다 더 덥구나."

　"대원들은 오후 3시까지 쉬게 하고 3시부터 준비시키겠습니다."

　사우드가 고개만 끄덕이자 자말이 방을 나갔다. 특공대원 32명은 여관의 방 13개를 빌려 투숙했는데 방 안에 가둬놓는다면 더워서 돌아버릴지도 모른다. 그래서 낮 시간에는 투숙객 대부분이 밖에 나갔다가 밤에 잘 때나 들어오는 것이다. 사우드도 바닷가 식당에서 늦은 아침 겸 점심을 먹으려고 방을 나왔다. 뒤를 경호원 셋이 따른다.

　정재국이 고개를 들고 앞을 지나는 일행을 보았다. 이곳은 '나트랑여관' 건너편의 식당 안, 돼지고기 국숫집이어서 현지인 손님들이 우글거리고 있다.

"저놈들인데요."

옆에서 국수 그릇을 든 채 이칠성이 말했다. 둘 다 밀짚모자를 눌러썼고 작업복 차림이어서 겉모습만 보면 현지인이다. 방금 정재국 앞으로 '나트랑여관'에서 나온 여행자 넷이 지나간 것이다. 모두 헐렁한 작업복에 제각기 야구 모자나 비닐 차양이 달린 모자, 선글라스를 끼었지만 외국인, 아랍인이다. 체격도 클 뿐만 아니라 둘은 짙은 수염을 기르고 있다. 이곳, 베트남 시골에서는 눈에 띄는 것이다.

"저놈들이 돼지고기는 질색이라 이쪽은 쳐다보지도 않는데요."

쓴웃음을 지은 이칠성이 국수 그릇에서 돼지고기 한 점을 젓가락으로 집어 입에 넣고 씹는다.

"앞을 지나면서 숨도 참는 것 같았습니다."

정재국의 시선이 옆에 놓인 낚시 가방으로 옮겨졌다. 낡은 낚시 가방에는 슈타이어 AUG가 2정 들어 있는 것이다. 둘 다 작업복 속에 권총을 감추고 있었는데 소음기까지 끼워 놓았다. 정재국이 사내들이 사라진 해변 쪽으로 시선을 주었다.

"30명이 넘는 놈들이라 하나하나 확인을 할 수도 없어서 골치 아프다."

"어쨌든 우리를 잡으려고 온 놈들이 아닙니까?"

목소리를 낮춘 이칠성이 말을 이었다.

"저놈들은 아직 우리가 눈치채고 있다는 것은 모릅니다. 선수를 쳐야 합니다."

정재국이 고개를 끄덕였다. 더구나 저놈들은 이쪽 위치를 아는 것이다. 어젯밤 늦게 이곳에 도착한 후에 지금은 휴식 중이다. 조금 느긋한 분위기인 것은 이제 자신들이 주도권을 쥐었다고 생각한 것 같다. 아마 오늘 밤에 기습을 해올 것이다. 그때 이칠성이 말했다.

"우리가 호텔을 비웠다는 것을 곧 알게 될 텐데요."

"그렇겠지."

"호텔로 정찰대를 보냈을지도 모릅니다."

"하지만 문을 닫고 키를 갖고 나왔으니까 아직 알 수가 없을 거다."

국수 그릇을 내려놓은 정재국이 자리에서 일어섰다. 지금 박상철과 고준기도 근처에서 기다리고 있는 것이다. 물론 사리나도 함께다.

오전 11시 반, 승합차가 멈춘 곳은 미토 동쪽 끝의 부두다. 이곳은 연안용 화물선 선착장이어서 대소 수십 척의 화물선이 정박해 있었는데 짐을 싣고 내리느라고 사람과 짐으로 가득 차 있다. 승합차를 보낸 일행 다섯이 부두 한쪽의 화물선으로 다가갔을 때 베트남인 하나가 다가와 물었다.

"예약하신 분들 맞지요?"

"아, 그럼요."

앞장선 이칠성이 대답하자 사내가 뒤쪽 배를 가리켰다.

"타세요. 곧 떠납니다."

철판이 벌겋게 녹이 슨 화물선은 막 닻을 끌어올리는 중이다. 배에 오른 다섯은 조타실의 선장에게 안내되었다. 50대쯤의 선장이 공손하게 일행을 맞는다.

"이 배는 남지나해를 가로질러 민다나오로 갑니다. 가는 도중에 공해에서 여러분은 다른 배로 옮겨 타실 겁니다."

어느덧 배가 부두에서 떨어지더니 슬슬 속력을 내기 시작했다. 1천 톤급의 화물선에는 갑판에까지 화물이 가득 실려 있다.

"대상, 노망치는 섯노 이것으로 끝이셨지요? 김이 빠셔서 그럽니다."

조타실 옆 뱃전에 서 있는 정재국의 옆으로 이칠성이 다가와 물었다.

"우리가 기습하면 절반은 죽일 수 있었는데요."

"이 자식은 007만 열심히 보았군."

바다를 응시한 채 정재국이 혀를 찼다.

"내가 치른 작전 중에 007처럼 끝난 경우는 한 번도 없었다."

"주인공 놈들이 넥타이에 반듯한 정장 차림인 것도 웃기지요."

"그건 그렇고 쓰잘데없이 덤벼드는 장면도 너 같은 놈한테 영향을 주는 거지."

"무슨 말씀입니까?"

"도망친다고 투덜대는 거 말이다."

"어차피 그런 놈은 일찍 없애야 되는 거 아닙니까? 우릴 끝까지 쫓아 올 텐데요."

"장소가 나빠."

"다시 쫓아올까요?"

"곧 알려주겠지."

"사리나가 말입니까?"

그때 정재국이 고개를 돌려 이칠성을 보았다. 어젯밤 사리나가 사우드의 동태를 알려 준 것이다. 물론 자의는 아니다.

"사리나를 데려와."

정재국이 말하자 기다렸다는 듯이 이칠성이 몸을 돌렸다. 배가 속력을 내었기 때문에 엔진 음이 커졌고 흔들렸다. 이 화물선은 리스타연합에서 주선해준 것이다.

잠시 후에 사리나가 이칠성과 함께 난간으로 다가왔다. 바닷바람에 머리칼이 흔들렸다. 사리나는 무표정한 얼굴이다. 다가온 사리나가 옆쪽 난간을 두 손으로 움켜쥐고 섰다. 그 옆쪽에는 이칠성이 섰고, 그때 정재국이 물었다.

"정보원한테 언제 다시 연락하기로 한 거야?"

"오후 5시에 하기로 했어요."

사리나가 똑바로 정재국을 보았다.

"그럼 정보원이 사우드한테 알려주겠죠."

"5시에 연락을 안 하면?"

"사우드가 확인을 하겠지요. 내가 사이공호텔에 투숙하고 있다는 것을 아니까요."

"그럼 5시쯤 이상이 있다는 것을 발견하게 되겠군."

그때 이칠성이 손목시계를 보았다. 오후 12시 15분이다. 5시간이 남았다. 고개를 끄덕인 정재국이 이칠성에게 말했다.

"어쨌거나 그놈들은 자석에 끌린 쇠붙이처럼 우리를 따라올 거다. 미끼는 확실하게 문 거야."

정재국의 얼굴에 웃음이 떠올라 있다.

"나트랑 여관 앞에서 본 놈이 사우드가 맞는지 확인해야겠다."

후세인이 모하메드의 보고를 듣더니 천천히 고개를 끄덕였다.

"호메이니가 내 특명관에 대해서 원한을 품고 있겠구나."

"예, 이젠 존재가 확실하게 드러났으니까요. 연락원이었던 여자가 다 누설한 것입니다."

"그 연락원도 지금 데리고 있나?"

"아직 처치하지 않았습니다."

후세인의 눈이 가늘어졌다.

"그 여자, CIA 출신이었다고 했지?"

"CIA에서 사직하고 리스타연합에 입사했습니다. 해밀턴의 회사지요."

"해밀턴하고 인연이 길군."

"예, 각하."

"CIA 출신들은 믿을 놈들이 못 돼. 해밀턴 그놈도 마찬가지야."

"예, 각하."

"해밀턴이 CIA 정보원 노릇을 하고 있는지도 알 수 없다."

이제는 모하메드가 숨만 쉬었고 후세인의 시선이 옆쪽에 앉은 카심에게 옮겨졌다. 방 안에는 이라크의 핵심 인물 셋뿐이다. 지금 최고 기밀 회의를 하는 중이다.

"카심, 자네 생각은 어떠냐?"

"그럴 가능성도 있습니다만."

"만이라니?"

"해밀턴이 이번 특명관 작전에서 방해를 할 이유는 없습니다, 각하."

"그렇지, 이해관계가 얽혀 있어야 협조를 하든지 방해를 하든지 할 테니까."

"예, 각하."

"지금 특명관은 어디로 가고 있다는 거냐?"

다시 모하메드에게 묻자 모하메드가 벽에 붙은 지도를 손으로 가리켰다.

"민다나오로 가는 중입니다, 각하."

그러고는 말을 이었다.

"이란 특공대는 미토에서 특명관 일행을 놓치고 당황하겠지요, 정보원

하고도 연락이 끊겼으니까요."

"그놈들을 없애야 돼."

입술도 달싹이지 않고 말한 후세인이 모하메드를 보았다.

"특명관이 2차 임무를 끝내고 제대로 휴가를 보내지 못했는데 차라리 이곳으로 부르도록."

"예, 각하."

"여기서 휴가를 보내도록 하고 포상금도 줄 것이다."

"예, 각하."

"그리고 세 번째 임무도 있어."

모하메드와 카심이 얼굴을 마주 보았다. 세 번째 임무라니, 둘은 모르는 일이다.

대통령 집무실을 나온 카심이 먼저 길게 숨을 뱉었다. 옆에서 걷던 모하메드의 시선을 받자 카심은 쓴웃음을 지으며 말했다.

"특명관의 명칭을 바꿔야 할 것 같네."

"뭐로 말입니까?"

"거기, 노인들이 등을 긁는 막대기 있지? 그것을 뭐로 부르던가?"

"막내딸 손이죠."

"그렇지, 특명관이 각하의 막내딸 손 노릇을 하는 것 같아. 앞으로 막내딸 손으로 바꿔야겠다."

"나아, 참."

따라서 쓴웃음을 지은 모하메드가 카심을 보았다.

"각하께서 한 맺히신 일이 많은 모양입니다. 우리한테도 말 못 할 한 말입니다."

"그런 것 같아."

한숨을 쉬고 난 카심이 입을 다물었다.

항해 4시간, 오후 4시가 되어갈 무렵이다. 선실에 있던 정재국에게 항해사가 뛰어 내려왔다. 정재국 일행을 배 앞에서 맞았던 사내다.

"연락이 왔습니다. 30분쯤 후에 모터보트가 도착한답니다. 옮겨 타시도록 준비하십시오."

정재국의 시선을 받은 사내가 말을 이었다.

"근처를 지나는 바하마 선적의 오리엔트호가 보내는 모터보트입니다. 미스터 양이 보낸다고 합니다."

양영태다.

모터보트에 옮겨 탄 5명이 오리엔트호에 도착한 것은 30분쯤이 지난 후다. 오리엔트호는 5만5천 톤급 컨테이너선으로 헬리콥터도 보유하고 있었는데 그들은 곧장 헬기장으로 안내되었다. 헬기장에서는 선장이 기다리고 있다가 정재국에게 손을 내밀었다.

"리스타상사 소속의 리스타해운 선박입니다. 저는 선장이고요."

정재국의 손을 쥔 백인 선장이 말을 이었다.

"헬기로 팔라완에 가시면 거기에 전용기가 대기하고 있을 겁니다."

"고맙습니다."

"제 이름이 넬슨입니다."

이름까지 밝힌 선장이 헬기의 문을 열어주었다.

"그럼 편안한 여행 되십시오."

선장의 경례를 받은 다섯 명은 헬기에 올랐다. 10인승 헬기라 공간도 넉넉하다.

    팔라완까지는 헬기로 한 시간이 걸렸는데 섬 위쪽의 개인 비행장에는 리스타 전용기가 미끈한 동체를 햇빛에 반사시킨 채 착륙해 있다. 헬기가 전용기 옆에 착륙했을 때 붉은색 양탄자가 깔린 트랩 아래에 선 스튜어디스와 부기장이 그들을 맞았다.

"어서 오십시오."

부기장은 한국인이고 스튜어디스들은 백인이다. 헬기 기장과 부기장에게 인사를 한 일행은 다시 전용기 승무원의 인사를 받으며 트랩을 올랐다. 모두 조금씩 정신이 '멍'한 상태여서 일절 서로 간의 대화가 끊겼다. 비행기 문이 닫히고 곧 이륙한다는 기장의 멘트가 울린 후에 활주로를 달리기 시작했을 때에야 먼저 고준기가 입을 열었다. 기를 쓰고 입을 연 것 같다.

"이거, 우리 회장님 전용기인가요?"

"아냐."

이칠성이 대번에 대답했다.

"업무용이야. 이건 60인승 업무용이고 회장님 전용기는 220인승이야."

말문이 트이자 지금까지 주눅이 들었던 기세가 풀렸다.

"이건 본사 중역, 계열사 사장용인데 우리가 4대 보유하고 있지."

"넌 어떻게 그렇게 잘 알아?"

정재국이 묻자 이칠성이 어깨를 부풀렸다.

"입사하고 두 달간 본사 격납고 경비를 섰거든요."

그때 박상철이 정신을 차리고 물었다.

"우리, 지금 어디로 갑니까?"

225

박상철의 시선을 받은 정재국이 숨을 들이켰다. 모두의 시선이 모여진 사이에 비행기가 이륙했다. 정재국의 시선이 사리나에게 옮겨졌다. 그 대답은 사리나가 해야 한다. 그런데 지금은 아니다. '포로' 신분이기 때문이다.

다시 바그다드, 공항에 도착했을 때는 오전 9시 반.

전용기가 전용 터미널로 들어가 멈춰 섰다.

"안녕히 가십시오."

기장과 승무원들이 문 앞에 서서 정재국 일행을 배웅한다.

앞장서 나간 정재국은 계단 아래에서 기다리고 선 장교들을 보았다.

뒤쪽에는 승합차 2대가 주차되어 있다. 대통령급 영접이다.

"어서 오십시오."

대령 계급장을 붙인 장교가 정재국에게 경례를 올려붙였다.

"바로 대통령궁으로 모시겠습니다."

"고맙습니다."

정재국은 장교와 함께 앞쪽 승합차에 탔다. 8인승이어서 장교는 이칠성까지 둘을 태웠다. 사리나까지 포함한 셋은 뒤차다.

차가 터미널을 빠져나갈 때 장교가 정재국에게 말했다.

"저 여자는 가는 도중에 따로 떼어놓으라는 지시를 받았습니다."

정재국은 듣기만 했고, 장교가 말을 이었다.

"여자는 특별 수용소에 수감될 겁니다."

장교의 시선을 받은 정재국이 고개만 끄덕였다.

"어서 오게."

후세인이 팔을 벌려 정재국을 맞는다.

오늘도 정재국은 이칠성, 고준기, 박상철과 함께 대통령 집무실로 들어와 있다.

후세인 옆에는 카심과 모하메드가 좌우 날개처럼 서 있었는데, 둘은 웃음 띤 얼굴이다.

"수고했어. 내가 직접 치하하려고 부른 거야. 잘했어."

먼저 정재국의 어깨를 안은 후세인이 뺨을 붙였다.

왼쪽 뺨에 이어서 오른쪽 뺨이 후세인과 닿았을 때 정재국이 귀에 대고 낮게 말했다.

"리."

그때 뺨을 뗀 후세인이 웃음 띤 얼굴로 정재국을 보았다.

"뭐라고 했나?"

"아닙니다, 각하."

정색한 정재국이 부동자세로 섰을 때 후세인이 이칠성의 손을 잡았다. 저건 가짜다.

후세인 면담은 5분밖에 안 걸렸다.

대통령 집무실을 나온 넷은 카심과 모하메드의 뒤를 따라 옆쪽 회의실로 옮겨가 앉았다.

정통 아랍 궁중 집사 복장의 사내가 소리 없이 들어오더니 각자의 앞에 핏물 같은 홍차 잔을 내려놓고 물러갔다.

정재국은 조심스럽게 크리스털 잔을 들었다. 뜨겁다. 그냥 훌쩍 마셨다가는 목구멍이 순대처럼 익는다. 실제로 그런 놈도 있다.

정재국이 슬쩍 이칠성, 고준기 등을 보았더니 셋은 얼어서 잔에 손도 못 대고 있다. 저러다가 식겠지.

그때 카심이 입을 열었다. 카심이 선임자다.

"난 자네들한테 포상금을 주는 임무야."

정재국의 시선을 받은 카심이 빙그레 웃었다.

"목숨을 건 대가치고는 적지만 이번에도 1천만 불이야."

카심이 정재국에게 쪽지를 내밀었다.

"은행 계좌, 비밀번호가 적혀 있네."

"감사합니다."

사양하지 않고 쪽지를 받은 정재국에게 카심이 말을 이었다.

"여기서 열흘쯤 휴가를 보내면 경호실장이 새 임무를 줄 거야."

"알겠습니다."

고개를 끄덕인 정재국이 둘을 둘러보며 말했다.

"부탁이 있습니다만."

둘의 시선을 받은 정재국이 말을 이었다.

"사리나를 어떻게 하실 계획이십니까?"

"아직 계획도 없어."

카심이 그렇게 대답했고 모하메드가 말을 이었다.

"이용 가치도 적고 각하께 말씀드릴 만한 일도 없으니까 처형할 거네."

"저한테 맡겨주시면 안 될까요?"

정재국이 말하자 둘이 서로의 얼굴을 보더니 카심이 물었다.

"왜?"

"이란 측에 정보를 넘겼지만 나중에는 우리를 도왔습니다. 물론 우리가 정체를 파악했기 때문이지만 말입니다."

"어쩔 수 없이 협조했겠지."

228

"저한테 맡겨주시면 처리하겠습니다."

"그러지."

카심이 말했고 모하메드도 고개를 끄덕였다.

"그럼 일단 그래 볼까?"

"감사합니다."

정재국이 사례했더니 모하메드가 말했다.

"자네 호텔로 보내지. 하지만 나갈 때 그 여자가 확실하게 전향했다는 증거를 보여주게."

믿을 만해야 내보내 주겠다는 말이다.

숙소로 정해진 바그다드호텔로 가는 차 안에서 이칠성이 물었다.

"대장, 사리나를 살리려는 이유는 뭡니까?"

"아직 없어."

정재국이 바로 대답했다.

"그렇다고 내가 그 여자한테 무슨 감정이 있는 것도 아니야. 오해 마라."

"그럼 뭡니까?"

"그냥 죽이기에는 아깝다는 것."

"데리고 다니실 겁니까?"

"봐서."

정재국이 고개를 들고 이칠성을 보았다.

"김수남이 치료 중이지만 현재 회복될지는 알 수 없어. 그래서 팀원을 보충해야 되겠는데 정보 담당이 필요해."

"감시하려면 인력 소모가 있겠는데요."

"그 정도가 되면 미련 없이 없애는 거지."

입맛을 다신 정재국이 말을 이었다.

"사리나의 장점은 정보력뿐만 아니라 우리하고 꽤 오래 손발을 맞춘 팀워크야. 설령 그것이 배신자 입장이었어도 말이다."

"그건 맞네요. 하지만 불편한 점도 많아요."

이칠성이 손가락을 꼽기 시작했다.

"우선 그년만 방을 따로 쓰는 것, 그년 앞에서 바지 못 벗고, 용변 못 하는 것……."

말을 그친 이칠성이 정재국을 보았다.

"대장, 사리나가 그만하면 잘 빠진 여자지요?"

차 안에는 아까 마중 나왔던 대령과 운전사뿐이어서 알아듣는 사람도 없다.

고준기와 박상철은 뒤차에 타고 있다.

"이번에는 1천만 불을 다 대장이 갖고 계시지요."

바그다드호텔의 방에 다시 넷이 모였을 때 이칠성이 쪽지를 정재국에게 돌려주면서 말했다.

"지난번 나눠주신 돈만으로도 충분합니다. 일단 지금부터는 대장이 보관하셨다가 알아서 처리해 주십쇼."

"그렇다면……."

고개를 끄덕인 정재국이 쪽지를 받아 주머니에 넣으면서 셋을 둘러보았다.

"내가 보관하지. 돈 문제로 신경 쓰게 되면 팀이 박살나는 거다. 무슨 말인지 알겠지?"

"압니다."

이칠성이 금세 대답했고 둘은 머리를 끄덕였다.

"내 성격 알 테니까 돈 문제는 나한테 맡겨라. 만일 누구든 돈에 집착하는 놈은 그 즉시로 내 눈앞에서 사라진다."

"알겠습니다."

이번에는 셋이 동시에 대답했다.

모범을 보여야 훈시도 먹히는 법이다. 정재국은 이미 모범을 보인 것이다.

그날 밤 넷이 저녁 식사를 마치고 호텔로 들어섰을 때 로비에 앉아 있던 사리나를 보았다.

먼저 발견한 것은 저격병 박상철이다.

자리에서 일어선 사리나가 다가오는 넷을 응시한 채 기다렸다. 재킷에 바지, 운동화를 신었다.

바그다드에 올 때와 같은 차림. 머리칼을 쓸어 올려 야구 모자로 감췄지만 얼굴은 씻지 않아서 꾀죄죄하다.

넷이 다가갔을 때 사리나가 입을 열었지만 입 밖으로 말은 안 나왔다. 그러나 시선은 정재국에게 박힌 채 떼어지지 않았다.

그때 정재국이 이칠성에게 말했다.

"방 하나 잡아줘."

"예, 대장님."

이칠성이 프런트 쪽으로 발을 떼었을 때 정재국이 사리나에게 말했다.

"방에 들어가서 씻고 그 거지 같은 옷을 버리고 새 옷을 사라. 그리고 밥도 사 먹어야겠지."

정재국이 지갑을 꺼내 100불짜리 지폐를 한 움큼 집어 사리나에게 내밀었다.

"받아."

사리나가 숨을 들이켜더니 한 발짝 발을 떼어 돈을 받았다.

정재국이 몸을 돌렸고 고준기와 박상철이 뒤를 따른다.

엘리베이터에 탄 셋은 아무 말도 하지 않았다.

미토에서 사리나의 정체를 파악한 후에 정재국은 '내역'은 듣지 못했다.

'내역'이란 배신해서 이란 측 정보원이 된 이유를 말한다.

사연이야 있겠지만 촌각을 다투는 상황이어서 빠져나가는 것이 급선무였기 때문이다.

휴가, 다음 날부터 대원 넷은 단속받지 않는 휴가를 시작했다.

마음 내키는 대로 가고, 쉬고, 먹는 휴가.

다만 오후 8시에 정재국에게 전화로 이상 유무를 보고 해야만 했다.

고준기와 박상철은 차를 빌려서 남쪽 카르발라까지 다녀오기로 하고 떠났고, 이칠성은 클럽에서 만난 프랑스 가수하고 둘이 고적지를 찾아 여행을 떠났다.

정재국은 바그다드 시내 관광을 시작해서 하루 종일 돌아다녔는데, 특히 시장 구경에 빠졌다.

바그다드에는 시장이 6개 있었는데, 미로 같은 시장을 돌아다니면서 골동품을 흥정했다.

하루에 2개씩 탐방할 계획을 세웠지만 첫날은 1개만 끝냈다.

오후 7시 반, 정재국이 시장 안의 식당에서 양고기로 저녁을 먹고 나서 호텔로 돌아왔다.

호텔에는 정재국만 남아 있는 것이다.

또 하나, 사리나도 있다.

사리나는 어젯밤에 보고 나서 그 후로 연락도 하지 않았다.

로비로 들어선 정재국에게 쑴 차림의 아랍인이 다가와 말했다.

"선생님, 사리나는 오전 10시쯤 시장에 나가서 과일을 사고 나서 옷가게와 신발 가게에 들렀습니다."

정재국이 고개만 끄덕였다.

이라크 정보국 요원이다.

모하메드의 지시로 사리나를 감시하는 것이다.

정재국의 요구로 사리나를 풀어 주었지만 감시를 안 할 수가 없다.

로비의 자리에 마주 보고 앉았을 때 사내가 말을 이었다.

"지금도 방에 들어와 있습니다. 딴 곳에 연락한 곳은 없습니다."

"수고했어요."

"아닙니다."

사내가 접힌 종이를 탁자 위에 놓았다.

"사리나가 오늘 구입한 물품 목록과 들른 가게, 식당입니다."

자리에서 일어선 사내가 목례를 하더니 몸을 돌렸다.

사리나가 24시간 감시를 받고 있다. 마치 감옥 안의 죄수가 감시를 받는 것이나 같다.

"저, 남쪽으로 내려가다가 조그만 마을의 여관에서 전화를 하는 겁니다."

이칠성의 목소리는 들떠 있었다.

"우린 지금 신혼여행 가는 겁니다."

"그래, 잘 쉬어라. 밤에 열심히 일하고."

"전쟁을 치른 나라 같지가 않네요. 인심도 좋고요."

그러더니 생각난 듯 물었다.

"사리나는 방에 있습니까?"

"방에 있는 모양이야."

"이야기해 보셨어요?"

"지난 사연 듣기가 싫어서 놔뒀다."

"하긴 다 끝난 일이니까요. 저도 같은 생각입니다."

"야, 전화 끊어. 그리고 매일 이 시간에 전화할 것 없다. 무슨 일 있으면 모하메드 실장의 경호실로 연락해."

"그러지요."

"고준기한테도 그러라고 할 테니까."

"대장만 혼자 남게 해서 미안한데요."

"그게 좋아, 난."

그리고는 통화를 끝낸 정재국이 벽시계를 보았다. 8시 5분 전이다.

곧 고준기한테서 연락이 오면 그렇게 지시하고 술이나 마시러 갈 것이다.

밤 10시 반, 정재국은 호텔 지하 1층의 클럽에 와 있다.

바그다드호텔이 초특급 호텔이어서 클럽 수준도 당연히 호텔 수준과 같다.

오늘은 금발의 키가 큰 가수가 노래를 부르고 있었는데, 어젯밤의 가수 쟌느는 지금 이칠성과 여행 중이다. 물론 이칠성이 돈으로 유혹했기 때문이다.

하루 일당이 500불이라고 쟌느가 말했으니 그 몇 배는 주었겠지.

구석 자리에 앉아서 금발 가수를 바라보던 정재국의 옆으로 지배인이 다가와 섰다.

대머리에 40대쯤의 지배인은 정재국이 최고 수준의 VIP인 것을 안다.

"선생님, 아주 수준 높고 미인인 여자가 있습니다만."

지배인이 정중한 태도로 말을 이었다.

"요르단 여자입니다. 피아니스트로 채용한 지 한 달도 되지 않았는데, 아직 한 번도 남자 손님 파트너가 된 적이 없지요."

정재국이 웃음 띤 얼굴로 지배인을 보았다.

"지배인, 내가 특별대우를 받는 이유부터 들읍시다."

"예, 대통령 경호실의 지시가 있었기 때문입니다."

지배인이 바로 대답했다.

상반신까지 기울인 지배인의 이마에 작은 땀방울이 배어나 있다. 긴장하고 있는 것이다.

"제가 마샤 양한테 의견을 물었더니 선생님이라면 파트너를 하겠다는 허락을 받았습니다."

"날 봤단 말이오?"

"예, 대기실에서 선생님을 먼저 보여드렸습니다. 죄송합니다."

"죄송할 건 없고, 그 대가를 줘야겠는데 얼마를 주면 됩니까?"

"경호실 특별 손님이시니까 저희 클럽에서 처리하겠습니다."

"그럴 수는 없지."

정재국이 고개를 저었다.

"내가 클럽에 폐를 끼치면 경호실장 체면을 깎는 셈이 되지요."

"감사하신 말씀입니다. 피아니스트 일당이 하루 300불입니다, 선생님."

"내가 하루 1천 불씩 계산해 주지."

그러고는 정재국이 지갑을 꺼내 100불짜리를 집어 지배인에게 내밀었다.

손에 닿는 느낌으로 10장이 넘는다.

"지배인, 이건 지배인의 호의에 대한 내 인사요. 받으시오."

"아닙니다."

질색을 하고 상반신을 세운 지배인의 조끼 주머니에 정재국은 지폐를 찔러 넣었다.

이 돈도 다 이라크에서 나온 돈이다.

다가온 여자는 검은 머리, 검은 눈동자의 미인이다. 마치 흑진주 같은 눈동자, 곧은 콧날, 루주를 바르지 않았지만 붉고 윤기가 흐르는 입술은 도톰하면서 단정했다. 날씬한 몸매. 그때 시선이 마주쳤을 때 여자의 눈동자가 흔들렸다. 긴장한 표정.

"여기 앉으세요."

혼자 왔기 때문에 자리에서 일어선 정재국이 옆자리를 권했다. 여자가 고개를 조금 숙여 보이더니 자리에 앉는다. 그때서야 클럽 안쪽의 4인조 밴드가 연주하는 재즈 음악이 들려왔다.

"난 정입니다."

정재국이 부드러운 시선으로 여자를 보았다.

"혹시 강요받았다면 그냥 돌아가셔도 됩니다. 내가 다 책임질 테니까 불이익은 없도록 하지요."

"아녜요."

고개를 흔든 여자의 얼굴이 붉어졌다.

"제가 원해서 왔습니다."

"피아니스트시라고요?"

"네, 마샤라고 해요."

여자가 반짝이는 눈으로 정재국을 보았다.

"피아노 잘 못 쳐요. 저한테 쳐보라고 하지 마세요."

"그러지요. 난 못 쳐도 모르는 사람이니까 괜찮습니다."

정재국이 마샤의 잔에 위스키를 따라 주면서 다시 물었다.

"요르단에서 오셨다고요?"

"네, 암만에서."

"암만은 두 번인가 가보았지요."

"그러세요?"

"난 한국인입니다."

술잔을 든 정재국이 지그시 마샤를 보았다. 아름답다. 아랍 미녀다. 아담한 체격, 다소곳한 분위기, 술잔을 쥔 마샤의 손가락이 길고 미끈하다. 그때 마샤가 물었다.

"며칠간 휴가를 내면 되죠? 지배인한테서 이야기를 듣지 못해서요."

정재국의 시선을 받은 마샤의 얼굴이 다시 붉어졌다. 정재국이 마샤의 눈을 똑바로 보았다.

"마샤, 당신 같은 여자하고 함께 지낼 수가 있다니 나한테는 과분해요."

정재국이 손을 뻗어 마샤의 손을 잡았다. 부드럽고 따뜻한 손이다.

테헤란으로 돌아온 사우드는 무사라크를 지금 만난다. 무사라크가 사용하고 있는 안가, 호화로운 응접실 소파에서 무사라크가 앞에 앉은 사우드를 보았다. 밤 10시 반, 응접실에는 둘뿐이다. 무사라크가 입을 열었다.

"그놈, 특명관은 지금 바그다드에 있어. 바그다드의 정보원한테서 들었어."

사우드의 시선을 받은 무사라크가 빙그레 웃었다.

"지금 휴가 중이야. 작전을 완료했으니 포상휴가를 받은 것이지."

"제가 바그다드로 가지요."

불쑥 사우드가 말하자 무사라크는 고개를 저었다.

"모험할 필요 없어."

"각하, 하지만."

"그놈을 밖으로 끌어내면 돼."

"……."

"기회는 얼마든지 있어."

"제가 끝까지 추적해서 해결하겠습니다, 각하."

"우리도 이라크 대표단을 폭사시켰으니까 체면은 차린 셈이야."

홍차 잔을 든 무사라크가 지그시 사우드를 보았다.

"후세인이 이를 갈고 있을 거라구."

"각하, 특명관 놈은 리스타 소속 아닙니까? 리스타를 쳐야 합니다."

무사라크가 홍차만 삼켰고 사우드는 말을 이었다.

"세계에 리스타 법인, 리스타 사업장이 널려 있습니다. 리스타를 부수는 것입니다."

"……."

"후세인이 리스타 회장 이광과 절친하다는 것은 세상이 아는 사실입니다. 이광을 치는 것도 좋을 것 같습니다."

그때 무사라크가 홍차 잔을 내려놓고 사우드를 보았다.

"이봐, 사우드."

"예, 각하."

"넌 시키는 일만 해."

"예, 각하."

"주제넘게 네 머리에서 나온 생각을 마음대로 내뱉지 마라."

"예, 각하."

"생각은 우리가 한다."

"예, 각하."

"계획은 우리가 세우고, 알았나?"

"예, 각하."

"너, 리스타가 어떤 조직인지 아나?"

사우드는 이미 기세에 눌려 어깨만 늘어뜨렸고 무사라크의 말이 이어졌다.

"리스타를 공개적으로 적으로 삼는 경우에는 우리가 당한다, 알았나?"

"예, 각하."

"리스타는 개입시키지 말도록, 알았나?"

무사라크의 시선을 받은 사우드가 시선을 내린 채 대답했다.

"예, 각하."

사우드는 아직 리스타에 대해서 이해를 못 했지만 어쨌든 리스타의 '리'도 꺼내지 못하게 되었다.

같은 시간, 리스타랜드의 바닷가 별장. 이곳은 밤 12시 반이다. 늦은 시간이었지만 이광과 해밀턴, 안학태 셋이 바닷가의 베란다에 나와 나란히 앉아 있다. 밤하늘의 별이 맑게 반짝였고 바닷바람이 피부를 스치고 지나갔다. 술잔을 든 이광이 바다를 향한 채 입을 열었다.

"이란에 한국 건설 업체와 한국인 건설 인력이 많이 가 있는데 이번 특명관 사건으로 피해가 없었으면 좋겠군."

"없을 겁니다."

해밀턴이 바로 대답했다.

"호메이니는 어쩔지 몰라도 정보국장 무사라크가 그렇게 무모한 인간이 아니니까요."

고개를 돌린 해밀턴이 옆에 앉은 이광을 보았다.

"만일 후세인의 특명관이 리스타에서 차출된 한국인이라는 증거를 확보했더라도 공개적으로 리스타를 공격하지 못할 것입니다."

그러고는 덧붙였다.

"이란의 한국 업체는 말할 것도 없고요."

"그렇다면 다행이고."

"다만 리스타와 불편한 사이가 되기는 하겠지요."

그때 안학태가 나섰다.

"지금까지 특명관은 '명분 있는' 작전을 해왔지 않습니까? 오히려 이란이 무모한 행동을 했지요."

고개를 끄덕인 해밀턴의 얼굴에 쓴웃음이 번졌다.

"이번에 카이로에서 이라크 대표단을 몰사시킨 이란의 만행이 세계의 비난을 받고 있습니다."

그때 이광이 한 모금에 술을 삼키고 나서 말했다.

"해밀턴, 당신 덕분에 리스타의 위상이 높아졌어."

"천만의 말씀입니다."

정색한 해밀턴이 이광을 보았다.

"리스타연합은 회장님이 창설하신 조직입니다. 저는 조직의 관리자에 불과합니다, 회장님."

이제 리스타연합은 국제적인 정보기관으로 행동력까지 갖춘 거대한 조직이 되었다.

리스타연합은 리스타랜드에 기반을 둔 국가 조직이나 같은 데다 리스타는 세계 각국에 영업망이 뻗어 있다. 이란보다 조직력이 더 넓고 강한 것이다.

다음 날 아침 노크 소리에 정재국이 문으로 다가갔다. 오전 8시 반, 문을 열었더니 마샤가 눈웃음만 쳤다.

"오!"

놀란 정재국의 입에서 저절로 탄성이 뱉어졌다. 마샤는 전혀 다른 모습이 되었다. 어젯밤에는 진청색 원피스 차림이었는데 오늘은 점퍼에 바지를 입었고 운동화를 신었다. 등에 배낭을 메고 있는 것이 영락없는 관광객이다.

"준비되었어요."

방으로 안내된 마샤가 말하더니 방을 둘러보았다.

"5분만 기다려요, 마샤, 가방만 챙기면 되니까."

마샤를 소파에 앉힌 정재국이 서둘렀다. 오늘부터 나흘간 이라크 여행이다. 오늘은 먼저 차로 바빌론에 가기로 했다.

"마실 것 줄까?"

가방을 챙기면서 정재국이 물었더니 마샤가 대답했다.

"내가 꺼내 마실게요."

마샤의 목소리도 밝다.

바빌론은 바그다드에서 남쪽으로 90킬로쯤 떨어진 고대 바빌로니아 제국의 수도다. 그 전에는 BC 2000년경부터 남메소포타미아 제국의 수도였던 고대 도시 유적인 것이다. 유프라테스강 변의 알히라시 근처에 위치하고 있었기 때문에 목적지는 '알히라'다. 차는 모하메드 경호실장이 보내준 검정색 벤츠다. 번호판이 붉은색에 번호가 00014였기 때문에 멀리서 봐도 표시가 난다. 그러나 이곳은 이라크다. 차창이 전부 검정색 선팅이 된 데다 방탄차다. 차를 받으면서 정재국이 찜찜한 표정을 지었더니 경호실 대령이 웃으면서 말했다.

"검문소에서 일일이 신분증 내밀 필요가 없을 테니까 편리할 겁니다. 감히 사진을 찍을 수도 없을 테니까요."

그러더니 덧붙였다.

"경호실장 각하 전용차 중 하나입니다. 고위층께 빌려드리는 차죠."

이러니 어쩔 수 없다. 이칠성과 고준기 등이 빌려 간 차는 벤츠였지만 붉은색 번호판은 아니었다. 방탄 장치도 안 되었을지도 모르겠다. 어쨌든 둘은 고위층 전용 벤츠에 올라 바빌론으로 출발했다.

"바빌론으로 1차 목적지를 정한 이유는 뭐요?"

호텔을 출발한 차가 도로로 들어서서 속력을 내었을 때 정재국이 물었다. 어젯밤 클럽에서 둘은 여행지까지 상의한 것이다. 그래서 먼저 바그다드에서 가까운 바빌론으로 가자고 한 것이 마샤다. 옆자리에 앉은 마샤가 고개를 돌려 정재국을 보았다.

"역사책에서만 읽었지 가보지를 않아서요. 문명의 기원인 유프라테스강 언저리에 있는 고대 도시를 보고 싶었어요."

"난 역사 공부를 안 해서."

"기본으로 배운 거죠, 고등학교 때."

"난 그것도 다 잊어버렸는데."

차 안은 방음 장치가 잘 되어서 둘의 숨소리까지 들릴 정도다. 밖은 더위가 시작되고 있었지만 차 안은 서늘하고 쾌적했다. 마샤의 목소리도 노래하는 것처럼 맑고 밝게 울린다.

"정, 학교는 한국에서 다녔어요?"

"아니, 미국. 난 미국에서 태어났어요."

"그렇구나."

"마샤는?"

"암만에서 음악대학을 나왔죠."

"내가 피아니스트하고 바빌론 여행을 가다니, 꿈을 꾸는 것 같네."

그때 짧게 웃은 마샤가 눈을 흘겼다.

"그러지 마요, 정."

마샤의 목소리가 낮아졌다.

"내가 부끄럽잖아요?"

"내가 영광이라 그래."

"난 돈을 받고 고용되었어요, 정."

"아니, 그게 무슨 말야?"

차의 속력을 줄이면서 정재국이 눈을 크게 뜨고 마샤를 보았다. 일당 1천 불을 주기로 한 것이다. 물론 어젯밤 둘이 있을 때는 그 이야기를 하지 않았다. 그 전에 지배인이 마샤한테 말해준 것이다. 마샤의 시선을 받은 정재국이 정색하고 말했다.

"내가 돈 받는 줄 알았는데."

그때 잠깐 멈칫했던 마샤가 풀썩 웃었다.

"농담 말아요, 정. 그렇지 않아도 부끄러운데."

마샤의 얼굴이 조금 붉어졌다.

"난 돈이 필요했어요, 정."

"이 방법밖에 없었어, 마샤."

앞쪽을 응시한 채 정재국이 말을 이었다.

"하지만 마샤를 만나게 해준 알라신께 감사드리고 싶다."

마샤가 입을 다물었다. 그러나 두 눈이 번들거리고 있다. 알라 아크바르, 알라신은 위대하시다. 마샤의 돈에 팔렸다는 부담이 이것으로 조금 줄어들었을 것이다.

"특명관이 만나고 갔지?"

후세인이 묻자 모하메드가 다가가 섰다.

"예, 각하. 만나서 인사를 하고 갔습니다. 보너스도 주었습니다."

고개를 끄덕인 후세인이 다시 물었다.

"지금 어디 있나?"

"호텔 피아니스트하고 오늘 여행을 떠났습니다, 각하."

"흐흐."

후세인이 웃고 나서 물었다.

"다른 놈들은?"

"제각기 휴가 중입니다, 각하."

"북부 지방이 위험해."

어깨를 부풀렸다가 내린 후세인이 말을 이었다.

"무자헤딘이 샤그라니를 충동질해서 분위기가 험악해지고 있다."

"예, 샤그라니가 흔들리고 있습니다."

"민심이 샤그라니 쪽으로 기울고 있더군. 그놈이 배신할 것 같다."

의자에 등을 붙인 후세인이 흐린 눈으로 모하메드를 보았다. 방 안에는 둘뿐이다. 후세인은 그동안 경호대원만 대동하고 북부지역을 밀행하고 온 것이다. 실로 10년 만의 직접 밀행이다. 북부지역의 호마칸족은 이라크의 북부지역에 거주하는 인구 2백만 정도의 부족으로 부족 지도자는 샤그라니다. 그런데 샤그라니가 베이루트의 무자헤딘 지도자 말콤의 사주를 받아 독립 움직임을 보이고 있는 것이다. 후세인은 변장하고 호마칸족 도시를 밀행해서 민심을 알아보고 온 것이다. 후세인이 길게 숨을 뱉었다.

"내가 이란, 쿠웨이트에 신경을 쓰다가 북부 소수 민족을 소홀히 다루었다."

"각하, 제가 정보부대를 보내 처리하겠습니다. 그리고 제12, 14사단을 증원시키기로 했으니까……."

그때 고개를 든 후세인이 모하메드를 보았다.

"문제는 샤그라니야. 그다음이 무자헤딘 놈들. 그놈들을 절멸시켜야 돼."

알히라시의 호텔 앞에 차를 세웠더니 도어맨의 연락을 받은 지배인이 뛰어나왔다. 차를 본 것이다. 체크인을 하지도 않고 둘은 호텔 7층의 하나뿐인 스위트룸으로 안내되었는데 곧 사장까지 인사를 하러 찾아왔다. 한바탕 소동이 일어난 것이다. 과연 모하메드가 말한 것보다 더 효력이 일어났다. 오전 12시도 안 되었기 때문에 둘은 차를 두고 호텔 차를 이용하여 바빌론 유적지로 향했다. 물론 호텔에서 딸려 준 가이드의 안내를 받은 것이다. 바빌론 유적은 대부분 폐허가 되었지만 바벨탑의 흔적도 남았고 '공중정원'의 모양도 그림으로 그려져 있다. 이슈타르문 등도 축소 복원되어 있었기 때문에 가이드의 열띤 설명을 들으면서 따라 다녔다. 마샤는 공부 잘하는 학생처럼 열심히 듣고 정재국은 한눈을 팔면서 뒤를 따른다. 카메라를 가져온 마샤가 여러 장 사진을 찍고 나중에는 가이드를 시켜 둘의 기념 사진도 찍었다. 바빌론 유적을 돌아보고 호텔로 돌아왔을 때는 오후 3시가 되어 갈 무렵이다. 스위트룸은 욕실이 2개 있었기 때문에 씻고 나왔을 때는 오후 3시 반, 정재국이 말했다.

"식당 찾아갈 것 없이 룸서비스를 시키도록 하지."

마샤가 고개를 끄덕였기 때문에 정재국이 메뉴판을 건네주었다.

"맛있게 보이는 건 다 시켜, 마샤."

마샤하고 양고기를 먹고 있을 때 이칠성의 전화가 왔다. 이칠성이 경호실에 연락해서 정재국의 위치를 알게 된 것이다.

"대장, 여긴 산악지역인데 호숫가의 휴양지입니다."

이칠성이 밝은 목소리로 말을 이었다.

"대장, 혼자십니까?"

"아니, 동행이 있어."

둘은 지금 한국말을 한다.

"거기 바빌론이라면서요?"

"그래, 난 여기서 며칠간 지낼 거다. 고준기는 지금 어디 있어?"

"예, 조금 전에 연락했는데 남쪽에서 쉬는 모양입니다."

"알았다. 푹 쉬어라."

통화를 끝낸 정재국이 다시 양갈비를 들면서 마샤를 보았다.

246

"마샤, 이런 여행은 처음이야."

그때 마샤가 고개를 들고 물었다.

"정, 결혼하셨어요?"

"아니, 미혼이야. 마샤는?"

"저도 물론 아니죠."

마샤의 얼굴에 웃음이 떠올랐다.

"대학 졸업하고 2년 동안 중학교 음악 선생으로 있다가 여기 왔어요."

이제야 마샤가 내력을 말하는 것이다. 마샤가 말을 이었다.

"아버지는 요르단군 소령으로 퇴직하고 옷가게를 하다가 병으로 돌아가셨죠. 6년 전이었어요."

"……"

"남동생 하나가 있는데 스물셋, 저보다 두 살 아래예요. 지금 암만에서 택시 운전사를 하고 있죠."

"……"

"지금 암만에는 어머니가 계시는데 몸이 아파서 자주 병원에 다니세요. 돈이 필요한 상황이죠."

그러고는 마샤가 이를 드러내고 웃었다.

점심을 먹고 베란다로 나온 둘은 의자에 나란히 앉아 멀리 떨어진 바빌론의 성곽을 보았다. 늦은 오후, 석양이 서쪽 평원 위에 걸쳐 있다. 그 앞쪽 유프라테스강이 석양빛을 받아 반짝였다. 맥주병을 쥔 정재국이 석양을 향한 채 말을 이었다.

"난 아버지가 아일랜드계 미국인이었고 어머니는 한국인이었어. 둘은 대학에서 만났어."

마샤의 시선을 받은 정재국이 소리 없이 웃었다.

"어머니는요?"

"암으로 돌아가셨어, 10년쯤 전에."

"아, 미안해요, 정."

마샤가 손을 뻗어 정재국의 손을 쥐었다. 지금까지 둘은 손도 잡지 않았지만 자연스럽다. 서로 손을 잡은 것을 의식하지 못한 것 같다. 마샤가 다시 물었다.

"그럼 아버지는 고향에 계세요?"

"아니."

"그럼?"

"내가 3살 때 이혼했어."

고개를 돌린 정재국이 마샤를 향해 다시 웃었다.

"난 혼자가 된 어머니가 키웠어."

"……."

"어머니는 뉴욕으로 옮겨가 나를 키웠지. 내가 육사에 들어갔을 때 얼마나 기뻐했던지."

"……."

"내가 육사 2학년 때 갑자기 어머니가 죽었다는 연락을 받았어. 어머니는 암으로 병원에 입원했으면서도 죽는 날까지 나한테 연락을 안 한 거야."

"……."

"내가 학교생활에 지장이 있을까 봐 말야. 육군사관학교는 하루라도 빠지면 안 되는 줄 알았던 것 같아."

정재국이 병째로 맥주를 마시고는 트림을 했다.

"난 이런 이야기 다른 사람한테 처음 한 거야, 마샤."

"고마워요, 정."

마샤를 본 정재국이 숨을 들이켰다. 마샤의 검은 눈동자가 물속에 잠겨 있는 것처럼 보였기 때문이다. 그때 정재국이 쓴웃음을 지었다.

"마샤, 너하고 곧 헤어질 사이여서 이렇게 마음 놓고 털어놓는 것 같다."

그때 마샤의 눈에서 주르르 눈물이 흘러내렸다.

밤, 침대에 누워 있던 정재국이 가운 차림으로 다가오는 마샤를 보았다. 시선을 내린 마샤의 얼굴은 토마토처럼 붉어져 있다. 방금 욕실에서 나온 터라 익은 토마토 같다. 마샤가 벽의 전등 스위치를 껐기 때문에 방 안이 어두워졌다. 곧 시트를 들친 마샤가 정재국 옆으로 몸을 붙였다. 어깨를 움츠리고 다리도 오므린 상태다. 정재국이 마샤의 어깨를 감싸 안았다. 마샤가 빈틈없이 몸을 붙인다. 마샤한테서 옅은 향내가 맡아졌다. 마샤의 향기다. 체취에 화장품이 섞여서 독특한 향내가 만들어진 것이다. 정재국이 고개를 숙여 먼저 마샤의 입에 맞췄다. 마샤의 입이 바로 벌어지면서 뜨거운 숨결이 쏟아졌다.

이란과의 8년 전쟁 이후로 후세인은 밤을 새우는 일이 많아졌다. 낮에는 자고 밤에 멀쩡하게 근무할 때가 많아서 각료들도 그 '올빼미짓'에 맞춰야만 했다. 오전 1시 반, 오늘도 후세인은 전쟁 때 쓰던 지하 벙커의 대통령 집무실에서 카심과 모하메드를 불러 회의를 한다.

"난 카다피가 부러워."

후세인이 불쑥 말했기 때문에 카심과 모하메드가 고개를 들었다. 그때 후세인이 말을 이었다.

"주변에 이집트, 튀니지, 알제리 등 별 문제가 없는 국가들로 둘러싸여 있지 않아?"

그러나 아래쪽 차드하고는 10년 가깝게 전쟁을 했다. 물론 리비아군이 차드로 내려가 전쟁을 일으킨 것이다. 입맛을 다신 후세인이 카심을 보았다.

"카심, 호마칸족을 이대로 방치할 수는 없다."

마침내 후세인이 본론을 꺼냈기 때문에 둘은 긴장했다. 벽에 걸린 지도에 시선을 주었던 후세인이 한숨을 쉬었다.

"샤그라니를 제거하기로 하지."

"……."

"샤그라니의 아들 놈 하지드하고."

"……."

"산크란 부족의 기습을 받아 뒈지는 것으로 처리해."

"특명관의 팀은 지금 넷입니다. 연락역으로 파견되었다가 배신했던 여자까지 데리고 있는데요."

카심이 말을 이었다.

"지금 그 여자만 호텔에 남아 있고 넷은 휴가 중입니다, 각하."

"사흘 동안 휴가를 주기로 하지."

후세인이 카심과 모하메드를 번갈아 보았다.

"그 배신한 여자를 특명관이 다시 데려간 건 팀원으로 쓰겠다는 것인가?"

"예, 정보담당을 맡길 것 같습니다만."

대답은 모하메드가 했다.

"믿을 만한 확실한 증거가 없는 한 출국시키지 않겠다고 했습니다."

"그렇다면."

고개를 끄덕인 후세인이 모하메드를 보았다.

"이번 샤그라니 작전에서 그 여자의 역할은 필요 없다. 그러니까 작전이 끝날 때까지 그 여자를 데려가 안가에 가둬두도록."

"예, 각하."

"특명관팀 넷이 산크란 부족으로 위장해서 샤그라니와 하지드를 없애는 거야. 어떤 방법이건 좋아."

"안내역은 하나 필요할 것 같습니다."

모하메드가 나섰다.

"북쪽 지역에 익숙한 장교 하나를 붙이겠습니다."

"믿을 만한 장교를 고르도록."

"예, 각하."

"그럼 그 작전은 장교까지 다섯, 그리고 우리들 셋까지 여덟 명이 알고 있는 것으로 하지."

이렇게 특명관의 세 번째 작전이 결정되었다.

아침에 눈을 뜬 정재국은 커피 냄새를 맡았다. 아랍 커피는 진하고 또 달콤하다. 아침에 맡는 커피 냄새는 압도적이다. 코가 막힐 정도로 구수하다. 몸을 일으켰더니 기척을 알아챈 마샤가 고개를 돌렸다. 시선이 마주치자 마샤는 웃음을 띠었는데 금방 얼굴이 붉어졌다. 그것을 본 정재국의 심장 박동이 빨라졌다. 저 웃음과 표정은 서로 은밀한 비밀을 나눠 가진 남녀 간의 교감이 만들어낸 것이다. 처음 느끼는 교감이었지만 바로 알 수가 있다. 시트를 걷어차고 일어선 정재국은 알몸이다. 그것을 본 마샤가 얼른 고개를 돌렸다. 그러나 그 순간에 마샤의 눈이 반짝이는 것도

251

정재국은 놓치지 않았다. 옷을 주워 입은 정재국이 잔에 커피를 따르는 마샤에게 다가가 뒤에서 껴안았다. 마샤가 고개만 돌려 정재국을 보았다. 마샤는 반소매 셔츠에 반바지 차림이다. 마샤의 입술에 가볍게 키스한 정재국이 귀에 대고 속삭였다.

"오늘은 하루 종일 방에서 놀지."

마샤의 얼굴이 다시 빨개졌다.

그렇다. 꿈같고 꿀 같은 나흘 동안의 휴가였다. 정재국이 지금까지 살아온 인생에서 이런 날은 처음이었다. 이런 날이 있을 줄은 상상도 하지 못했던 것이다. 가슴이 벅차면 말이 안 나온다는 사실도 처음 알았다. 휴가를 즐기기 위해서 '돈'을 주고 산 동반자였던 마샤다. 바그다드로 돌아오는 차 안에서 정재국은 거의 입을 열지 않았고 마샤도 마찬가지였다. 알히라에서 바그다드까지 90킬로 거리를 순식간에 온 것 같았다. 바그다드에 도착했을 때는 오후 2시 반, 정재국은 먼저 마샤의 숙소인 허름한 주택 앞에서 차를 세웠다. 근처에 서 있던 경찰이 차를 보더니 놀라 얼어붙어서 움직이지도 않는다.

"저, 갈게요."

옆 좌석에 앉은 채 마샤가 겨우 말했다. 시선을 앞쪽에 둔 마샤는 울 것 같은 표정이다. 그때 정재국이 말했다.

"마샤, 지금 짐 꾸려서 오늘 중으로 암만으로 돌아가, 내가 말해줄 테니까."

고개를 든 마샤의 두 눈이 물기에 젖은 채 반들거렸다. 그러나 입을 떼지는 않는다. 정재국이 말을 이었다.

"가서 어머니 보살펴드리고 옷가게를 다시 하든지 다른 일을 하면서 살아."

정재국이 손을 뻗어 마샤의 손을 잡았다. 부드러운 마샤의 손가락이 정재국의 손에 마주 쥐었다.

"내가 돈을 줄 테니까."

"……."

"어때? 갈 거지?"

"네, 정."

마샤가 고개를 끄덕였다. 눈에 가득 물기가 고여서 떨어질 것 같다.

"갈게요."

그러고는 딸꾹질을 하는 바람에 눈물이 떨어졌다.

"가서 기다릴게요."

호텔에는 셋이 먼저 와 있었는데 이칠성이 정재국을 보자마자 보고했다.

"사리나 방이 비었습니다. 지배인한테 물었더니 경호실에서 데려갔다는데요."

"알고 있어."

고개를 끄덕인 정재국이 둘러선 팀원들을 훑어보았다.

"당분간 안가에서 쉬도록 했다."

"아니, 왜요?"

이칠성이 묻자 정재국이 정색했다.

"이번 작전은 이라크 국내에서 하게 돼."

손목시계를 본 정재국이 말을 이었다.

"오후 6시에 브리핑이다."

이곳은 대통령궁 지하 벙커의 상황실 안, 상황실에는 특명관팀 넷과 소령 계급장을 붙인 장교 하나, 그리고 모하메드 경비실장까지 여섯 명이 둘러앉았다. 소령 이름은 카두란, 앞으로 특명관팀의 안내역을 맡게 되었다고 인사했다. 카두란이 입을 열었다.

"호마칸족은 터키 남쪽 지역까지 퍼져 있어서 국경을 넘어가면 추적하기 힘듭니다. 그래서 지형을 숙지하는 것이 중요합니다."

카두란이 말을 이었다.

"이쪽 지역은 산악지대이기 때문에 정찰기로도 적을 파악할 수 없습니다."

벽에 펼쳐진 스크린에 북부의 호마칸족 지역이 나타났다. 험악한 산악지역이다. 겨우 한 사람이 걸어 다닐 수 있는 산길, 짐승도 걷지 못할 험지다. 카두란이 지휘봉으로 바위산을 짚었다.

"호마칸족 전사들은 모두 산속에 은신해 있고 샤그라니는 1백 명쯤의 호위병을 이끌고 밤에만 이동합니다. 지금까지 샤그라니가 발견된 적은 한 번도 없습니다."

정재국과 이칠성, 고준기, 박상철이 서로의 얼굴을 보았다. 그럼 귀신을 잡으라는 말인가? 그런 표정들이다.

박상철이 주문했던 드라구노프 저격총이 지급되었다. 스코프와 야간 적외선 장치까지 포함된 완벽한 세트다. 총탄도 2백 발, 탄창 5개, 그리고 나머지 넷은 갈릴 기관총, 50발 탄창이 들어가는 강력한 위력의 기관총이다. 자동사격이 쉽고 양각대를 사용하면 경기관총이 된다. 유효사거리 500미터, 드라구노프는 8백 미터다. 그리고 각각 브라우닝 권총과 대검, 수류탄 등이 든 배낭이 준비되어 있다. 다섯은 이제 산악 부족인 호마칸 부족 차림으로 고원지대를 걷고 있다. 오후 5시 무렵, 바그다드를 떠난 지 만 하루가 지났다. 아래쪽 골짜기까지는 트럭을 타고 왔다가 변장을 하고 고원지대로 들어선 것이다. 앞장선 호마칸 부족은 카두란, 머리에 두건을 쓰고 부족의 특징인 수술이 달린 조끼를 입은 데다 바지에는 각반을 했다. 어깨에 멘 갈릴 기관총의 총신을 헝겊으로 감았는데 이것은 호마칸족의 관습이다. 총에 장식을 붙이는 것이다. 그래서 뒤를 따르는 박상철의 122센티짜리 긴 드라구노프도 헝겊에 싸여서 얼른 표시가 나지 않는다. 다섯은 모두 등에 검을 메었는데 영락없는 부족민의 이동이다. 고원지대는 드문드문 마른 잡초가 뭉쳐 있을 뿐 황량하다. 바위가 풍화되어서 밟으면 부서진다. 가끔 시야가 트였지만 앞은 끝없는 바위산이다. 주위가 점점 어두워졌고 바람에 흙먼지가 날렸다. 앞장서 가던 카두란이 고개만 돌려 세 번째로 걷는 정재국에게 말했다.

"두 시간쯤 걸으면 호마칸족 영역인 사말르 계곡이 나옵니다. 거기서부터 초소를 피해 다녀야 합니다."

정재국이 고개만 끄덕였다. 지금까지 샤그라니는 공개적으로 모습을 드러내지 않았다. 호마칸족 영토는 사방 1백 킬로가 넘는 데다 대부분이 산악지역이다. 그리고 터키와 국경을 맞대고 있어서 위험하면 넘어가 버릴 수도 있다.

샤그라니는 53세, 부친 코나르의 뒤를 이어 부족장이 된 지 12년. 본래 호마칸족은 터키 남부에 근거지를 둔 유목 부족으로 킵챠크 한족의 일파다. 그래서 터키 남부의 지배 부족 중 하나였는데 터키가 독립하면서 이라크 북부 지역으로 내려온 것이다. 그것이 60년쯤 전이었다. 당시에는 이라크에 여러 부족이 섞여 있었기 때문에 문제가 되지 않았다. 그러다 코나르가 부족장이 되면서 호마칸족이 차츰 분리 독립 주장을 내세우기 시작했다. 하지만 후세인의 강력한 군사력에 밀려 소극적으로 행동하다가 이란과의 전쟁과 쿠웨이트 전쟁을 겪고 나서 이라크 군사력이 약해진 틈을 타고 샤그라니가 조직적인 저항을 시작한 것이다. 샤그라니의 배후에 베이루트의 무자헤딘만 있는 것이 아니다. 시리아의 아사드, 이란의 호메이니는 말할 것도 없고 터키까지 은근히 지원을 하고 있기 때문이다. 이라크 북부 지역만으로는 오히려 후세인이 곤경에 빠진 형국이다. 후세인의 정예군 3개 사단이 주둔하고 있지만 호마칸의 비공식 병력도 3개 사단에 육박하고 있다. 더구나 모두 게릴라 부대여서 후세인의 정규군은 산악지대에서 압도당하고 있다. 지금 당장 호마칸군과 전면전이 붙는다면 이라크군이 패퇴할 것이었다.

"하지드, 네이드 계곡에 가서 카산을 만나고 와라."

샤그라니가 지시했다.

"보에즈가 너한테 돈 가방을 줄 거다."

"예, 아버님."

하지드가 고분고분 대답했다. 샤그라니는 마른 체격에 수염의 절반은 희게 변했지만 하지드는 2미터 가까운 키에 120킬로가 넘는 거구다. 짙은 수염이 얼굴을 뒤덮고 있어서 부리부리한 눈으로 쏘아보면 위압적이다. 35세, 이미 하지드는 용맹한 전사로 소문이 났다. 서쪽의 경쟁 부족인 산크란 부족이 하시드를 괴물이라고 부르는 것이 그 증거다. 샤그라니가 말을 이었다.

"180만 불을 말여물 자루 2개에 나눠 담았다. 그래야 표시가 안 나지. 짐꾼과 경호원까지 10명만 데리고 가라."

"예, 아버지."

"좀 돌더라도 반타나강을 따라가다가 네이드 계곡으로 들어가도록."

"그렇게 하지요."

하지드는 지금까지 샤그라니의 지시를 어긴 적이 없다. 이곳은 이라크 북부 아슬란 산맥 중심부에 위치한 산골 마을이다. 민가가 30여 호밖에 안 되는 험한 분지인 데다 주민 대부분이 양치기로 살고 있어서 마을 이름도 없다. 더구나 길도 없어서 겨우 한 사람이 다닐 산길을 15킬로나 걸어야 차 한 대가 다니는 길이 나오는 험지다. 이곳이 바로 샤그라니의 본거지다. 간부들한테만 '오두막'이라는 암호명으로 불리는 이 지휘부는 민가 아래쪽에 수 킬로에 걸친 천연동굴이 뻗어 있다. 그곳에 샤그라니의 정예 경호대 250명과 샤그라니의 지휘부가 거주하고 있는 것이다.

밤 10시가 되었을 때 짐꾼 둘과 경호원 7명, 하지드 자신까지 10명으로 구성된 인원이 네이드 계곡을 향해 출발했다. 호마칸족 전사는 밤에만 이동했고 그것도 은폐된 산길을 이용했기 때문에 이라크군이나 산크란 부족에게 발견되는 경우가 적다. 요즘 들어서 호마칸족과 이라크군 수색병 사이에 총격전이 자주 일어났는데 피해는 대부분 이라크군이 입는다. 이라크군이 샤그라니를 본격적으로 찾아 나선 것이 반년쯤 전부터로 쌍방에 전운이 감돌았지만 아직 전면전 상태는 아닌 것이다.

"하지드, 오늘 밤은 35킬로를 걷고 반타나강 지류 옆에서 쉽시다."

길 안내를 맡은 모하타나가 말했다. 모하타나는 샤그라니의 마부로 호마칸족 지역은 제 손바닥처럼 안다. 모하타나가 말을 이었다.

"요즘 이라크군 수색조 활동이 더 심해졌어요. 쿠웨이트에서 가져온 무인정찰기를 띄운다는 정보도 있습니다."

"후세인 그놈만 없애면 우리가 독립을 하는 건데."

하지드가 혼잣소리처럼 말했다.

"그럼 좋아하는 사람이 많을 텐데 말야."

"후세인이 눈치 하나는 빠른 놈이오. 그놈이 전쟁을 10년 가깝게 치렀어도 끄떡없는 것 보시오."

50대 중반인 모하타나가 말을 이었다.

"우리는 이란, 시리아, 터키, 헤즈볼라까지를 이용해서 세력을 키워야 합니다."

"영감도 아버지한테 많이 배웠군."

하지드가 웃음 띤 얼굴로 모하타나를 보았다.

"난 아버님처럼 끈기 있는 성격이 아냐."

"압니다."

모하타나가 어둠 속에서 웃음 띤 얼굴로 말을 이었다.

"대신 임기응변과 기지가 뛰어나죠. 아버님도 그걸 인정하고 계십니다."

"지금이 기회야, 모하타나."

"……."

"후세인이 세력을 재정비하기 전에 우리가 독립해야 된다고."

모하타나는 입을 다물었다. 후세인이 연이은 전쟁에서 전력(戰力)을 소비시킨 지금이야말로 독립할 기회라는 것이다. 그러기 위해서는 호마칸 부족의 영역인 북쪽 지역에서 이라크군을 공격, 격멸시켜야 한다고 주장해 왔다. 북부지역에 주둔한 이라크군은 3개 사단, 호마칸군 전력과 비슷하다.

밤에 행군하는 또 한 무리가 있다. 5명, 위에서 보면 이쪽은 호마칸 구역으로 막 진입한 상태. 오전 2시 반, 5명의 행군 속도는 빠르다. 험한 산길을 오르내리면서도 시간당 6킬로씩 6시간째 전진하고 있다. 앞장서 가던 카두란이 손을 들어 보이더니 걸음을 멈췄다. 이곳은 바위산 지역, 양치기가 다니는 외길이 뻗어 있을 뿐이다. 모두 발을 멈췄을 때 카두란이 말했다.

"앞쪽 산을 넘으면 호마칸족 마을이 나옵니다. 마을 앞에 경비병이 있을 겁니다."

"돌아갈 길은?"

정재국이 묻자 카두란이 왼쪽을 가리켰다. 가파른 능선의 산이다.

"저 산을 넘어가야 합니다."

고개를 끄덕인 정재국이 땅바닥에 앉아 지도를 폈다. 팀의 목적지는 호마칸군 주둔지로 알려진 반타나강 상류 지역. 그곳에서 샤그라니를 찾으려는 것이다. 이곳에서 아직 40여 킬로 거리여서 하루를 더 걸어야 한다. 그때 이칠성이 말했다.

"대장, 저 산에도 감시가 깔려 있을지 모르지 않습니까?"

"무슨 말이냐?"

"뻔한 일인데 감시를 세우지 않을 리가 없지요. 그쪽으로 갈 바에는 마을 앞을 통과하는 것이 낫다고 생각합니다."

"말이 길군."

고개를 든 정재국이 왼쪽 산을 보았다.

"네 말도 일리가 있다."

호마칸 지역에 주둔한 이라크군 3개 사단 중 제12사단은 북쪽 지역을 맡고 있었기 때문에 터키 국경 감시까지 포함된다. 사단장 도르만은 호마칸 지역에 주둔한 3개 사단을 지휘하고 있는 것이다. 그래서 북부지역 사령관으로 불린다. 오전 3시 반, 도르만의 숙소로 전화가 걸려 왔다. 비상전화다. 서둘러 전화기를 집어 든 도르만의 귀에 이라크 육군 총사령관 카심 대장의 목소리가 울렸다.

"사령관, 나다."

"예, 각하."

도르만이 침대에서 뛰어나와 부동자세로 서서 전화를 받는다. 도르만은 카심의 부관 출신이다. 지금은 별 둘을 달았어도 생사여탈권은 카심이 쥐고 있다. 카심이 말을 이었다.

"오늘 오전 5시를 기해서 북부군은 호마칸 반군 소탕 작전을 실시한다."

"예, 각하."

"12사단은 작전 계획대로 국경을 봉쇄한 채 병력은 산개시키고 10사단, 11사단은 동, 서에서 포위망을 좁히도록."

"예, 각하."

"각 거점을 빈틈없이 지키고 계획대로 진행하도록."

그러고는 대답도 듣지 않고 통화가 끊겼다. 도르만이 전화기를 내려놓고는 숨을 골랐다. 반군 소탕 작전은 이미 세워져 있다.

오전 4시, 아직 어둠이 가시지 않았다. 앞장서 걷던 카두란이 걸음을 멈추더니 정재국을 돌아보았다.

"매복 초소요."

150미터쯤 앞에 호마칸 부족의 매복 초소가 있는 것이다. 카두란의 옆으로 다가간 정재국이 엎드린 채 앞을 응시했다. 어둠에 덮인 바위산 한쪽에서 희미한 불빛이 흘러나오고 있다. 바위 속에 설치된 초소다. 어둠 속이었기 때문에 흘러나온 불빛은 선명했다. 그때 옆으로 다가온 이칠성이 낮게 말했다.

"방심하고 있는데요. 느슨해져 있는 겁니다."

정재국이 주위를 둘러보았다. 뒤쪽에 마을이 있다. 전진하려면 초소 앞을 통과해야만 한다. 오른쪽으로 가면 평지가 나온다. 시야가 트여서 위험하다. 고개를 든 정재국이 카두란을 보았다.

"이곳은 이미 이라크군 수색대에 발견된 곳 아닙니까?"

"그렇습니다. 이라크군이 여러 번 수색하고 지나갔지요. 무기를 찾지 못하면 대개 그냥 갑니다."

이곳도 이라크 영토 내의 마을인 것이다. 다만 소수민족의 마을이다. 정재국이 주위에 엎드린 대원들에게 말했다.

"멀찍이 돌아서 간다."

후퇴다. 몸을 일으킨 정재국이 말을 이었다.

"뒤쪽 바위산에서 오늘 낮을 보내기로 하자."

서둘 것이 없다는 것이다.

"족장님, 북부군의 작전이 시작되었습니다."

무전실에서 뛰어나온 참모가 소리쳐 보고했을 때는 오전 6시가 되어갈 무렵이다. 참모가 말을 이었다.

"이번에는 2개 사단이 동시에 출동했습니다. 12사단은 뒤쪽에서 국경을 막고 앞쪽의 이라크군 제4군단도 경계태세에 들어갔습니다."

"후세인이 이번에는 총력전을 하려는 모양이지?"

샤그라니의 얼굴에 쓴웃음이 번졌다. 2개 사단을 동시에 작전에 투입시키는 경우는 처음이다. 10, 11사단이 동, 서에서 포위망을 좁혀오는 작전인데 지금까지는 1개 사단 정도만 움직였던 것이다. 그때 참모가 말했다.

"족장님, 이쪽 지역은 지난번처럼 10사단이 지나갑니다. 그런데 이번은 수색대가 증가될 것 같습니다."

샤그라니가 고개만 끄덕였다. 지금까지 4번이나 수색대가 마을을 훑고 지나갔지만 아무것도 발견하지 못했다. 심지어 군견을 끌고 왔어도 동굴은 찾아내지 못한 것이다. 방 안에는 이미 10여 명의 참모가 모여 있었는데 이윽고 참모장 보에르가 말했다.

"족장님, 이제 막 작전이 시작되었으니까 적의 동향을 봐가면서 준비를 하시지요. 이곳까지 수색대가 오려면 최소한 3일은 걸릴 것입니다."

샤그라니가 고개를 끄덕이더니 보에르에게 물었다.

"지금 하지드는 어디쯤 갔나?"

"아직 반타나강 근처에 있습니다."

보에르가 벽에 걸린 지도를 보면서 말을 이었다.

"11사단의 수색 지역이지만 아직 그쪽까지는 가지 못할 겁니다."

하지드는 카산을 만나려고 북상하고 있는 것이다. 샤그라니가 주위를 둘러보며 말했다.

"비상이다. 전 부대는 대항하지 말고 일단 은신하도록. 마을 앞 경비병도 철수시키고 부대원은 모두 은신처로 복귀하라."

이것은 산악 게릴라의 전통적 전쟁 수단이다. 수색대가 오면 산이나 바위 동굴로 피하고 보통 때는 마을로 내려와 양치기가 되는 것이다.

"지금 10, 11사단이 동, 서에서 수색 작전을 실시했어."

카심의 목소리가 무전기를 울렸다.

"너는 지금 그 중심으로 진입하고 있는 거야."

"알겠습니다."

"호마칸군(軍)은 지금까지 해온 것처럼 은신처로 숨겠지만 이번은 달라."

정재국이 숨을 들이켰다. 문득 '늑대몰이'가 떠올랐다. 사방에서 소리치고 총까지 쏴 제치면 굴속에 숨어 있던 늑대는 견디지 못하고 뛰쳐나오는 것이다. 지금 카심은 북부군을 총동원해 '몰이꾼'을 시키고 있다. '사냥꾼'은 특명관인 자신이 이끄는 넷이다. 카심이 말을 이었다.

"지금 그쪽 지역에서 무전이 난무하고 있어. 게릴라들이 마을을 나와 은신처로 이동을 시작한 거야."

카심의 목소리가 울렸다.

"수상한 움직임은 바로 이야기해줄 테니까 기다리도록."

통신을 끝낸 정재국이 고개를 들고 둘러앉은 대원들에게 말했다.

"늑대몰이를 시작했다. 놈들도 밤에 이동할 테니 우리도 오늘 밤에 더 북상하는 거다."

이곳은 마을을 통과하지 않고 뒤쪽 바위산으로 물러가 산중턱에서 찾아낸 바위틈 안이다. 아침 햇살이 퍼져 있는 오전 7시 무렵이다. 그때 카두란이 말했다.

"대장, 제가 앞쪽 계곡을 정찰하고 오겠습니다."

"내가 같이 가지요."

고준기가 갈릴을 움켜쥐고 일어섰다.

하지드는 반타나강이 내려다보이는 숲 속에 은신하고 있었는데 이곳에서 네이드 계곡까지는 50킬로쯤의 거리였다.

"이쪽은 11사단의 수색지역입니다."

모하타나가 말하고는 길게 숨을 뱉었다.

"이라크군이 갑자기 작전을 시작했네요."

"이번에도 피하면 돼."

"규모가 크답니다."

모하타나가 내민 양고기를 받으면서 하지드가 말했다.

"족장께서는 각 부대에 은신하라고 지시를 내렸지만 잘못하면 앉은 채로 당할 수가 있어."

모하타나는 방금 지휘부에서 연락을 받은 것이다. 하지드가 터키의 무기상 카산을 만나러 가는 도중에 이라크군의 대규모 작전이 시작되었다.

11사단 제2연대 1대대장 무바락 소령이 아슬란 산맥 중심부에 도착했을 때는 오전 9시 무렵이다. 11사단의 수색 대형에서 50킬로나 앞서간 지점인데 이번에는 헬기로 수색대가 공수되었기 때문이다. 시누크 3대로 공수된 전투 수색대원 3백여 명은 각각 10명씩 10개 조로 분산되어 날아온 길을 되짚어 수색해 나가기 시작했다. 이런 경우는 처음이다.

"바위산은 샅샅이 뒤져라."

무바락이 무전기에 대고 소리쳤다.

"반군을 못 잡으면 토끼라도 잡아라!"

지금 각 팀장에게 보내는 명령이다.

"만일 놈들이 팀별 수색 구역에서 빠져나갔다는 것이 확인되면 팀장 이하 팀원 전체가 강등이다!"

이런 경우는 처음이지만 수색팀에게는 엄청난 스트레스일 것이다. 만일 수색 구역에서 반군이 빠져나간 것이 확인되면 단체로 강등이다.

"지랄."

제4팀장 핫산 중위는 이라크 특수군 출신으로 이란 전쟁, 쿠웨이트 전쟁까지 다 거쳤다. 34세, 병사 출신이어서 중위까지 특진된 것이지 만일 장교로 임관했다면 지금쯤 대대장인 무바락보다 계급이 더 높을 것이다. 핫산이 눈을 좁혀 뜨고 앞쪽 바위산을 보다가 곧 결정을 했다.

"산에 올라갈 필요 없다. 1조는 산에다 로켓포를 퍼붓고 2조, 3조는 산 뒤쪽으로 돌아가 기다리기로 하자."

산에 오르지도 않는 아주 간단한 데다 편한 작전이었기 때문에 팀원 30명 중 웃지 않는 대원이 없었다.

이곳은 10사단 2연대 3대대 소속의 제6팀, 팀장 쟈이란 대위는 앞쪽 계곡 끝 쪽의 오두막을 주시하고 있다. 오전 10시 10분, 쟈이란의 6팀은 조금 전 시누크로 계곡 건너편의 산비탈에 착륙한 것이다.

"저건 뭐야?"

쟈이란이 묻자 부관이 망원경을 내리면서 대답했다.

"양치기의 겨울 숙소 같습니다. 오래전부터 비어 있는 것 같은데요."

"그건 나도 알아."

쟈이란은 육사 출신의 장교로 군수부대에서 보병대대로 옮겨 왔다. 본인은 말을 안 했지만 군수품 횡령 문제에 연루되어 강등을 모면하고 전출되었다고 소문이 다 났다. 옆 연대까지 소문이 퍼져 있다는 것을 본인만 모르고 있다. 쟈이란이 다시 망원경을 눈에 붙였다가 떼었다. 부관 말이 맞다. 건초만 조금 쌓여 있을 뿐 비었다. 문짝도 떨어졌고 안에 누가 있을 리가 없다. 거리는 400미터 정도, 가파른 바위가 막혀 있어서 통나무 숙소까지 가려면 1시간은 걸릴 것이다. 고개를 든 쟈이란이 얼른 외면하는 부관을 보더니 어깨를 부풀리며 물었다.

"로켓포 있지?"

"로켓발사대 말입니까?"

"그게 그거 아니냐?"

"예……."

다시 외면한 부관에게 쟈이란이 소리쳤다.

"쏴!"

"예!"

"저 통나무집을 날리란 말야!"

"로켓포로 말입니까?"

"그래!"

둘의 주고받는 말을 팀원들이 둘러서서 듣고 있다. 그때 부관이 더듬거렸다.

"대위님, 로켓발사대 유효사거리가 350미터입니다."

"그럼 가까이 가서 쏴!"

쟈이란이 소리쳤다.

"내가 그걸 모를 줄 아냐!"

"꽝!"

포탄이 통나무집 아래쪽 30미터 거리에서 폭발했다.

"꽝!"

두 번째 로켓포탄은 20미터 거리다. 바위가 부서지면서 파편이 통나무집을 두드렸다.

"꽝!"

이번에도 20미터, 그러나 파편은 더 많이 쏟아졌다. 커다란 바위가 쩍 갈라지면서 굴러 내려갔다. 엄청난 소음이 골짜기를 울린다.

"꽝!"

이번에도 옆쪽 20미터, 바위 파편이 하늘 높이 솟았다가 통나무집 귀퉁이를 부쉈다.

"이런 개자식들."

쟈이란이 버럭 소리쳤다. 로켓발사대를 쥔 사수와 조수에게 소리친 것이다.

"병신들아! 그것도 못 맞혀!"

거리가 멀었기 때문에 그런 것이다. 앞에 바위가 막혀서 더 이상 접근하지 못한 로켓발사대 사수가 기를 쓰고 쐈지만 그 이상을 못 나갔다. 그때다. 옆에 서 있던 부관이 소리쳤다.

"아! 누가 나옵니다! 셋, 아니 넷입니다!"

쟈이란이 숨을 들이켜고는 망원경을 눈에 붙였다. 그렇다. 넷이 나온다. 넷 다 두 손을 치켜들고 있다. 반군인가?

30분 후, 바위틈에 있던 정재국이 무전 연락을 받는다. 카심이다.

"네이드 계곡 끝 쪽에서 터키 무기상을 생포했어. 샤그라니의 아들 하지드를 만나려고 기다리고 있던 중이었다는 거야."

정재국이 숨을 들이켰고 카심이 말을 이었다.

"시누크로 날아가 수색하던 10사단 소속 팀에게 투항했는데 하지드가 그곳으로 가고 있는 것 같다."

"그렇습니까?"

"하지드는 아직 모르고 있을 테니까 길목에서 기다리다가 생포하든지 사살해도 좋다."

"예, 각하."

"이번 대대적인 수색에 늑대 새끼가 먼저 걸린 셈이다."

"알겠습니다."

무전기를 내려놓은 정재국이 서둘러 지도를 땅바닥에 펼쳤다. 옆에서 무전 내용을 들은 카두란이 지도에서 네이드 계곡을 바로 손가락으로 짚었다.

"여기서 25킬로 거리입니다!"

"꽝, 꽝, 꽈르릉."

엄청난 포격. 핫산은 산 뒤쪽에서 울리는 폭음을 들으면서 꾸벅꾸벅 졸았다. 로켓포 조가 뒤쪽에서 사격을 퍼붓고 있는 것이다. 사격은 10분쯤 계속되다가 뚝 그쳤기 때문에 주위는 짙은 정적에 덮였다. 이제 포격에 놀란 반군이 이쪽으로 도망쳐 나와야 한다. 물론 산속 바위틈에 반군이 숨어 있었다면 그렇다. 그러나 기대하지 않았기 때문에 바위에 기대앉은 핫산은 졸고 있는 것이다. 어느덧 20분쯤이 지났을 때 옆에 앉아 있던 부관이 말했다.

"중위님, 로켓 조가 옵니다."

"뒤쪽에서 로켓포를 쏜 로켓 조가 산기슭을 돌아온 것이다. 눈을 뜬 핫산이 기지개를 켰다.

"이 산에는 없는 모양이다."

"2번 통로가 무너졌습니다."

보에르가 보고했다.

268

"사망자는 10여 명인데 2번 통로가 무너지는 바람에 식량창고에 접근할 수가 없습니다."

눈을 치켜뜬 보에르의 표정이 당혹감으로 덮였다. 이런 경우는 처음이다. 로켓포가 밖의 바위를 허물어뜨리면서 동굴을 무너뜨려 버린 것이다. 샤그라니의 얼굴에 쓴웃음이 떠올랐다.

"그놈들이 통로를 무너뜨리려고 쏜 것이란 말이냐?"

"아닙니다."

보에르가 고개를 저었다.

"2번 통로 윗부분 지대가 약했던 것 같습니다."

"식량은 얼마나 견딜 수 있어?"

"당장 오늘 저녁 먹을 식량도 없습니다, 족장님."

그때서야 샤그라니가 이맛살을 찌푸리고는 자리에서 일어섰다. 동굴 안에는 250여 명의 정예 부대가 은신하고 있는 것이다. 앉아서 굶어 죽을 수는 없다.

6장
반란군 소탕

낮에 행군을 했다. 바위산을 돌고 돌아서 속력을 내었더니 시간당 7킬로를 나아갔다. 밤보다 빠르다. 지금 북쪽 지역 전역을 2개 사단 병력을 풀어서 수색 중이지만 4시간을 행군했어도 이라크군 수색대는 만나지 못했다. 그만큼 호마칸 부족의 지역이 넓은 것이다. 정재국이 땀이 말라서 부석부석해진 얼굴을 손바닥으로 쓸었다. 그러자 손바닥에 흰 소금가루가 가득 묻었다. 오후 2시 반, 그때 앞장서 가던 카두란이 고개를 돌려 말했다.

"이제 저 산기슭만 지나면 반타나강 중류가 나옵니다."

"산기슭 지나고 나서 쉬지."

정재국이 주위를 둘러보며 말했다. 반타나강을 따라서 3킬로만 가면 네이드 계곡이 나온다. 네이드 계곡에서 샤그라니의 아들 하지드와 터키 무기상이 만나기로 했다는 것이다.

"자, 이곳에서 어두워질 때까지 휴식."

하지드가 말하고는 바위틈에 먼저 앉았다. 짐꾼까지 포함한 10명이 제

270

각기 바위틈 사이에 쪼그리고 앉았을 때 모하타나가 주위를 둘러보았다. 은신처를 찾는 것이다.

"저쪽 바위 그늘이 좋겠습니다."

모하타나가 위쪽의 거대한 바위 밑을 가리켰다. 아래쪽에서만 보이는 그늘이다. 고개를 끄덕인 하지드가 다시 일어섰고 일행은 뒤를 따른다. 체격이 큰 하지드는 바위길 행군에 지쳐 있었다. 이제 네이드 계곡까지는 10킬로 정도밖에 남지 않았다. 이라크군이 대대적인 수색을 개시했기 때문에 빨리 마쳐야 한다. 바위 그늘에 들어가 앉았을 때 무전이 왔다. 이라크군 전파 탐지에 포착될 위험성이 있었지만 어쩔 수 없다. 하지드는 무전병이 건네주는 무전기를 받아 쥐었다.

"여보세요."

"여긴 카리프다."

지휘부에서 온 무전이다.

"말하라."

"알라께서 하늘을 보셨다."

사내의 목소리가 이어졌다.

"경배하라. 세 번째 집으로 참배하러 오라."

그러고는 통신이 끊겼기 때문에 하지드가 무전기를 무전병에게 건네주었다. 그늘에 앉은 10명은 모두 무전기의 목소리를 들었지만 내용을 아는 사람은 하지드와 모하타나 둘뿐이다. 알라가 하늘을 보았다는 것은 은신처인 동굴을 나왔다는 말이다. 그리고 세 번째 집은 서쪽 인샤냐 마을의 안가다. 하지드의 시선을 받은 모하타나가 고개를 끄덕이며 말했다.

"이라크군 수색대가 가깝게 간 모양입니다."

"카산이란 놈은 샤그라니에게 무기를 팔아온 중개상입니다."

카심이 후세인에게 보고했다.

"지금 12사단 사령부로 옮겨졌는데 조금 전에 자백했습니다."

대통령궁의 집무실에는 모하메드까지 셋이 모여 있다. 카심이 말을 이었다.

"이번에 180만 불을 받으려고 가 있다가 잡힌 것입니다. 무기는 내일 전달해줄 예정이었습니다."

"……."

"헬기로 부족 중심지역에 수색대를 투입시켜 동서 양쪽으로 좁혀 가는 수색 전술을 쓴 것이 효과를 본 것 같습니다."

"특명관은?"

후세인이 짧게 묻자 카심이 지휘봉으로 네이트 계곡 끝을 짚었다.

"조금 전에 이곳에 도착했습니다. 하지드가 카산하고 만나기로 한 통나무집 아래쪽 5킬로 지점입니다, 각하."

밤, 9시가 되었을 때 10명의 대열이 반타나강 줄기를 따라 올라가기 시작했다. 짙은 밤이다. 별도 떠 있지 않은 날씨여서 앞쪽을 걷는 일행의 흐린 윤곽만 보일 뿐이다. 대열 간격을 10미터쯤으로 띄웠기 때문이다. 하지드 일행이다. 이번에 카산한테서 구입할 무기는 소총 1,500정과 박격포 50정, 대전차포 100정과 50밀리 기관포 20정, 수류탄 5천 발, 각종 실탄 200만 발 등으로 호마칸군 전력에 큰 도움이 될 것이다. 오늘 무기 대금을 지불하면 카산은 터키의 도움을 받아 국경에서 무기를 넘겨줄 것이었다. 그때 앞장서 가던 모하타나가 걸음을 늦추었기 때문에 대열이 차츰 모여졌다. 산기슭을 돌아가던 중이다. 다가간 하지드에게 모하타나가 말했다.

"하지드 님, 카산한테 연락할 때가 되었습니다."

"약속 시간이 12시인데, 좀 이르지 않을까?"

"5킬로 거리가 되었으니까 무전기가 통할 것입니다."

무전병이 쥔 무전기는 산악지역이어서 6킬로 거리밖에 송수신이 되지 않는다. 본부에서 사용하는 DDP 무전기는 50킬로 거리까지 닿지만 수신만 될 뿐이다. 고개를 끄덕인 하지드가 무전병에게 말했다.

"카산을 불러라."

무전병이 곧 무전기의 스위치를 켜더니 카산을 호출했다. 그때 곧 응답 소리가 울렸다.

"아, 들린다, 말하라."

"지금 어딘가?"

무전병이 묻자 곧 사내가 대답했다.

"기다리고 있다."

"알았다."

무전기를 끈 무전병이 하지드를 보았다. 어둠 속에서 두 눈이 번들거리고 있다.

"암호를 말하지 않았습니다."

"뒤로."

무전병의 말을 듣자마자 하지드가 명령했다. 반사 신경이 빠른 하지드다. 무전을 끄자마자 대열은 뒤로 돌아가기 시작했다. 하지드가 다시 명령했다.

"우측으로."

지금까지 지나온 산기슭을 벗어나 우측 강가로 빠져나가자는 말이다. 네이드 계곡으로 뻗은 길은 두 갈래였는데 지금까지는 산기슭을 타고 돌아왔다. 다시 10명은 강가의 바위 길을 따라 급하게 돌아가기 시작했다.

"아, 나타났다! 저건 뭐야?"

야간 투시 적외선 망원경을 눈에 붙이고 있던 이칠성이 소리쳤을 때는 10시 20분이다. 그 순간 다섯이 일제히 긴장했다. 이곳은 네이드 계곡에서 7킬로쯤 떨어진 반타나강 강변, 계곡으로 향하는 길목이다. 강에서 계곡으로 들어가려면 이곳을 통과해야 되지만 오른쪽은 산이 많아서 매복할 장소가 적당하지 않았다. 그래서 멀찍이 떨어진 바위산 중턱에서 잠시 쉬고 있던 참이다. 드라구노프 스코프로 앞을 보던 박상철이 낮게 소리쳤다.

"호마칸이오!"

그때는 정재국도 망원경을 눈에 붙였다. 보인다. 앞쪽을 향해 일렬종대로 지나가는 대열, 10명이다. 그런데 이들은 네이드 계곡을 지나오는 것이다. 거리는 750미터, 강을 따라 걷기 때문에 비스듬히 다가오고 있다.

"계곡을 지나오는 것 같습니다."

이칠성이 말했다.

"뒤쪽의 두 놈은 짐꾼인데요. 짐꾼을 보호하고 있는 대열입니다."

"네 번째가 지휘관입니다."

박상철이 말을 이었다.

"앞쪽 두 놈이 첨병, 그다음이 경호병, 보좌관이나 안내역, 대장, 그리고 짐꾼 둘, 뒤로 경계병 셋."

다시 이칠성이 말한다.

"대형이 잘 짜였어요. 다섯째가 대장 맞습니다. 거인인데요, 체격이 크네요."

274

그때 잠자코 망원경을 보던 카두란이 소리쳤다.

"다섯 번째가 샤그라니의 아들 하지드 같습니다!"

그때는 망원경을 갖지 못한 고준기도 눈을 치켜뜨고 그쪽을 보았다. 지금 다섯은 나란히 엎드려 있다. 다시 카두란의 목소리가 울렸다.

"하지드가 거인이거든요! 2미터 가까운 장신에 체중이 120킬로가 넘어서 괴물이라고 불립니다! 하지만 눈에 띈 적이 거의 없었는데 지금 나타난 것 같습니다."

"이제 나타났군."

이칠성이 흥분했다. 그때 거리는 650미터쯤으로 가까워졌다. 정재국이 박상철에게 말했다.

"다섯 번째를 쏴라."

"예, 대장. 지금 말입니까?"

"거리가 500미터까지는 좁혀지겠는데 그다음부터는 앞쪽에 엄폐물이 많아."

"그렇습니다. 550 정도에서 쏘죠."

"한 발에 보내."

"그러죠. 이 조건이면 셋은 맞힙니다."

"침착하게, 나머지는 우리도 쏠 테니까."

"제가 거인하고 앞뒤의 둘까지 셋을 쏩니다."

"좋아, 나는 맨 앞과 두 번째다."

정재국이 말을 받았을 때 이칠성이 나섰다.

"그럼 전 짐꾼 뒤쪽 둘입니다."

"난 짐꾼 둘을 맡지요."

고준기가 말했을 때 정재국이 끄덕였다.

"단발로 쏴."

그때 이칠성의 설명을 들은 카두란이 말했다.

"저도 거들겠습니다. 저격수가 지명한 타깃 외에는 아무라도 쏘지요."

"좋아."

정재국이 이번에는 카두란이 듣도록 영어로 말했다.

"저격병이 쏘는 것을 신호로 일제 사격이다."

"하지드를 여기서 만났군요."

감동한 카두란이 망원경을 눈에서 떼지 못한 채 중얼거렸다.

"그놈이 산비탈을 돌아서 네이드 계곡으로 간 겁니다."

영어로 말했기 때문에 옆에 엎드려 있던 정재국이 대답했다.

"돌아 나오면서 다른 길로 오는 거야."

"그렇군요."

"골짜기 안까지 들어갔다가 함정인 줄 눈치채고 돌아 나오는 길이야. 산비탈 길로 돌아갔다면 놓칠 뻔했어."

모두 카산이 생포당한 줄을 아는 터라 앞을 응시한 채 숨을 죽였다. 정재국이 쓴웃음을 지었다.

"이건 우연이 맞다. 하지드의 운이지."

"여우같은 놈이군요."

이칠성이 이 사이로 말했다.

"이쪽 길로 돌아오는 건 우리가 운이 좋은 겁니다."

맞는 말이었기 때문에 정재국이 한숨을 쉬었다.

"자, 이제 하지드의 운명을 결정할 시간이다."

이제 스코프에 거리가 580으로 찍혔기 때문에 박상철이 다시 거리계를 확인했다.

"하지드 님, 저쪽에서 쉬십시다."

모하타나가 앞쪽 1백 미터쯤 거리의 바위투성이의 산기슭을 가리키며 말했다. 2시간 동안이나 강행군을 했다. 네이드 계곡에서 12킬로 가깝게 떨어진 위치다. 하지드가 뒤를 따르는 일행을 돌아보고 나서 걸음을 늦췄다.

"좋아, 바위틈에서 쉬지."

이마의 땀을 수건으로 닦은 하지드가 주위를 돌아보다가 갑자기 엎어져 버렸다. 다음 순간.

"탕."

총성이 울렸다. 쓰러지고 나서 2초쯤 지났을 때다.

"엇."

놀란 모하타나가 반사적으로 자갈투성이 땅에 납작 엎드리려는 순간이다. 가슴에 충격을 받은 모하타나가 뒤로 벌떡 넘어졌다.

"탕!"

두 번째 총성, 그때다.

"탕, 탕, 탕, 탕, 탕."

총성이 울렸다. 물론 그전에 빗발처럼 총탄이 쏟아진 후다.

15분 후, 자갈밭으로 다가간 5명이 쓰러진 10명을 확인했다.

"이놈은 하지드가 맞습니다."

카두란이 떨리는 목소리로 말했다. 카두란이 땅바닥에 넘어진 사내를 뒤집어놓더니 카메라를 꺼내어 사진을 찍었다. 어둠 속에서 플래시가 번쩍였다. 시체는 10명, 모두 사살된 상태다.

"앗, 달러다!"

짐꾼의 짐을 수색하던 고준기가 소리쳤다.

"엄청납니다!"

"무기 거래 자금이야."

이칠성이 가방을 내려다보면서 말했다.

"하지드에게 현금 운반을 맡겼군."

그때 사진을 찍던 카두란이 정재국에게 말했다.

"대장, 이 달러를 운반해야 됩니다."

"누가 들고 가란 말야?"

정재국이 고개를 저었을 때 고준기가 나섰다.

"제가 메고 가지요."

"족장님, 이쪽으로 가시지요."

보에르가 앞장서 걸으면서 말했다. 샤그라니는 잠자코 뒤를 따른다. 강행군이다. 지하 아지트를 빠져나온 대열은 일렬종대로 바위산을 돌아가고 있다. 오전 3시 반, 벌써 6시간째 행군이다. 바위산 중턱을 지난 대열은 마침내 숲이 울창한 벼랑 아래쪽에서 정리했다. 지친 샤그라니가 바위틈에 앉으면서 보에르에게 말했다.

"하지드에게 연락해."

"거리가 닿지 않을 겁니다."

보에르가 밤하늘을 올려다보고 나서 말을 이었다.

"세니파 산에 닿고 나서 전령을 보내겠습니다. 그것이 안전합니다."

"그러지."

고개를 끄덕인 샤그라니가 바위에 등을 붙이고는 눈을 감았다. 동굴 아지트를 떠나 처음으로 강행군을 했다.

"공을 세웠다."

11사단 제2연대장 하비브 대령이 핫산을 격려했다. 오전 3시 40분, 헬기로 날아온 연대장 하비브가 동굴을 둘러보고 나서 말한 것이다. 이곳은 6시간 전까지 샤그라니가 은신하고 있던 지하 본부였던 것이다. 이라크군은 처음으로 호마칸족 족장의 지하 은신처를 찾아내었다. 그 공은 1대대의 4팀이 세웠다. 부동자세로 선 핫산의 어깨를 쥔 하비브가 말을 이었다.

"정확한 포격이었다. 포격으로 지하 동굴이 무너져서 둘로 쪼개졌더구나."

"예, 연대장님."

"놈들이 숨어 있는지 어떻게 알았느냐?"

"예, 예감이었습니다."

"예감?"

"바위산이었는데 사람이 많이 오간 흔적이 있었습니다."

"어허."

"제가 이란전(戰), 쿠웨이트전(戰)의 경험에 따라서 포격했습니다."

"응, 훌륭하다."

핫산의 계급장을 본 하비브가 고개를 끄덕였다.

"넌 오늘 자로 대위다."

핫산이 숨만 들이켰고 하비브가 옆에 선 부관에게 말했다.

"내일 대위 계급장을 보내."

"예, 연대장님."

부관의 복창 소리를 들은 하비브가 발을 떼다가 옆에 선 대대장 무바락을 보았다. 그러나 금방 시선을 돌렸다.

오전 4시, 마침 후세인은 지하 벙커에 머물고 있었는데 카심이 서둘러 들어섰다. 뒤를 모하메드가 따른다. 후세인의 앞에 선 카심의 두 눈이 번들거렸다.

"각하, 특명관이 조금 전에 샤그라니의 아들 하지드를 사살했습니다."

"오!"

좀처럼 감탄사를 뱉지 않았던 후세인이다. 후세인이 들뜬 표정으로 묻는다.

"확실한가?"

"예, 틀림없습니다. 사진까지 찍었습니다. 그리고……."

"뭐야?"

"일행도 모두 사살했습니다. 하지드 포함 10명입니다. 그리고……."

이번에는 모하메드가 카심의 말을 가로채고 말했다.

"무기 구입 대금으로 추정되는 180만 달러도 획득했습니다."

"오!"

"그 돈뭉치는 근처에 있던 10사단 수색팀에 인계했다고 합니다."

"잘했군."

후세인이 의자에 등을 붙이고는 미소를 지었다. 오랜만에 보이는 웃음이다.

"특명관이 다시 실적을 올렸구나."

"이제 아지트를 버리고 도망친 샤그라니를 추적시켜야 될 것 같습니다."

"그래야지."

고개를 끄덕인 후세인이 지그시 둘을 보았다.

"동지들, 이건 이란전 이후에 처음으로 듣는 승전 소식이다."

전령이 달려왔을 때는 오전 8시 반, 샤그라니가 깜박 잠이 들었을 때다. 전령과 동굴 앞에서 수군거리던 보에르가 주춤거리며 안으로 들어왔다.

"주무시지?"

보에르가 경호원에게 조심스럽게 물었다.

"예, 그런 것 같습니다."

측근 경호원이 목소리를 죽이고 말했지만 동굴이 울렸다. 그때 안쪽에서 잠이 깬 샤그라니가 물었다.

"무슨 일이냐?"

"예."

엉겁결에 대답한 보에르가 안으로 다가가 커튼을 걷고 샤그라니를 보았다.

"족장님, 포마르 마을 주민이 목격했다는 겁니다."

"뭘 말이냐?"

"예, 네이드 계곡에서 10킬로쯤 떨어진 곳인데, 바위산 중턱입니다."

보에르가 손등으로 이마의 땀을 닦았다. 샤그라니의 시선을 받은 보에르가 말을 이었다.

"시체 10구를 시누크에 싣고 갔다고 합니다."

"……."

"그런데 그 시체가……."

"하지드냐?"

"예, 하지드인 것 같습니다."

샤그라니는 외면한 채 입을 다물었고 보에르는 머리를 떨구었다. 동굴 밖은 환했지만 정적에 덮여 있다. 이곳은 은신처인 인샤냐 마을로 가는 도중의 바위산이다. 이곳에서 오늘 밤이 될 때까지 숨어 있다가 떠날 예정이다. 이윽고 샤그라니가 입을 열었다.

"하지드 복수를 해야지."

목이 멘 보에르는 대답하지 못했다.

"샤그라니 은신처가 발견되었다는군요."

무전기 스위치를 끈 카두란이 말했다.

"300명 정도의 병력이 숨어 있던 동굴이랍니다."

방금 카두란이 12사단 사령부로부터 상황 보고를 들은 것이다. 카두란이 말을 이었다.

"지금 샤그라니는 정예병을 이끌고 산악지대로 은신하는 중입니다."

"이동 중이겠군."

정재국이 말했다.

"은신처 중심으로 훑어 나가면 잡을 수 있겠는데."

"샤그라니는 이쪽 지형을 제 손바닥처럼 알고 있어서 힘듭니다."

카두란이 땅바닥에 지도를 펼쳤다.

"이곳과 이곳은 10사단, 11사단이 훑어가고 있습니다. 포위망이 좁혀지고 있지요."

정재국이 고개를 끄덕였다. 이제는 수색망이 훨씬 좁혀졌다. 2개 사단 수색대가 은신처를 중심으로 3면에서 좁혀 오고 있는 것이다. 은신처가 발견되자 재빠르게 수색망을 다시 편성해서 병력을 투입시켰다. 그리고 3면, 서쪽을 남겨둔 이유는 바로 정재국 팀이 있기 때문이다. 지도를 내려다본 정재국의 얼굴에 쓴웃음이 번졌다.

"샤그라니가 속아 넘어갈까?"

"알면서도 쫓겨 가게 됩니다."

카두란이 서쪽의 빈 위치를 손가락으로 짚었다. 바로 팀이 있는 위치다.

"압박이 들어오면 어쩔 수 없이 밀려 나오게 됩니다."

카두란은 이라크 북부의 산악지대에서 수색작전을 치른 경험이 많은 것이다. 정재국이 고개를 끄덕였다.

"하지드한테는 운이 절반쯤 섞였지만 이번은 운을 기대하기는 힘들 것 같다."

그러고 나서 사흘이 지났다. 3면에서 수색망을 좁혀온 10, 11사단 병력이 서로 마주 보는 위치에 닿았을 때까지 사흘이 걸린 것이다. 그동안 정재국은 또 늑대몰이꾼들이 몰아오는 늑대를 기다리면서 사흘을 보냈다. 허탕을 친 것이다.

"샜어."

정재국이 말했다.

"사흘간 도망갈 여유를 준 거야."

카심의 목소리가 수화구를 울렸다.

"도르만, 수색대를 철수시켜라."

"예, 각하."

우물쭈물하던 도르만이 송화구에 대고 물었다.

"완전히 철수합니까?"

"그렇다, 완전히."

"예, 각하."

"지금 즉시, 알았나?"

"예, 각하."

통화가 끊겼기 때문에 도르만이 옆에 선 참모장에게 말했다.

"수색대 전원 철수시켜."

"자, 가자."

어깨에 갈릴을 멘 정재국이 앞장서면서 말했다. 오후 6시 반, 산골짜기는 이미 어둠이 덮여 있다.

"잘 쉬었다."

정재국의 말에 뒤를 따르던 이칠성이 투덜거렸다.

"몸무게가 5킬로는 늘어난 것 같습니다."

다시 늑대 사냥이다. 이제는 몰이꾼도 없기 때문에 직접 찾아다녀야 한다. 그때 뒤를 따르던 카두란이 말했다.

"대장, 앞쪽은 다 비었습니다."

수색대가 물러났다는 말이다. 그러니 호마칸 게릴라들이 나설 차례다.

다시 나흘이 지났다. 이제 호마칸 지역은 옛 상태로 돌아온 것처럼 보였다. 지역 안의 이라크군 수색대는 모두 없어졌고 고정 초소만 유지될 뿐이다. 그동안 특명관팀은 서쪽에서 동쪽으로 이동하면서 호마칸 지역을 훑었지만 개 한 마리 만나지 못했다. 그래서 이칠성은 불었던 체중이 다시 빠졌다고 불평했다. 이번에는 밤낮으로 수색했기 때문에 나흘 동안 주파한 거리는 150킬로도 넘는다. 저녁 무렵, 팀이 멈춘 곳은 강가의 바위산 밑이다. 호마칸 지역의 북서쪽 황무지, 짐승도 살지 않는 삭막한 땅이다.

"이건 모래밭에서 바늘 찾기 같은데요."

좀처럼 불평하지 않던 고준기도 배낭을 내려놓고 투덜거렸다.

"아예 한 곳에서 자리 잡고 물리기를 기다리는 것이 낫겠습니다. 낚시꾼처럼 말입니다."

그 소리에 정재국도 풀썩 웃었다.

"운 좋게 걸리기를 기다리란 말이냐?"

"목이 좋은 곳을 잡아야겠지요."

그렇지만 지금까지 목이 좋은 곳만 찾아다닌 것이다. 수시로 카심의 정보를 받았는데 그것은 북부지역 사령관 도르만이 건네준 정보다. 저녁을 먹은 팀원이 바위틈에 둘러앉았다. 불도 피우지 못했지만 날씨는 견딜 만하다.

"샤그라니가 숨어 있지만은 않을 것이라는 정보야. 후계자인 아들 하지드가 죽은 데다 쫓기기만 해서 부족의 사기를 일으켜야만 한다는군."

"당연히 그래야죠."

고준기가 고개를 끄덕였다.

"그래서 제발 대가리를 내밀어야죠."

"인내력 싸움이다."

"물속에서 숨 참기 시합이라면 자신 있습니다."

"닥쳐, 이 자식아."

주위에서 웃음이 터졌고 한국말이어서 눈동자만 굴리던 카두란은 어깨를 늘어뜨렸다.

인샤냐 마을은 500호 정도의 꽤 큰 마을로 서쪽의 반타나강 지류가 마을 복판을 흐르고 있어서 밭농사가 잘되었다. 마을의 복판에는 근처의 주민까지 찾아오는 양과 말 시장도 있어서 유동인구가 5천 명 이상이 되는 곳이다. 호마칸족의 다섯 손가락 안에 드는 마을로 이라크 정부의 자료에는 주민 수 2,950명, 초등학교, 중학교, 고등학교까지 갖췄고 병원도 있다. 마을 안에는 이라크군 12사단 소속의 1개 중대가 주둔하고 있었는데 중대장은 마리크 대위, 150명의 부대원은 마을 남쪽의 개울가에 막사를 치고 근무했다. 오후 2시 반, 낮잠을 자던 마리크는 부관이 깨우는 바람에 상반신을 일으켰다.

"뭐야?"

"자이드가 왔습니다."

"빌어먹을 놈, 왜 온 거야?"

"정보가 있답니다."

"또 어떤 놈이 없어졌다는 거냐?"

낮잠에서 깨어난 화풀이로 마리크의 목소리가 높아졌다.

"그놈의 새끼, 정보비 받으려고 거짓말을 지어내는 거다."

자이드는 정육점 주인으로 부대의 비밀정보원이다. 정보비는 대대에서 지급되지만 마리크는 자이드를 불신했다. 지금까지 4개월간 제대로 된 정보가 없었기 때문이다. 그때 부관이 말했다.

"자이드가 아이들한테서 정보를 들었다고 합니다."

"그놈이 이제는 아이들 이야기까지 팔아먹으려는 건가?"

"아이들이 염소 발굽 수십 개가 파묻힌 곳을 찾아냈다는 겁니다."

"염소 발굽?"

"예, 염소를 도살한 것 같습니다. 그래서 아이들이 발굽을 파내어서 정육점에 갖고 온 겁니다."

"……"

"자이드가 파냈다는 곳을 가봤더니 마을 북쪽 산기슭이었다는 겁니다."

"북쪽 산은 험하고 풀도 나지 않아서 짐승도 살지 않는 곳이다. 눈을 치켜떴던 마리크가 전화기를 들었다가 내려놓았다. 전화기는 도청이 된다. 도처에 호마칸족 밀정이 있는 것이다.

오후 4시가 되었을 때 정재국이 무전을 받는다. 무전병 역할까지 맡은 카두란이 카심한테서 받은 것이다. 무전을 끝낸 카두란이 정재국에게 보고했다.

"서북쪽 인샤냐 마을 북쪽에서 염소 발굽 수십 개가 발견되었습니다. 정보원인 정육점 주인이 보고했는데 이건 호마칸족 반군들이 식량을 조달한 것 같습니다."

정재국이 긴장한 얼굴로 지도를 펼쳤다. 이곳은 산 밑쪽 개울가다. 북쪽으로 가는 중에 잠깐 쉬고 있었던 것이다. 그때 카두란이 손가락으로 지도를 짚었다.

"이곳입니다."

현재 위치에서 25킬로다. 산길이니 5시간쯤 걸릴 거리다.

바위산 은신처에 머문 지 10일째, 샤그라니는 안정되면서부터 죽은 아들 하지드의 복수를 준비하기 시작했다. 부족 전체가 샤그라니에게 심복하는 것도 아니었기 때문에 은밀하게 움직였다. 반군의 규모는 3개 사단, 20명, 30명씩 흩어져 있어 지금까지 쉽게 눈에 띄지는 않았다. 오후 5시 무렵, 샤그라니에게 참모장 보에르가 보고했다.

"족장님, 바쿠스 대령이 오늘 밤 11시쯤 도착할 것입니다."

샤그라니가 고개만 끄덕였다. 터키의 정보 장교 바쿠스 대령은 휴대용 지대지 미사일 12기를 가져올 것이었다. 그때 보에르가 말을 이었다.

"지난번 하지드가 빼앗긴 180만 불은 12사단으로 보낸 것이 확인되었습니다."

"누가 포상을 받은 거냐?"

"그것이……."

머리를 기울인 보에르가 샤그라니를 보았다.

"현금 180만 불을 사단 사령부로 날랐다고만 알려져 있습니다."

"현금을 탈취했다고 포상을 받은 부대가 없습니다."

"……."

"카산을 포로로 잡은 부대, 저희들 지하 동굴을 찾아낸 부대는 포상을 받았는데 하지드는……."

"그럼 귀신이 하지드를 죽였단 말이냐?"

샤그라니가 핏발 선 눈으로 보에르를 노려보았다.

"돈을 가져간 부대를 찾아라."

"예, 족장님."

"그놈들이 하지드를 죽인 놈들이다."

복수를 해야만 한다.

"염소 발굽이 48개라고 합니다. 앞발굽이 37개라고 하니까 최소 19마리는 도살한 셈이지요. 대규모 부대가 숨어 있다는 말이 됩니다."

바위에 기대앉은 정재국에게 카두란이 말했다. 밤 9시 반, 인샤냐 마을을 향한 행군 중에 일행은 황무지에서 휴식을 하고 있다. 별도 떠 있지 않은 밤이다. 밤에도 먼지바람이 휘몰아치고 있어서 모두 터번으로 얼굴을 가렸다.

"거기서도 잠복하고 기다려야겠습니다."

옆에 쪼그리고 앉은 박상철이 소리쳐 말했다.

"대규모 부대라면 그놈들은 동굴 속에 숨어 있지 않겠습니까?"

이칠성이 묻자 정재국이 소리쳤다.

"끌어내야지."

"이라크군과 합동작전을 해야겠군요."

"우선 가보고 결정하자."

작전 주도권은 특명관팀이다. 먼저 이라크 정규군부터 끌어들이면 두더지처럼 숨어서 나오지 않을 것이다. 정재국이 플래시로 땅바닥에 놓인 지도를 비췄다. 인샤냐 마을까지 12킬로 남았다.

바쿠스 대령은 호마칸족 차림으로 터키 국경에서 이곳까지 오는 데 12일이 걸렸다고 했다. 역시 호마칸족으로 변장한 부하 30여 명에게 소련제 지대지 휴대용 미사일 12기를 들려서 왔으니 대단한 모험을 한 셈이다. 시가로도 3백만 불이 넘는 무기였기 때문에 샤그라니는 감동했다.

"총리께 고맙다는 말씀 전해주시오."

샤그라니가 바쿠스에게 차를 권하면서 인사했다. 이곳은 인샤냐 마을 북쪽 산의 동굴 안이다. 지난번 은신처는 지하 동굴이 개미굴처럼 이어져서 지하 도시 같았지만 이곳은 동굴이 수십 개가 산재해 있다. 험한 산속 동굴이어서 안전성은 이쪽이 더 유리하다. 바쿠스는 40대 후반으로 샤그라니와 여러 번 만나 친숙한 사이다. 터키 측의 샤그라니 담당관이기도 하다. 찻잔을 두 손으로 쥔 바쿠스가 샤그라니를 보았다.

"출발 전에 하지드 씨의 비보를 들었습니다. 총리께서도 깊은 조의를 전하라고 하셨습니다."

"고맙다고 전해주시오."

외면한 샤그라니가 말을 이었다.

"하지드의 복수는 꼭 할 것이오."

동굴 안이 숙연해졌고 샤그라니의 말이 이어졌다.

"12사단장 도르만은 꼭 내 손으로 죽이겠어."

"족장 각하, 하지드는 후세인이 보낸 특명관팀에 당한 것입니다."

불쑥 바쿠스가 말하자 샤그라니가 고개를 들었다. 그러나 바쿠스를 향한 시선에는 초점이 멀다. 그때 바쿠스가 말을 이었다.

"12사단 교신을 감청하고 정보원의 정보 보고를 들은 결과 하지드는 매복하고 있던 특명관팀이 저격했습니다."

"……."

"하지드가 가져가던 무기 대금은 특명관팀이 12사단에 인계했습니다."

"……."

"그래서 12사단이 하지드와 일행의 시신과 함께 시누크로 날라 간 것이지요."

"그랬군."

찻잔을 바닥에 내려놓은 샤그라니가 고개를 끄덕였다.

"그래서 12사단에 하지드를 사살한 팀이 없었군."

"특명관팀은 이란의 비자금을 강탈한 공을 세웠지요. 후세인이 기르는 개입니다."

"지금 그놈들이 어디에 있소?"

그러자 바쿠스가 되물었다.

"그놈들이 하지드를 목표로 내려온 것으로 생각하십니까?"

샤그라니가 다시 외면했다.

인샤냐 마을에 도착했을 때는 오전 4시가 되어 갈 무렵이다. 도중에 바그다드의 연락을 받은 정재국이 두 시간가량을 기다렸다가 출발했기 때문이다. 마을 아래쪽 초소에서 기다리던 중대장 마리크가 그들을 맞았다.

"소령님이십니까?"

마리크가 카두란에게 인사했다.

"안가를 준비했습니다."

초소에는 경비병이 셋 있었지만 나오지 않았다. 밖으로 나온 것은 중대장 마리크와 부관 둘뿐이다. 정재국 일행의 소문이 나지 않게 하려는 것이다.

"가시지요."

마리크가 앞장을 서면서 말했다. 지시를 받았는지 정재국 일행에게는 시선도 주지 않는다. 어둠을 헤치고 마을로 들어서면서 마리크가 말을 이었다.

"민가가 500호 있지만 그중에는 우리 정부에 우호적인 가구가 절반 이상이어서 마을로 내려와서 수백 명이 잠복했을 가능성은 없습니다."

지금 마리크는 카두란에게 보고하고 있다. 그래서 아랍어로 대화하는 중이다.

"그래서 염소 발이 발견된 북쪽 산에 은신하고 있는 것 같습니다. 산은 바위산인 데다가 동굴이 많아서 수천 명도 숨을 수가 있거든요."

"염소 발이 발견된 건 소문 내지 않았지?"

"물론입니다."

이제 마을 골목길로 들어섰기 때문에 마리크가 목소리를 낮췄다.

"북쪽 산은 넓기 때문에 수색할 엄두도 내지 못하고 있습니다."

카두란이 고개만 끄덕였다. 염소 발이 발견된 후부터 북쪽 산 주변으로 수색대가 은밀하게 파견되어 있다. 총사령관 카심이 손을 쓴 것이다.

"이곳입니다."

이윽고 마리크가 발을 멈춘 곳은 꽤 큰 흙벽돌집이다. 어둠이 덮인 흙집의 손바닥만 한 창으로 불빛이 새어 나왔다.

"집주인이 아부란인데 말 중개상입니다. 호마칸족으로 우리한테 우호적인 주민이지요."

열린 문으로 앞장서 들어간 마리크가 곧 어둠 속에서 사내 하나를 데리고 나왔다. 얼굴이 흰 수염으로 뒤덮인 장신의 사내다. 사내가 뒤쪽의 정재국까지 둘러보더니 손으로 옆쪽 건물을 가리켰다.

"가시지요."

아랍어지만 정재국은 알아들었다.

후세인의 집무실에 셋이 모였다. 심복인 카심, 모하메드 외에 특전사령관 파시크나 중장이다. 오전 6시 반, 후세인이 파시크나에게 말했다.

"샤그라니가 인샤냐로 반군을 모으고 있다. 인샤냐에서 결전할 작정이야."

후세인의 얼굴에 웃음이 떠올랐다.

"하지드가 죽고 나서 복수심이 끓어오른 것이지. 호마칸 부족의 거주지에서도 인구 이동이 심해지고 있어."

파시크나는 야전 전문 장군으로 지금까지 카심 휘하에서 수많은 전투를 치렀다. 50대 초반으로 입이 무겁고 전투에 능하다. 휘하에 3개 여단을 거느리고 있는데 1개 여단은 3개 연대, 사단보다는 규모가 작지만 모두 정예다. 여단은 각각 기갑, 전차, 보병 연대로 편성되어 있어서 전쟁 때는 항상 선두에 섰다. 후세인이 카심에게 말했다.

"카심, 네가 말해라."

"예, 각하."

상체를 세운 카심이 파시크나를 보았다.

"이 기회에 전장(戰場)을 인샤냐 지역으로 정하고 호마칸 반군을 소탕하는 거야."

파시크나가 숨을 죽였고 카심의 말이 이어졌다.

"지금 샤그라니 본대는 위쪽 바위산에 흩어져 있는 것이 분명하다. 반군들이 모두 그쪽을 향해 모이고 있어."

"그럼 저는 다 모이기를 기다렸다가 칩니까?"

"그렇지, 이 기회에 샤그라니와 반군을 일망타진하는 거다."

카심이 번들거리는 눈으로 파시크나를 보았다.

"아부하드의 산크란 부대가 참석할 거다."

"옛!"

놀란 파시크나가 숨을 들이켰다.

아부하드는 산크란 부족의 족장이다. 호마칸 부족과는 대를 이어서 원수지간인 부족으로 이라크 북동부 지역에서 거주하는 유목민족이다. 인구도 2백만 정도로 비슷하지만 호마칸은 산악지역이고 산크란은 절반쯤이 초원지대여서 가축이 많고 농경지도 넓다. 그래서 수백 년간 호마칸족의 침입을 받아왔다가 이라크에 귀속되었지만 지금도 습격과 약탈이 자주 일어난다. 그것은 후세인이 은근히 두 부족의 갈등을 조장해서 통치력을 강화시키는 전략이기도 하다.

"아부하드의 산크란 유격대가 옵니까?"

"그렇다."

카심의 목소리가 낮아졌다.

"하지만 아부하드가 보내는 것이 아냐."

"그럼 무엇입니까?"

"산크란 부족으로 변장한 유격대가 호마칸족을 치는 것이지!"

그때서야 말뜻을 알아차린 파시크나가 커다랗게 고개를 끄덕였다. 두 눈이 번들거리고 있다.

"알겠습니다. 그럼 우리가 산크란 부족이 될까요?"

"1개 보병연대만 산크란 부족으로 변장하도록."

"예, 사령관님."

"나머지 병력은 뒤로 물러나 있도록."

"알겠습니다."

그때 후세인이 마무리했다.

"이번에 끝내."

밖에 나갔다가 온 카두란이 정재국에게 말했다.

"마을에 장꾼들이 몰려와서 인구가 두 배나 더 늘어나 있습니다."

오후 1시 반이다. 이마의 땀을 손등으로 닦은 카두란이 말을 이었다.

"특히 말 시장, 염소 시장이 붐빕니다. 근처에서 끌고 온 말과 소, 염소 떼가 수만 마리나 됩니다. 인샤냐 가축시장이 근처에서 가장 큽니다."

"외부에서 온 상인 중에 반군이 끼어 있겠군."

"우리도 끼어 있으니까요."

카두란이 터번을 벗고는 주전자를 들어 잔에 차를 따랐다. 저택의 별채 안이다. 안쪽 방에는 이칠성과 고준기가 총기 소제를 하는 중이고 박상철은 마당가에서 경계 중이다. 그때 방 안으로 여자 하나가 들어섰다. 차도르로 눈만 내놓고 검은 천을 둘러썼는데 발끝도 보이지 않는다. 여자가 주전자를 들고 와 방바닥에 내려놓았다. 방바닥은 땅바닥이다. 여자가 정재국의 앞을 지나면서 짙은 향내가 맡아졌다. 날씬한 몸매, 큰 키, 검은 눈동자와 짙은 속눈썹, 그 밑은 보이지 않았지만 눈동자 속으로 빨려드는 것 같다. 주전자를 들면서 정재국이 여자를 보았다.

"시장에 나가보려는데 같이 가지 않겠소?"

순간 여자가 우뚝 걸음을 멈추더니 고개를 돌려 정재국을 보았다. 그때 정재국은 여자의 눈동자가 흔들리는 것을 보았다. 영어로 말했는데, 알아들었는가?

여자는 말 중개상 아부란의 둘째 딸 파샤다. 눈만 내놓은 챠도르를 입고 정재국도 터번으로 눈만 내놓은 차림이었으니 부부간에 시장 나들이를 하는 모양새다. 정재국은 냄새가 펄펄 나는 아부란의 쑵에다 호마칸족 겉옷인 모직 덮개를 뒤집어썼다. 파샤가 제의에 응하리라고는 예상하지 못했기 때문에 정재국은 아직 멍멍한 상태다. 집을 나온 둘은 곧장 염소 시장으로 다가갔다. 사람들을 헤치고 나가면서 정재국이 파샤에게 말했다.

"내 부탁을 들어줘서 고맙습니다. 하지만 좀 놀랐소."

옆에 바짝 붙어 서서 영어로 말한 것이다. 잠깐 주춤했던 파샤가 눈웃음을 쳤다. 차도르에 나온 눈이 초승달처럼 굽혀졌다.

"상관없어요. 난 어차피 이곳을 떠날 테니까요."

"아니, 왜?"

"이집트로 가서 일하려고요."

"무슨 일?"

"바그다드 대학 영문학과를 졸업했으니까 부잣집 아이들 가정교사가 되거나 취직을 하려고요. 사촌 언니가 카이로에서 여행사 가이드로 일하고 있어요."

말하는 사이에 둘은 염소 시장으로 들어섰다. 수만 마리의 염소 떼와 사람들이 섞여서 혼잡했고 소란스러웠기 때문에 둘은 군중 속에 파묻혔다.

"파샤, 인샤냐 마을 안에 반군도 있을 것 아뇨?"

정재국이 불쑥 물었더니 파샤가 고개를 끄덕였다.

"그렇죠. 내 친구 남편도 반군인걸요."

"이라크군에 신고 안 합니까?"

"동족을 어떻게 신고해요?"

파샤가 눈으로 앞쪽 군중들을 가리켰다.

"저기 남자들 중에서 절반은 반군이나 가족일 겁니다."

"그럼 샤그라니를 신고하는 사람도 없겠군."

"당연하죠."

파샤가 검은 눈동자로 정재국을 보았다.

"낮에는 이라크 정부에, 밤에는 샤그라니 족장의 명령을 받고 살아가는 거죠."

"그렇다면 당신 아버지 아부란은 위험을 감수하고 있겠는데, 가족의 목숨까지 위험한 일을 하고 있는 셈 아닌가?"

"하지만 대가를 받으니까요."

파샤의 눈이 다시 초승달 모양이 되었다.

"말 중개상 경쟁자가 갑자기 반군과 내통한 혐의로 잡혀가거나 밀수 혐의로 처형되고, 야생마를 정부로부터 싼값에 인수하는 등 대가가 많지요."

"그걸 반군들이 눈치채지 못할까?"

"반군들한테도 아버지가 인심을 잘 쓰거든요."

"그렇지."

정재국이 고개를 끄덕였다.

"아버지는 현명한 분이군."

"지혜롭게 사는 것이죠."

"당신을 바그다드로 유학 보낼 만큼 개화된 분이고."

"3년 전에 결혼했다가 1년 만에 이혼하고 돌아왔어요."

파샤의 눈이 다시 초승달로 변했다.

"그건 아버지를 거역한 것이죠. 내 전(前) 남편은 이곳 염소 시장의 가장 큰 중개상 아들이었는데……"

"말 중개상 딸이면 최소한 낙타나 코끼리 중개상 아들하고는 결혼해야 되는 것 아뇨?"

그러나 파샤의 눈은 초승달이 되지 않았다.

"전 남편 바르무는 염소 중개상으로 사는 것이 꿈이었지요. 더구나 와이프를 하나 더 얻어야 한다는 것이었어요."

"저런."

"그것이 염소 중개상의 체면에 맞는다는 것이었죠."

"글쎄, 낙타 중개상은 와이프를 넷쯤 가져야 되나?"

"아버지는 와이프가 셋이에요. 난 둘째 부인의 둘째 딸이고."

"그, 그렇군."

"자식이 모두 14명이죠."

"대단하시군. 그 자식들을 다 교육시키고 결혼시키려면……"

"그중에서 대학 졸업한 자식은 나 하나뿐이랍니다. 돈이 좀 있어도 머리가 안 되면 할 수 없죠."

"파샤, 나이가 몇이오?"

"스물여섯."

"아직 젊군."

"당신은요?"

"서른."

둘의 시선이 마주쳤을 때 파샤가 다시 물었다.

"국적이 어디죠?"

"미국."

"그렇군요."

"파샤, 샤그라니가 어디 있는 것 같소?"

"북쪽 바위산요."

파샤가 바로 대답했다.

"인샤냐 주민이라면 어린애까지 다 알죠."

"주둔 부대원만 모른다는 건가?"

"장교들은 빼고 사병들은 다 알걸요?"

"그걸 장교들한테 보고 안 한다는 거요?"

"보고해도 공은 장교가 먹을 뿐만 아니라 밀고자로 몰려서 참수될 테니까요."

"그렇군."

"지금 이 인파 중에서 적어도 열 명 중 두 명은 반군이거나 반군 가족일걸요?"

"갓댐."

그때 파샤가 짧게 웃었다. 맑고 울림이 강한 웃음이다. 발을 뗀 정재국의 옆으로 파샤가 따라 걸으면서 물었다.

"대장님, 저한테 시장 안내만 부탁하시려고 한 건 아니죠?"

"그걸 어떻게 아시오?"

"제가 차나 음식을 갖고 들락거리면 저를 유심히 보셨지 않아요?"

"눈이 예뻤기 때문이지."

"우리는 눈만 내놓고 다니기 때문에 상대의 눈만 보아도 어느 정도 생각을 읽습니다."

"내 생각을 읽었습니까?"

"네."

"말해 봐요."

둘은 시장을 빠져나와 이제는 한적한 흙집 담장 사이를 걷는다. 둘이 나란히 걸을 만한 넓이의 골목길이다. 파샤가 고개를 돌려 정재국을 보았다.

"샤그라니 족장을 잡으려고 오셨죠?"

"그건 당신 아버지한테서 들었겠지."

"그 정보를 주면 저한테 뭘 해주실 거죠?"

"무슨 정보 말이오?"

"샤그라니 족장에 대한 정보."

"좋은 정보라면 당신 소원을 들어주지."

정재국이 입 안에 고인 침을 삼켰다. 파샤를 데리고 나온 것은 인샤냐 마을을 둘러보고 싶었기 때문이다. 그런데 기다렸다는 듯이 응하는 데다 오히려 정보를 거래하자는 제의까지 하지 않는가? 골목 안에 멈춰 선 파샤의 검은 눈동자가 번들거렸다.

"내 친구의 남편이 샤그라니 족장의 부대에 물자를 공급해줘요."

"반군이오?"

"반군 협조자죠. 지금 북쪽 산에 숨어 있는 샤그라니의 부대에 필요한 물자를 공급해 주고 있어요."

"군수품?"

"아뇨, 수건이나 담요, 치약, 칫솔, 그런 거. 어제는 감기약에다 팬티 100장을 가져갔어요."

"그렇군."

"친구 남편 하다르가 산에 가는 날을 알려드릴게요."

"내가 뭘 해드릴까?"

"경비대를 시켜서 날 잡아가게 해줘요."

"무슨 말이오?"

"반군으로 의심된다고 날 잡아서 사단 본부로 연행해 가도록 해줘요."

"옳지. 그러고 나서 풀어달란 말이군."

"그래야 우리 집안이 안전하거든요."

"그렇게만 하면 되나?"

"날 풀어주고 나서 카이로로 보내줘야죠. 그리고 3천 불만 주세요."

"머리가 좋은 여자네."

"대학 나왔으니까요. 이 마을에서 대학 나온 여자는 다섯 명도 안 돼요."

"좋아."

정재국이 고개를 끄덕였다.

"하다르가 가는 시간만 알려줘요, 다 들어줄 테니까."

정재국의 말을 들은 카두란이 고개를 끄덕였다.

"산에 있는 반군에게는 물품을 공급하는 현지 조달책이 있는 법이지요."

카두란의 두 눈이 번들거렸다.

"그 조달책을 따라가면 놈들의 본거지에 닿을 수 있을 것입니다."

둘러앉은 특명관팀이 숨을 죽였다. 그때 카두란이 목소리를 낮췄다.

"곧 산크란 부족 유격대로 위장한 특전여단 병사들이 이곳에 올 겁니다. 그때까지 기다렸다가 작전을 시작하시지요."

정재국이 고개를 끄덕였다. 카심의 연락을 받은 것이다. 사흘 후면 1개 연대 병력의 특전여단 병사가 산크란 부족으로 위장하고 이곳에 도착하는 것이다.

"좋아, 그들과 손발을 맞춰야겠다. 지금 당장 연락을 하도록."

그날 밤, 아부란의 저택 안, 흙집이지만 건물이 4동이나 되는 데다 터가 넓어서 밤이 되면 저택 안은 괴괴한 정적에 덮인다. 정재국이 안쪽 마구간으로 들어섰을 때 말들이 놀라 푸드덕거렸다. 마구간은 통로 양쪽으로 각각 20개의 칸막이가 설치되어 있었는데 말은 절반밖에 들어 있지 않았다. 마구간 안쪽에 가스등 하나가 매달려 있었기 때문에 안의 윤곽은 뚜렷하게 드러났다. 밤이 되면 마구간 문이 닫히고 인적이 끊긴다. 밤 10시 반이 되었을 때 마구간 문이 열리면서 정재국이 안으로 들어섰다. 말들이 잠깐 푸드덕거렸다가 다시 잠잠해졌다. 주위를 둘러본 정재국이 안쪽으로 발을 떼었다. 말들이 물끄러미 지나가는 정재국을 바라보았다. 정재국이 안쪽으로 들어섰을 때 왼쪽 마구간 안에서 파샤가 나타났다. 빈 마구간 안이다. 여전히 눈만 내놓은 차도르를 입은 파샤의 눈이 초승달처럼 굽혀졌다. 그러나 입을 열지는 않는다. 정재국이 안으로 들어서자 파샤가 마구간 벽에 등을 붙이고 섰다. 그때 정재국이 말했다.

"하다르가 언제 갑니까?"

"알아볼게요. 사흘에 한 번꼴로 간다고 했으니까요."

"알아봐요, 파샤."

"내일 아침에 알아볼게요."

"그런데 파샤."

정재국이 한 걸음 다가섰다. 발에 밟히는 마른 풀에서 바스락거리는 소리가 났다. 파샤가 똑바로 응시했기 때문에 정재국이 쓴웃음을 지었다.

"파샤, 내 눈을 보고 생각을 읽겠소?"

"그래요."

파샤가 여전히 응시한 채 말을 이었다.

"나를 보고 싶지요? 눈에 쓰여 있어요."

"아닌데."

그 순간 파샤의 눈동자가 흔들렸다.

"여기선 안 돼요."

"파샤, 바닥에 마른 풀을 깔았군그래."

그때 파샤가 얼굴을 가린 차도르의 귀밑에 손을 대었다. 그 순간 차도르 눈 아랫부분의 검은 천이 흘러내렸다.

"음!"

정재국의 입에서 탄성이 뱉어졌다. 가스등에 비친 파샤의 얼굴이 드러났다. 곧은 콧날, 갸름한 얼굴, 붉고 윤기 흐르는 입술, 피부는 불빛을 받아 반들거리고 있다. 이제 파샤는 수줍은 표정이 되었다. 그때 한 걸음 다가간 정재국이 손을 뻗어 파샤의 허리를 감아 안았다. 파샤가 다리의 힘이 풀렸기 때문인지 쓰러지듯이 가슴에 안긴다. 정재국이 고개를 숙여 파샤의 입술에 입을 덮었다. 더운 숨결과 함께 옅은 과일 향이 맡아졌다. 정재국은 파샤의 몸을 안아 마른 풀 위에 눕혔다. 그때 파샤가 두 손으로 얼굴을 가리면서 헐떡이며 말했다.

"빨리 해요."

"인샤냐와 주위에 약 3천 명쯤이 모였습니다."

보에르가 보고했다.

"인샤냐 마을에는 약 1천 명가량이 모여 있는데 지금 당장이라도 경비대를 전멸시킬 수 있습니다."

고개를 끄덕인 샤그라니가 동굴 벽에 붙인 지도를 보았다.

"인샤냐에서 3킬로쯤 거리를 두고 은신하도록 해."

"그렇게 지시하겠습니다."

"이라크군 정보국에서 우리들 움직임을 모를 리가 없다. 아마 소탕 준비를 하고 있을 거다."

"특전군 여단이 움직이고 있다는 정보도 있습니다."

그때 옆쪽에 앉아 있던 참모가 나섰다.

"말 상인들 사이에는 산크란족이 이번 기회에 기습해올 것 같다는 소문이 퍼졌습니다."

"산크란족이?"

되물은 샤그라니의 얼굴이 일그러졌다.

"그놈들이 하지드가 죽고 나니까 기가 살아났구나."

샤그라니의 말끝이 떨렸다.

"내가 복수를 할 거다."

주위를 둘러본 샤그라니의 두 눈이 번들거렸다.

"먼저 벤갈시를 습격해서 주지사를 죽이고 시청을 불태운 후에 호마칸 부족을 전 세계에 알리는 거다. 그리고 나서 우리는 북쪽 산악지대로 들어가 임시정부를 세운다."

동굴 안에는 참모장 보에르와 20여 명의 참모, 부족 원로들이 둘러앉아 있었는데 숙연한 분위기다. 촛불을 밝힌 동굴 안의 그림자가 흔들렸다. 밖은 오후 3시여서 한낮이다.

"지금까지는 숨어 다니면서 만나는 이라크군과 접전을 했지만 이제부터는 적극적인 전쟁이다."

샤그라니가 말을 이었다.

"그렇게 시간을 끌면 터키, 시리아, 이란, 베이루트까지 우리와 동조하게 될 것이고 나중에는 후세인에 대한 견제 세력으로 미국의 지원을 받게 될 테니까."

그 기폭제가 하지드의 죽음이 되었다.

"하다르, 인샤냐에는 털 양말이 없어요, 실크 팬티도."

모라가 말하자 하다르가 짜증을 냈다.

"알아, 그러니까 버스 타고 타니크라시에 다녀와. 아침에 출발하면 오후에는 돌아올 수 있어."

"도대체."

내역서를 본 모라가 짜증을 냈다.

"누가 산속에서 털양말하고 실크 팬티를 입어요?"

"쉿."

이맛살을 찌푸린 하다르가 방 안을 둘러보는 시늉을 했다. 밤 12시 반, 인샤냐시 주택가의 방 안이다. 흙벽에 흙바닥의 방바닥에는 나무판자 위에 낡은 양탄자가 깔렸고 손바닥만 한 창문 유리는 먼지가 묻어서 흙벽 같다. 하다르가 목소리를 낮추고 말했다.

"그건 족장이 입는 거야."

"비쌀 텐데."

"돈이야 받으면 되지."

"족장은 실크 팬티만 입어?"

"면 팬티는 두드러기가 난다는 거야. 보급관이 그러더군."

쓴웃음을 지은 하다르가 구겨진 100불짜리 지폐 한 장을 모라에게 내밀었다.

"이틀 후 밤에 가기로 했으니까 내일 타니크라에 갔다 와."

다음 날 오전 8시 반, 아침식사를 마친 정재국이 카두란과 함께 본채로 들어가 아부란에게 말했다.

"아부란, 오늘 말들을 끌고 북쪽으로 간다는데, 언제 출발이오?"

"예, 10시쯤 출발해서 호다드 마을까지 다녀올 겁니다. 가는 데 3시간쯤 걸립니다."

아부란이 주름진 얼굴로 둘을 번갈아 보았다.

"무슨 일이십니까?"

"우리도 끼어 갈 수 있겠소, 셋인데?"

잠깐 생각하던 아부란이 고개를 끄덕였다.

"말 12필에 일꾼 하나하고 둘이 갈 예정입니다. 셋을 일꾼 행색으로 끼워 넣지요."

아부란이 북쪽 바위산 지역을 통과해서 말을 넘겨 줄 예정이라는 말을 듣고 따라가기로 한 것이다. 가면서 지형을 정찰할 예정이다.

이곳은 바그다드의 지하 벙커 안, 대통령 전용 벙커 안이다. 집무실에 앉은 후세인이 카심의 보고를 받는다. 방 안에는 경호실장 모하메드, 그리고 특전사령관 파시크나까지 넷이 모여 있다. 오전 10시.

"지금쯤 특명관이 북쪽 바위산 정찰을 떠났을 것입니다. 말 중개상하고 같이 말 떼를 끌고 북쪽 마을로 가는 중입니다."

카심이 지휘봉으로 인샤냐 마을 북쪽을 짚었다.

"이틀 후에 마을의 물품 조달자가 북쪽에서 샤그라니의 부하를 만나 구입한 물품을 전해줄 것입니다. 그놈들을 미행해서 특명관이 산속으로 잠입하는 것이지요."

고개를 끄덕인 후세인의 시선이 파시크나에게 옮겨졌다.

"특공대는 모두 준비되었나?"

"예, 각하. 이틀 후 밤에는 바위산을 덮칠 수 있습니다."

그때 카심이 말을 받았다.

"인샤냐 마을을 중심으로 5킬로 사방에 약 2만 명의 반군이 흩어져 있습니다. 대규모 공격을 준비하는 것입니다."

"목표는 벤갈인가?"

"인샤냐에서 30킬로밖에 떨어지지 않은 데다 호마칸의 봉기를 세계에 알리는 데 최적의 장소입니다."

후세인이 고개를 끄덕였다. 샤그라니는 7년 전에도 같은 방법을 썼다. 그러나 그때는 규모도 적었고 주변국들과 지금처럼 유착되지 않았다. 이란과의 전쟁으로 이라크군 전력이 동쪽으로 집중된 기회를 이용했을 뿐이다.

마을을 벗어난 말 떼가 북쪽을 향해 일렬로 늘어서서 걷는다. 말 등에는 자루가 하나씩 실렸고 사이에 드문드문 말몰이꾼이 끼어 가고 있다. 오전 8시 무렵이어서 햇살은 아직 산기슭 밑까지 닿지 않았다. 앞장선 아부란은 흰 수염이 얼굴을 뒤덮고 있어서 멀리서도 표시가 난다. 그 뒤를 몰이꾼 넷이 말 사이에 끼어 따르고 있다. 산길은 한 사람이 겨우 걸을 수 있는 좁은 길인 데다 바위투성이다. 한 걸음씩 조심스럽게 발을 떼고 나아간다.

"위쪽에 동굴이 보인다."

세 번째로 걷던 정재국이 앞쪽을 향한 채 말했다.

"고개를 들지 마라. 어디선가 놈들이 보고 있을 거다."

그때 뒤를 따르던 박상철이 대답했다.

"오른쪽 1시 방향, 바위 밑에서 이쪽을 보는 감시병이 있습니다. 3백 미터쯤 됩니다."

고개를 숙인 채 박상철이 말을 이었다.

"망원경으로 이곳을 보고 있을 겁니다."

말 떼는 천천히 산기슭을 따라 나아가고 있다. 정재국이 앞쪽의 카두란에게 말했다.

"1만 명이라도 숨겨 놓을 수 있겠다."

"폭격을 해도 동굴 속에 들어가면 5퍼센트도 없애지 못합니다."

카두란이 말을 이었다.

"이곳은 수색대가 정확하게 파고 들어가야 합니다."

정재국이 고개를 숙이고는 발을 떼었다. 크고 높은 바위산이다. 높이는 1,500미터 정도, 넓이 4킬로 정도에 20여 킬로가 끊어졌다 이어져 있기 때문에 수만 명이 은신할 수 있는 것이다. 날씨가 갑자기 흐려지면서 흙먼지가 날리기 시작했다. 옷자락이 펄럭였고 앞쪽 50여 미터도 보이지 않는다.

"앞에 사람이 있소!"

아부란이 낮게 외쳤을 때는 그로부터 10분쯤 후다. 모두 눈만 내놓은 쑵 차림으로 흙먼지를 뚫고 나가는 중이어서 정재국이 고개를 들었다. 정재국과 카두란, 박상철까지 셋이다. 눈을 가늘게 뜬 정재국이 앞을 보았다. 먼지 속의 앞쪽 바위틈에 서 있는 사내들을 보았다. 넷, 이라크군은 아니다. 파견대는 군복을 입고 있으니까. 그렇다면 반군이다. 정재국이 낮게 말했다.

"준비해라."

겉옷 밑에는 갈릴 기관총을 숨겨 놓고 있는 것이다. 어깨에 멘 채 늘어뜨려 놓아서 총구만 치켜 올리면 바로 발사할 수 있다. 카두란과 박상철이 주춤거리면서 거리를 좁혔다. 그때 앞장선 아부란이 사내들에게 소리쳤다.

"말 중개상 아부란이오! 누구시오?"

"우린 인샤냐로 가는 중이오!"

그중 앞쪽 사내가 대답했다.

"하트콤에서 염소를 사려고 가는 거야!"

"아니, 꽤 멀리 오셨구려!"

그 사이에 사내들과의 거리가 10미터로 좁혀졌다. 흙먼지가 휘몰아치고 있었기 때문에 모두 눈만 내놓고 얼굴을 감싸고 있다. 호마칸족 겉옷은 양탄자 수준이어서 바람에 날리지는 않는다. 그때 사내가 소리쳤다.

"아부란! 난 제할의 사촌이오!"

"아, 그렇소?"

반가운 듯 아부란의 목소리가 밝아졌다. 어느덧 그들은 마주 보고 섰

308

다. 사내 뒤에도 등에 짐을 진 사내 셋이 나란히 섰다.

"제할은 잘 있소?"

"지금 눈병이 나서 고생 중이오, 약이 없어서."

"인샤냐 약국에 눈병 약이 있어."

"그래서 약도 사 갈 거요."

"자, 그럼 바빠서 우린 가야 되겠소."

"그런데 어디 가시오?"

"호다드 마을."

그러고는 아부란이 말고삐를 잡고 사내의 옆을 지났다. 잠시 멈췄던 말들이 움직였고 카두란, 정재국, 박상철, 그리고 말몰이꾼을 마지막으로 사내들과 스치고 지나갔다. 사내들과 떨어져 다시 산비탈을 돌았을 때 아부란이 고개를 돌려 뒤를 따르는 카두란과 정재국에게 말했다.

"내가 아는 놈이었소. 이곳에서 30킬로쯤 위쪽 산비탈에 사는 제할이란 대장장이의 사촌이지."

아부란이 정재국에게로 시선을 돌렸다.

"저놈은 반군이오. 평소에는 제할의 일을 돕다가 본부의 명령이 오면 총을 쥐고 나오지. 지금 동원령이 내려진 것 같소."

정재국이 머리를 끄덕였다.

"저놈들이 우리 일행이 많은 것을 이상하게 생각했을지도 모르겠소, 아부란."

"마찬가집니다. 저놈도 제가 의심받는다는 걸 모를 리가 없지요."

아부란이 소리치듯 말을 잇는다.

"하지만 섣불리 총질은 못 합니다."

그것은 이쪽도 마찬가지인 것이다. 고개를 든 정재국이 흙먼지 바람으로 휩싸인 바위산을 보았다. 산중턱 위쪽은 보이지도 않았다.

"인샤냐의 말 중개상 아부란이 말 떼를 데리고 지나갔습니다. 말은 12필입니다."

감시초소장 군트라가 보고했다.

"몰이꾼을 넷 데리고 갔습니다. 다섯 명이 갑니다."

"몰이꾼을 넷이나 데리고 가다니 수상하군."

보에르가 고개를 기울였다.

"말 12필에 몰이꾼을 넷이나 데려가다니. 말에 짐은 실었나?"

"예, 12필에 모두 짐을 실었습니다."

"그럼 잡상과 함께 가는군."

그때 듣고만 있던 샤그라니가 보에르에게 물었다.

"아부란이 지난번에 세금을 얼마 바쳤지?"

"500달러입니다."

보에르가 바로 대답했다.

"지난겨울에는 성금으로 700달러를 냈습니다."

고개를 끄덕인 샤그라니의 얼굴에 쓴웃음이 번졌다.

"그놈이 인샤냐의 제일 큰 말 중개상이 된 건 이라크 정부에도 뇌물을 많이 바쳤기 때문이야."

"그렇지요."

하지만 어쩔 수 없는 일이다.

"뇌물을 안 바치면 장사를 할 수 없으니까요."

아부란은 두 군데 다 세금과 뇌물을 바치고 있는 셈이다. 보에르가 말을 이었다.

"밖은 흙바람이 불어서 대원이 모이는 데 훨씬 유리해졌습니다."

오후 3시 반, 말을 넘겨주고 염소 40마리를 샀지만 흙바람이 심했기 때문에 아부란은 염소 중개상의 염소 우리에 염소를 맡겼다. 귀에 꼬리표를 붙인 후에 하트콤 마을을 떠났을 때는 흙바람 때문에 주위는 어두워져 있었다.

"다른 때 같으면 여기서 쉬고 가겠지만 오늘은 할 수 없군요."

아부란이 정재국에게 말했다.

"이런 날씨에는 배고픈 늑대도 돌아다니지 않거든요."

"이 기회에 바위산을 올라가 봐야겠소."

정재국이 터번 자락으로 얼굴을 가리며 말을 이었다.

"당신은 곧장 마을로 돌아가시오."

"흙바람이 사흘간은 불 것이라고 합니다."

파시크나 중장이 상황판의 호마칸 지역을 지휘봉으로 짚으면서 말했다.

"특전대는 내일 오후까지 인샤냐 북서쪽, 북동쪽에 배치될 것입니다."

"흙바람 덕분이군."

"현재까지 호마칸 반군 1만7천 정도가 인샤냐 북방 산악지대에 배치되었습니다."

후세인이 고개를 끄덕였다.

"구더기들이 다 몰려드는구나."

"예, 각하."

바그다드의 지하 벙커 안, 후세인과 카심, 파시크나와 모하메드까지 넷이 둘러앉아 있다. 후세인이 카심에게로 고개를 돌렸다.

"샤그라니가 하지드의 복수를 하겠다고 반군을 총동원한 것이 우리에게는 절호의 기회가 되었다."

"그렇습니다. 인샤냐 북방에 지금은 1만7천가량의 반군이 집결하였습니다."

이번에는 카심이 지휘봉으로 상황판을 짚었다.

"절호의 기회가 온 것입니다."

그 시간의 바위산 샛길, 이곳은 인샤냐 북방 5킬로쯤 거리다. 오후 6시 반, 이미 주위는 어두운 데다 흙바람 때문에 5미터 앞도 보이지 않는다. 앞장서 가던 아부란이 고개를 돌려 소리쳐 말했다.

"이제 2킬로만 더 가면 마을이 보이는 지점이오!"

그러나 지금은 볼 수가 없다. 그때 정재국이 말했다.

"아부란, 당신은 먼저 집으로 돌아가시오."

"괜찮겠습니까?"

"우리도 곧 돌아갈 테니까."

"알겠습니다."

아부란이 그 말을 기다렸다는 듯이 말몰이꾼과 함께 어둠 속으로 사라졌다. 그때 정재국이 박상철에게 말했다.

"여기서 저격하기는 어렵겠다."

"시야가 좁아서 힘들 것 같습니다."

박상철이 고개를 저었다.

"타깃의 위치를 알고 있다면 가능하겠지요."

"내일 물품 조달자를 미행해보면 알겠지."

주위를 둘러본 정재국이 박상철을 보았다.

"내일까지 잠복하고 있을 곳을 찾아야겠다."

"대장, 저쪽이 적당합니다."

카두란이 흙먼지에 가려진 위쪽을 손으로 가리켰다.

"저쪽이 움직이기가 수월합니다."

아침에 오면서 보았던 위치다. 고개를 끄덕인 정재국이 앞장서서 바위산을 올라가기 시작했다. 내일까지 잠복할 위치로 가려는 것이다. 본래 그러려고 아부란을 따라 나왔기 때문이다.

다음 날 오후 3시가 되었을 때 별채로 파샤가 들어섰다. 멈춰 선 파샤가 주위를 두리번거리는 시늉을 하더니 이칠성에게 물었다.

"대장님은?"

"나한테 대신 말해주시죠."

이칠성이 정색하고 파샤를 보았다.

"대장님이 기다리고 계십니다."

"하다르 가방 밑바닥에 발신기를 숨겨 놓았다고 합니다."

파샤가 검은 눈동자로 이칠성을 보았다.

"조금 전에 제 친구한테서 연락이 왔어요."

고개를 끄덕인 이칠성이 자리에서 일어섰다. 기다리고 있었던 참이다.

"고맙습니다."

무전기가 깜박였기 때문에 카두란이 서둘러 송수신기를 귀에 붙였다.

"여보세요."

그때 수화구에서 이칠성의 목소리가 울렸다.

"곧 출발할 거요. 발신기는 짐 가방에 넣었다고 합니다."

"알았습니다."

"다시 연락드리지요."

무전기를 내려놓은 카두란이 옆쪽에 앉아 있는 정재국을 보았다.

"출발한다는데요. 발신기를 넣었답니다."

이미 수화구에서 울리는 이칠성의 말을 들은 터라 정재국은 고개만 끄덕였다. 바위산 중턱의 동굴 안이다. 이곳은 인샤냐 마을과는 반대쪽으로 뚫린 동굴이라 반군 쪽에서는 적당하지 않은 곳이다. 감시에 불리한 위치이기 때문이다. 산중턱에는 이런 동굴도 많았고 다 비어 있다. 수천 개의 동굴이 뚫린 거대한 산줄기다. 정재국이 박상철에게 지시했다.

"자, 이젠 준비하자."

셋이 어제저녁 무렵부터 만 하루 동안 이곳에서 은신하고 있었던 것이다.

밤 7시 반, 인샤냐 마을에서 이곳까지는 보통 걸음으로 30분쯤의 거리였지만 하다르는 45분이 걸렸다. 그것은 등에 멘 짐 때문이다. 짐은 샤그라니의 개인용 생필품인 것이다. 항상 만나는 바위 밑으로 다가갔을 때 기다리고 있던 사내 셋이 어둠 속에서 나타났다.

"하다르, 오늘은 늦구먼."

사내 하나가 말하자 하다르가 투덜거렸다.

"짐이 무거워, 이번에는 돈이 많이 들었어."

"또 가격 부풀린 건 아니지?"

다가선 사내들이 하다르의 등에 멘 짐을 내렸고 사내 하나가 물었다.

"여기 영수증 있어."

"서로 짜면 되지. 영수증도 믿을 수 있나?"

"그럼 다른 데 확인해 보든지."

"아니, 모두 1,200불이나 된단 말야?"

명세서를 플래시로 비친 사내가 목소리를 높였다.

"양말 1켤레에 10불이라니, 이 도둑놈들."

"털양말이야. 터키산이라구."

하다르의 목소리도 높아졌다.

"여기선 3시 방향 1백 미터 지점입니다."

이칠성이 무전기에 대고 속삭였다.

"지금 플래시가 번쩍이고 있는데 보이십니까?"

"안 보여. 하지만 발신기는 선명하게 보인다."

정재국의 목소리다. 지금 정재국은 왼쪽 산중턱에 있다. 산 능선에 가로막혀 있는 것이다. 그때 이칠성이 말을 이었다.

"움직입니다. 하다르는 내려오고 짐을 받은 셋이 올라가고 있습니다."

이칠성이 고준기와 함께 옆쪽으로 피하면서 말했다. 하다르가 이쪽으로 내려오고 있었기 때문이다.

"우리도 저놈들 따라가겠습니다. 3시 방향으로 올라갑니다."

"알았어. 우리도 접근한다."

양쪽에서 뒤를 따라가는 것이다. 하다르의 뒤를 따라온 이칠성과 고준기는 뒤에서, 산속에서 대기하던 정재국 팀은 옆쪽에서 접근하는 셈이다.

어둠 속에 덮인 바위산에는 군데군데 반군의 초소가 있었기 때문에 마치 지뢰밭 속을 움직이는 것 같다. 이곳은 반군의 심장부인 것이다. 지금까지 군수품 등이 운반된 양으로 추정하면 2백 명 가까운 반군이 은신하고 있다. 대규모 반군이 3킬로쯤 후방의 산속에 주둔하고 있지만 이곳은 샤그라니의 지휘부 안인 것이다. 그동안 샤그라니는 이곳에 은신한 채일절 움직이지 않았다. 이동이 없었기 때문에 포착이 안 되었지만 군수품은 조달받아야 한다. 염소를 도살하며 식량으로 삼고 생필품도 필요한 것이다. 산속의 동굴에서 물이 흐르는 곳도 있었기 때문에 물은 부족하지않았지만 식량은 필요하다.

"아, 저기 갑니다."

30분쯤 바위 밑을 헤치고 나가던 카두란이 먼저 앞쪽을 가리키며 속삭였다. 멈춰 선 정재국의 눈에도 앞쪽에 어른거리는 그림자가 보였다. 셋, 가운데 선 사내는 등에 커다란 짐을 지고 있다. 거리는 150미터 정도. 카두란이 무전기의 전원을 껐다. 진동음도 차단한 것이다. 산속이라서 잡음이 심하기 때문에 소리가 들릴 수도 있다. 셋은 앞쪽을 지나 지상 쪽으로 걷고 있었는데 바위에 가려 몸이 나타났다 사라졌다 한다. 이제 정재국이 앞장을 섰고 박상철, 카두란의 순서가 되어서 뒤를 따른다. 정재국이 쥔 갈릴의 총구에는 뭉툭한 소음기가 장착되어서 총신이 길어졌다. 한걸음을 뗄 때마다 주위를 둘러봐야 했기 때문에 거리가 멀어졌지만 손에쥐고 있는 추적기를 따라가면 된다. 정재국은 발을 떼었다. 오후 10시가되어 가고 있다.

"동굴 밖으로 나온 보에르가 경비대장 아마드에게 물었다.

"아마드, 족장님 생필품을 바로 이곳으로 가져오라고 했나?"

"예, 참모장님."

아마드가 아래쪽을 내려다보면서 말했다.

"아마 30분쯤 후면 이리 올 겁니다."

"족장님이 나흘 동안 내의를 갈아입지 못했다."

보에르가 혀를 찼다.

"오두막에 있었을 때는 이런 일 없었는데 귀찮군."

"이제 곧 여기를 떠날 테니까요."

위로하듯 말한 아마드가 손목시계를 보았다. 10시 10분이다.

정재국이 손에 쥔 수신 장치를 보았다. 손바닥만 한 크기의 모니터 화면에 깜박이는 푸른색 점이 가방 안의 발신기에서 발신되는 신호다. 점의 위치는 이곳에서 320미터 북서쪽이다. 이 점을 따라가면 된다.

10시 50분, 정재국이 바위 사이로 보이는 앞쪽 산 중턱을 응시하고 있다. 옆에는 박상철이 드라구노프를 거치시켜 놓은 채 엎드려 있다. 카두란은 그 옆쪽이다. 짙은 밤, 흙바람은 가셨지만 하늘은 어둡다. 별도 보이지 않는 흐린 날씨. 정재국이 손에 쥔 위치추적기를 보았다. 거리는 375미터, 흰 점은 고정된 채 움직이지 않는다. 그것은 짐 가방이 움직이지 않는다는 의미다. 샤그라니에게 가는 짐 가방이니 샤그라니가 옆에 있다고 봐야 한다. 그때 아래쪽에 흰 점이 나타났다. 이칠성과 고준기다. 고준기가 쥔 위치추적기에도 샤그라니 가방과 정재국의 위치까지 2개의 점이 나타나 있을 것이다.

"기다려."

정재국이 갈릴을 옆에 내려놓고 낮게 말했다. 다시 기다리는 시간이다. 저격병은 한 시간, 10시간, 때로는 며칠간을 기다려야만 한다. 지금은 저격병의 보좌 역할이기 때문에 박상철을 중심으로 대기다. 그때 주위를 둘러본 박상철이 말했다.

"이곳이 적당합니다."

지금까지 위치를 잡으려고 여러 곳을 옮겼던 것이다. 이제 375미터 거리의 비스듬한 오른쪽 바위를 겨냥하고 있으면 된다. 바위 동굴 입구는 보이지 않지만 앞쪽에 3평쯤의 평평한 바위가 있고 그 아래쪽에 샛길이 뚫려 있다. 통행로다. 그곳이 흰 점이 찍힌 위치다. 아마 바위 뒤쪽이겠지.

"음, 이제야 살 것 같다."

새 팬티와 양말을 신은 샤그라니가 만족한 표정으로 말했다.

"그동안 숨이 막혀서 죽을 뻔했다. 난 속옷을 갈아입지 못하면 온몸이 근지럽고 숨이 막힌다."

"죄송합니다."

샤그라니의 습성을 잘 알고 있는 보에르가 사과했다.

"제가 정신이 없어서 챙겨드리지 못했습니다."

"그건 그렇고 내일 오전에 작전을 시작하도록."

정색한 샤그라니가 말을 이었다.

"자리단한테 이곳 인샤냐 경비대를 치게 하고 우스만이 이끈 주력은 벤갈로 직행한다."

"예, 준비시켰습니다."

"벤갈에는 오후 2시까지 도착해야 돼."

"우스만이 선봉대를 벤갈시 북쪽 7킬로 지점까지 파견해 놓았습니다."

"후세인이 정규군을 움직이지 않는 것이 조금 걸린다."

샤그라니가 이맛살을 모았다. 북부군 3개 사단이 움직이지 않는 것이다. 12사단은 말할 것도 없고 인샤냐와 가까운 10사단도 병력을 출동시키지 않았다. 대신 산크란족이 호마칸족을 공격한다는 소문만 무성하게 일어났다. 고개를 든 샤그라니가 보에르를 보았다.

"후세인의 특명관 놈들에 대한 정보는 없나?"

"아직 없습니다, 족장님."

"후세인이 이 근처에서 일어나는 소동을 눈치채지 못했을 리가 없어."

샤그라니가 지그시 보에르를 보았다.

"이번이 우리 호마칸 부족의 마지막 전쟁이다."

"예, 족장님."

샤그라니가 손목시계를 보았다. 오전 12시 15분이다.

그 시간에 후세인이 카심의 보고를 받는다.

"샤그라니의 위치가 노출되었습니다."

카심이 지휘봉으로 상황판의 한 점을 가리켰다.

"지금 특명관이 샤그라니의 위치에서 4백 미터가량 떨어진 지점에서 잠복하고 있습니다."

후세인이 번들거리는 눈으로 상황판을 보았다.

"그놈이 동굴 안에 있나?"

"예, 각하. 그런 것 같습니다."

"특공대는?"

"이제 인샤냐 주위 3킬로 지점 안에 접근했습니다."

산크란족으로 위장한 특공대다. 카심이 말을 이었다.

"인샤냐를 중심으로 호마칸족 반군이 대거 집결한 상황입니다."

"이번에 반군을 소탕하겠다."

후세인이 정색한 얼굴로 카심과 옆쪽에 앉은 모하메드를 차례로 보았다.

12시 45분, 보에르가 샤그라니에게 말했다.

"그럼 저는 잠깐 쉬고 오겠습니다."

이제야 자러 나가는 것이다. 보에르의 은신처인 동굴은 이곳에서 30미터쯤 떨어져 있다. 보에르가 동굴을 나갔을 때 샤그라니가 동굴 입구에 앉아 있는 경비대장 마크라에게 말했다.

"마크라, 내가 이 동굴에서 며칠간 머문 거냐?"

"예, 오늘까지 16일간 계셨습니다."

마크라가 바로 대답했다. 샤그라니의 눈동자가 흐려졌다.

"내가 이곳에 온 지 이틀 만에 하지드가 죽었다는 소식을 들었으니까 벌써 14일이 지났나?"

"……."

"재수 없는 동굴이다, 이곳은."

"예, 오늘 떠나시면 됩니다, 족장님."

마크라는 죽은 하지드와 친구 사이다. 쪼그리고 앉은 마크라가 샤그라니를 보았다.

"이번 작전을 끝내고 하지드의 장례를 치러주지요, 족장님."

하지드의 시체는 12사단 주둔지 근처에 매장되었다는 것이다. 시신을 파내어서 다시 장례를 치러주면 된다. 답답해진 샤그라니가 자리에서 일어섰다.

"밖에 나가 찬바람 좀 맞겠다."

마크라가 잠자코 AK-47을 쥐고 따라 일어섰기 때문에 샤그라니가 말렸다.

"됐다, 마크라. 넌 쉬어라."

"족장님."

320

"난 바위 위에서 바람을 쐬고 앉아 있겠다. 혹시 잠이 들지도 모르니까 한 시간쯤 후에 깨워라."

샤그라니가 모포 한 장을 집어 어깨에 뒤집어쓰고는 동굴을 나왔다.

"한 놈 나왔습니다."

먼저 낮게 말한 것이 박상철이다. 드라구노프의 적외선 망원경에 눈을 붙이고 있다가 발견한 것이다. 야간 투시경에 드러난 생명체는 붉은색으로 드러난다. 눈은 검정색, 입과 콧구멍은 진홍색이다. 카두란과 정재국이 망원경에 눈을 붙였다. 그때 카두란이 낮게 소리쳤다.

"샤그라니입니다!"

"이런."

감동한 박상철이 숨을 들이켰고 정재국이 입 안에 고인 침을 삼켰다.

"됐다."

정재국이 이 사이로 말했다.

"나타났구나. 하늘이 도우셨다."

박상철이 망원렌즈에 뜬 샤그라니의 얼굴을 노려보았다. 거리는 372미터, 박상철이 심호흡을 했다.

평평한 바위 위에 편하게 앉은 샤그라니가 모포를 어깨 위에 단단히 감아 둘렀다. 짙은 어둠에 묻힌 산속은 조용하다. 이곳은 산새도 벌레도 살지 않는 불모지다. 샤그라니가 고개를 들고 하늘을 보았다.

"알라 아크바르."

버릇처럼 하늘에 대고 말한 샤그라니가 혼잣소리로 말했다.

"신이시여, 하지드가 편안한 길로 가게 해줍시오."

샤그라니가 말을 이었다.

"하지드, 기다려라. 이 애비도 곧 너를 만나러 갈 거다."

그러고는 샤그라니가 하늘을 향해 두 손을 올렸다.

"신이시여, 알라 아크바르."

"퍽."

그 순간 머리통이 부서진 샤그라니가 두 손을 올린 채로 쓰러졌다. 머리통이 부서져서 흰 뇌수가 사방으로 뿜어졌다.

"맞혔다!"

외친 정재국이 망원경이 비친 사내를 보았다. 머리가 부서진 사내가 두 손을 치켜들면서 바위 위로 엎어졌다. 이제 얼굴은 없어졌다.

오전 1시 반, 후세인이 지하 벙커에서 카심의 보고를 받는다.

"각하, 특명관이 샤그라니를 사살했습니다!"

카심의 두 눈이 번들거렸고 목소리가 떨렸다.

"바위 위에 나온 샤그라니를 저격했다고 합니다!"

"으음!"

후세인의 입에서 탄성이 뱉어졌다. 고개를 끄덕인 후세인이 번들거리는 눈으로 카심을 보았다.

"마침내 죽였군."

"곧 특전대가 공격할 것입니다."

카심이 들뜬 목소리로 말을 이었다.

"벤갈시 앞쪽으로 공수특전단이 투입될 것입니다."

후세인이 손바닥으로 의자의 팔걸이를 쳤다.

"10사단과 11사단이 마무리를 하면 되겠다."

서둘러 바위산을 내려왔을 때는 오전 1시 45분, 인샤냐 마을 입구에서 이칠성과 고준기를 만난 정재국은 곧장 경비대로 다가갔다. 경비대 앞에서 기다리고 있던 경비대장 마리크가 맞았다.

"아부란의 딸 파샤를 반군 동조 혐의로 체포했습니다."

마리크의 보고를 받은 카두란이 고개를 끄덕였다.

"바그다드 정보부대에서 곧 헬리콥터가 올 테니까 실어 보내도록."

"알겠습니다."

마리크의 경례를 받은 특명관 일행은 곧장 어둠 속으로 모습을 감췄다. 특명관 일행의 모습을 보던 마리크가 어깨를 늘어뜨렸다.

오전 3시 반, 그때까지도 지하 벙커에 있던 후세인이 카심의 보고를 받는다.

"바위산에서 특공대와 샤그라니 직할대와의 교전이 끝났습니다. 샤그라니의 참모장 보에르는 중상을 입고 포로가 되었고 나머지 직할대는 전멸했습니다."

카심이 말을 이었다.

"공수특전단이 30분 전에 벵갈시 북방 15킬로 지점에 낙하, 호마칸 반군과 교전 중입니다. 반군이 기습에 놀라 흩어지고 있다 합니다."

"좋아, 이제 북부군이 협공하면 되겠다."

후세인의 두 눈이 번들거렸다.

"이번에는 제대로 작전이 진행되는구나. 첫 단추가 잘 꿰어지면 두 번째부터는 수월해지는 거다."

첫 단추는 바로 특명관의 샤그라니 사살이다. 이것으로 시작이 된 것이다.

전장(戰場)을 피해 비스듬히 남진해간 특명관 일행 5명은 한 명의 손실도 없이 바그다드에 도착했다. 오후 7시가 되어 갈 무렵이었으니 12시간이 넘는 이동이었다. 부대에 들러 차를 얻어 타고 이동했어도 그렇게 시간이 걸린 것이다. 먼저 바그다드호텔에 들어간 다섯은 씻고 옷을 갈아입은 후에 저녁을 먹고 나서 휴식했다. 23일간의 작전이었다. 밤 10시가 되었을 때 정재국은 전화를 받았다. 카두란한테서 온 전화다.

"대장, 아부란의 딸 파샤가 로비에 도착했습니다. 어떻게 할까요?"

"아, 내 방으로 데려와."

기다리고 있던 정재국이 말했다. 파샤는 인샤냐 마을의 경비대에 반군 동조 혐의로 체포되고 나서 헬기로 바그다드에 공수된 것이다. 잠시 후에 카두란과 함께 파샤가 방으로 들어섰다. 파샤는 아직도 눈만 내놓은 호마칸 부족의 전통 복장 차림이다. 정재국을 본 파샤의 두 눈이 붉어졌다. 붉어진 흰자위가 번들거리고 있다.

"파샤, 자리에 앉아."

파샤에게 소파를 권한 정재국이 앞쪽에 앉았을 때 카두란이 말했다. 물론 영어로 말했기 때문에 파샤도 다 듣는다.

"대장, 파샤는 정보부대로부터 인계받았습니다."

정재국이 고개를 끄덕였다. 파샤는 이번 작전의 일등공신이다. 그것을 정보부대에서도 아는 것이다. 정재국이 파샤에게 물었다.

"파샤, 여권 갖고 있지?"

"네, 갖고 있어요."

"그럼 됐다."

고개를 끄덕인 정재국이 이번에는 카두란에게 물었다.

"이번에 출국시킬 수 있는 거지?"

"예, 출국에 문제 없습니다."

"됐다."

정재국이 파샤를 보았다.

"여기서 쉬고 카이로로 출국하도록 해, 내가 그때까지 보살펴 줄 테니까."

그때 카두란이 자리에서 일어섰다.

"대장, 저는 이만 가보겠습니다."

그러고는 카두란이 몸을 돌려 버렸기 때문에 정재국은 시선도 마주치지 못했다. 카두란이 방을 나갔을 때 고개를 돌린 정재국이 숨을 들이켰다. 파샤가 어느새 눈 밑의 천을 풀어 내린 것이다. 파샤의 온 얼굴이 드러났다. 붉은 입술이 반쯤 벌어져 있다.

마구간의 짚더미 위에서 파샤를 안았었다. 그런데 지금은 눈처럼 흰 시트가 깔린 침대 위다. 방 안은 폭풍이 휩쓸고 지나간 것처럼 습기가 찼고 빗물 냄새까지 났다. 정재국은 팔에 안긴 파샤를 신기한 표정을 짓고 바라보고 있다. 파샤의 몸은 땀이 배어 끈적였지만 부드럽다. 마치 기름을 바른 것처럼 미끈거리고 윤기가 난다. 파샤의 검은 머리가 헝클어져서 이마와 어깨까지 덮었다. 파샤는 정재국의 가슴에 볼을 붙인 채 더운 숨을 몰아쉬고 있다. 숨소리에 옅은 신음까지 섞여 있다. 정재국은 파샤의 어깨를 당겨 안았다. 마치 야생마 같다. 그 야생마가 다소곳이 안겨 있다. 정재국의 얼굴에 갑자기 쓴웃음이 떠올랐다. 파샤는 며칠 후면 떠날 것이다.

다음 날 아침, 정재국은 벨 소리에 눈을 떴다. 전화벨이다. 전화기를 귀에 붙였더니 바로 사내의 목소리가 울렸다.

"경호실 핫산 대령입니다. 모시러 왔습니다."

침대에서 몸을 일으킨 정재국의 귀에 다시 사내의 목소리가 이어졌다.

"로비에서 기다리고 있겠습니다. 특명관님 혼자만 가시면 됩니다."

오전 7시 반이다.

정재국이 대통령궁의 대통령 집무실에 들어섰을 때는 8시 반이다. 집무실 안에는 후세인과 카심, 경호실장 모하메드까지 셋이 둘러앉아 있었는데 정재국이 들어서자 셋이 모두 일어섰다. 후세인을 따라서 일어선 것이다.

"정, 잘했어."

두 손을 벌리고 다가온 후세인이 정재국을 껴안더니 뺨을 내밀었다. 양쪽 뺨에 한 번씩 그리고 또 한 번, 그리고 얼굴을 떼기 전에 정재국이 후세인의 귀에 대고 낮게 말했다.

"리."

그때 후세인이 바로 정재국에게 말했다.

"광."

낮은 목소리여서 바로 옆에 선 카심도 듣지 못한 것 같다. 정재국과 시선을 마주친 후세인이 빙그레 웃었다. 카심과 모하메드하고 인사를 끝낸 정재국이 자리에 앉았을 때 후세인이 말했다.

<2권에 계속>

특명관 1

초판1쇄 인쇄 | 2020년 9월 28일
초판1쇄 발행 | 2020년 10월 7일

지은이 | 이원호
펴낸이 | 박연
펴낸곳 | 한결미디어

등록 | 2006년 7월 24일(제313-2006-000152호)
주소 | 서울시 마포구 모래내로 83 한올빌딩 6층
전화 | 02-704-3331
팩스 | 02-704-3360
이메일 | okpk@hanmail.net

ISBN 979-11-5916-139-1 979-11-5916-138-4(set) 04810